치인의 사랑

癡人の愛

다니자키 준이치로
김춘미 옮김

치인의 사랑

癡人の愛

27세 무렵의 다니자키 준이치로(1913)

차례

1

저는 지금부터 세상에 그다지 유래가 없을 저희 부부의 관계를 가능한 한 정직하게 탁 까놓고 있는 대로 쓰려고 합니다. 저에게 잊을 수 없는 귀중한 기록인 동시에 독자 여러분에게도 틀림없이 어떤 참고 자료가 되리라고 믿기 때문입니다. 특히 요즘처럼 일본이 점차 국제적으로 발이 넓어져서 일본인과 외국인이 왕성하게 교류하고, 여러 주의니 사상이 들어오며, 남자는 물론 여자도 계속 서양식으로 하이칼라다워지는 이런 시대에는 지금까지는 그다지 유래가 없던 저희 부부 같은 관계도 점차 사방에 생기지 않을까 생각됩니다.

돌이켜 보면 저희 부부는 애당초 성립부터 남달랐습니다. 제가 처음 지금의 아내를 만난 것은 꼭 팔 년 전입니다. 몇 월 며칠이었는지까지는 기억나지 않습니다만, 어쨌든 그 당시 그녀는 아사쿠사의 센소지 라이몬 근처에 있는 다이아몬드라는 카페에서 점원으로 있었습니다. 그녀는 음력 나이로 겨우 열다섯 살, 그러니까 제가 알았을 때에는 아직 그 카페에 막 온 풋내기여서 제대로 된 호스티스가 아니라 수습생, 말하자면 병아리 호스티스에 지나지 않았습니다.

그런 아이를 그때 이미 스물여덟 살이나 먹은 제가 왜 눈여겨보았냐면, 저 자신도 확실하게는 모르겠습니다만, 아마도 처음에는 그 아이의 이름이 마음에 들었기 때문일 겁니다. 모두 그녀를 나오라고 불렀는데, 어느 날 제가 물어봤더니 본명은 나오미라고 합니다. 그 나오미라는 이름이 제 호기심을 크게 자극했습니다. '나오미라니 멋지다. Naomi라고 쓰면 꼭 서양 사람 이름 같잖은가.' 그렇게 생각한 뒤로 차차 그녀를 주의해서 보게 됐습니다. 묘하게 이름이 하이칼라스러우니까 얼굴도 어딘지 서양 사람 비슷하니 무척 영리해 보여서 '이런 곳에 호스티스로 두기는 아깝다.'라고 생각하게 됐습니다.

사실 나오미의 얼굴은(양해를 구합니다만, 저는 앞으로 그녀의 이름을 가타카나로 쓰겠습니다. 그렇게 안 쓰면 아무래도 느낌이 안 나서요.) 영화배우 메리 픽퍼드[1] 닮은 구석이 있어서 정말이지 서양 사람 비슷했습니다. 이것은 결코 제 눈에 안경이 아닙니다. 제 아내가 된 지금도 많은 사람이 그렇게 말하는 걸 보면 틀림없는 사실입니다. 게다가 얼굴뿐 아니라 그녀를 벗겨 놓고 보면 몸매가 얼굴보다 서양 사람 같은데, 물론 나중에 알게 된 것이고, 당시에는 저도 그것까지는 몰랐습니다. 다만 막연하게 몸매가 저러면 손발도 나쁘지 않겠지라고 옷태를 보고 상상했을 뿐입니다.

---

1   Mary Pickford(1893~1979). 미국의 연인이라 불렸던 할리우드의 대여배우.

도대체가 열대여섯 살짜리 소녀의 마음이란 친부모나 친형제 아니면 좀처럼 알기 어렵습니다. 그러니까 카페에 있었을 때의 나오미 성격이 어땠냐고 물어보신다면 명확하게 대답할 수가 없습니다. 아마 나오미 자신도 그 당시 그저 정신없이 지냈다고 하겠지요. 그렇지만 옆에서 본 느낌으로는 어느 쪽이냐 하면 음침하고 말수가 없는 아이였습니다. 안색도 조금 푸른색을 띠었는데, 무색투명한 판유리를 여러 장 겹쳐 놓은 것처럼 가라앉은 빛으로 건강해 보이지는 않았습니다. 아직 막 일하러 왔을 때여서 다른 호스티스처럼 분도 안 바르고, 손님이나 동료와도 친하지 못하고, 기가 죽어서 구석에 가만히 있다가 말없이 잰걸음으로 심부름이나 하러 다니니 그렇게 보였는지도 모르겠습니다. 그녀가 영리해 보인 것 역시 말이 없었기 때문인지도 모릅니다.

　　여기에서 제 경력을 말씀드리겠습니다. 저는 공무원 초임 70엔, 은행원 초임 40엔인 당시, 월급 150엔을 받던 모 전기 회사 엔지니어입니다. 저는 도치기 현 우쓰노미야에서 태어나 거기에서 공립 중학교를 마치고 바로 도쿄로 나와서 구라마에에 있는 (도쿄공업대학의 전신인) 도쿄고등공업학교를 졸업하고 바로 엔지니어가 되었습니다. 그리고 일요일을 빼고는 매일 시바구치에 있는 하숙집에서 오이마치에 있는 회사로 출근하고 있었습니다.

　　하숙 생활을 하면서 150엔이라는 월급을 받았으니 생활은 넉넉했습니다. 게다가 저는 장남이긴 하지만 고향의 부모 형제에게 번 돈을 부칠 의무도 없었습니다. 저희 집은 상당히 크게 농사를 짓고 있었고, 아버지는 안 계셨지만 나이

드신 어머니와 충실한 숙부 내외가 전부 관리해 주시는 덕분에 저는 완전히 자유로운 처지였습니다. 그렇다고 여자 도락을 하는 것도 아니었습니다. 말하자면 당시의 저는 아마도 모범적인(검소하고 진지하며 멋대가리 없을 만큼 평범하고 아무 불평불만 없이 매일 근무하는) 샐러리맨이었을 겁니다. '가와이 조지'에게 회사에서는 '군자'라는 별명을 붙였을 정도니까요.

취미라고는 기껏해야 저녁부터 영화를 보러 가든가, 긴자 거리를 산책하든가, 가끔 크게 마음먹고 제국극장에 가서 영화나 오페라를 보는 정도였습니다. 하긴 저도 미혼 청년이니까 젊은 여성을 접하는 게 물론 싫지 않습니다. 원래가 농촌에서 자라난 시골 무지렁이라서 타인과의 교제가 서툰 탓에 이성 교제 같은 건 하나도 없었고, 뭐 그래서 '군자'가 된 면도 있었지만, 표면이 군자인 만큼 마음은 상당히 날카로워서 거리를 걸을 때나 매일 아침 전철을 탈 때 여자한테 주의를 기울였습니다. 그런 시기에 우연치 않게 나오미라는 아이가 제 앞에 나타난 겁니다.

그렇지만 당시 제가 나오미 이상의 미인이 세상에 없다고 생각한 건 결코 아닙니다. 전철 안이나 제국극장 복도 또는 긴자 거리에서 스치는 아가씨 중에는 나오미보다 훨씬 아름다운 사람이 많았습니다. 나오미의 용모가 좋아질지 나빠질지는 장래의 문제이고, 열다섯 살밖에 안 된 꼬마 가지고는 앞날이 기대되기도 걱정되기도 했습니다. 그러니까 처음의 계획은 어쨌든 이 아이를 맡아서 뒤를 봐주자 그리고 싹이 보이면 교육을 시켜서 아내로 삼아도 괜찮겠다 하는 정도에 지나지 않았습니다. 한편으로는 그녀를 동정한 결과이지만, 다른 한편으로는 저 자신의 평범하고 단조로운 나날에 다소 변화를 주고 싶기 때문이었습니다. 솔직히 저는 오랜 하숙 생활이 지겨워져서 어떻게든 이 살풍경한 생활에 한 점 색채와 온기가 더해졌으면 바랐습니다. 그러려면 비록 작아도 집을 한 채 마련해서 방도 꾸미고, 꽃도 심고, 햇살 좋은 베란다에는 새장도 매달고, 부엌 일이나 청소를 맡을 가사 도우미 하나쯤 두면 어떨까, 나오미가 온다면 그녀가 도우미 역할도 해 주고, 새장의 새 대신이 되어 주기도 하겠지. 그렇게 생각한 겁니다.

그럴 거면 왜 괜찮은 집안에서 아내를 맞이하여 정식으로 가정을 꾸미려고 하지 않은 건지 물으신다면, 요컨대 저는 아직 결혼할 용기가 없었습니다. 이에 대해서는 좀 더 자세히 말씀드려야겠지만, 도대체가 저는 상식적인 보통 사람으로 엉뚱한 일은 싫어하는 편이고 실천도 못 하지만, 이 상하게도 결혼에 대해서만은 상당히 진보적이며 하이칼라다운 의견을 갖고 있었습니다. '결혼'이라면 세상 사람들은 대단히 딱딱하게 생각하고, 격식을 차리는 경향이 있습니다. 우선 거간이라는 것이 있어서 슬쩍 쌍방의 생각을 확인합니다. 다음에 '맞선'이라는 걸 봅니다. 그러고 나서 쌍방이 괜찮다면 정식으로 중매쟁이가 나서서 납채를 하고, 신부 측은 짐이 다섯 개인 오하(五荷)라느니 칠하라느니 십삼하라느니 하는 혼수를 신랑 측에 보냅니다. 그러고 나서 결혼식, 신혼여행, 혼행[2] 등 무척 귀찮은 수순을 밟는데, 그러

---

2 혼인 시 신랑이 신부 집으로 가거나 신부가 신랑 집으로 가는 것.

한 것들이 저는 무척 싫었습니다. 결혼하려면 좀 더 간단하고 자유로운 형식으로 하고 싶다고 생각했습니다.

당시 만약 제가 결혼하겠다고 했으면 신붓감은 꽤 있었을 겁니다. 촌놈이긴 하지만 체격이 다부지고, 품행도 방정하고, 이렇게 말씀드리기는 좀 뭣하지만 생김새도 보통이고, 회사에서 신용도 있으니까 누구라도 기꺼이 중매 섰겠지요. 그러나 그 '중매'라는 게 싫으니까 어쩔 수 없습니다. 혹시 어떤 미인이 있다 해도 한두 번 맞선 가지고 서로의 성격이나 마음을 알 리가 없습니다. '그 정도면.'이라든가 '그만하면 됐지.'라는 극히 일시적인 마음으로 평생의 반려를 정하다니, 그런 바보짓은 할 수 없었습니다. '그러고 보면 나오미 같은 소녀를 집에 데리고 와서 찬찬히 성장하는 것을 지켜보다가 마음에 들면 아내로 삼는 방법이 제일 좋겠구나.' 저는 특별히 부잣집 딸이나 교육을 많이 받은 훌륭한 여자를 원했던 게 아니니까 그걸로 충분했습니다.

그뿐 아니라 한 소녀를 친구 삼아 아침저녁으로 그녀가 자라는 모습을 지켜보고 밝고 명랑하게, 말하자면 놀이 기분으로 한집에 사는 데는 정식으로 가정을 갖는 것과는 또 다른 각별한 맛이 있을 것 같았습니다. 즉 저와 나오미가 애들 소꿉놀이같이 사는 겁니다. '가정을 꾸린다는 번거로운 것이 아닌, 편안한 심플 라이프를 보낸다.' 그것이 제 소원이었습니다. 정말이지 지금의 일본 '가정'은 옷장은 어디, 화로는 어디, 방석은 어디…… 하는 식으로 반드시 있어야 할 곳에 그 물건이 있고, 주인과 안주인, 하녀의 일이 명확하게 구분되어 있고, 이웃이나 친척과의 교제가 많아 쓸데없는 돈이 많이 들고, 간단하게 끝날 일이 번잡하고 거북해져 젊은 샐러리맨한테 절대로 유쾌하거나 좋지 않습니다. 그런 점에서 제 계획은 분명히 좋은 아이디어라고 믿었습니다.

제가 나오미에게 그 이야기를 한 것은 그녀를 알고 나서 두 달 정도 지난 때였습니다. 그동안 저는 시간만 나면 맨날 카페 다이아몬드에 가서 가능한 한 그녀와 친해지려고 노력했습니다. 나오미는 영화 구경을 무척 좋아해서 공휴일에는 저와 공원의 영화관에 가기도 하고, 돌아오는 길에는 조촐한 양식집이나 메밀국숫집에 들렀습니다. 말수가 적은 그녀는 그런 경우에도 극히 말없이, 좋은 건지 나쁜 건지 대개는 잠자코 있었습니다. 그래도 영화를 보자고 하면 절대로 싫다고 하지 않았습니다. "좋아요, 가도 좋아."라고 순순하게 대답하고 어디라도 쫓아오는 것이었습니다.

도대체 나를 어떤 사람으로 생각하는지, 무슨 생각으로 쫓아오는지 알 수는 없었지만, 아직은 진짜 어린애라서 '남자'라는 것을 의심하지 않는다. '이 아저씨는 내가 좋아하는 영화를 보여 주고, 가끔 맛있는 것도 사 주니까 같이 놀러 가지, 뭐.'라는 단순하기 그지없는 천진난만한 마음이겠거니 생각했습니다. 저도 어린아이한테 친절하고 다정한 '아저씨'가 되는 것 이상은 당시의 그녀에게 기대하지도 않았고, 행동으로도 내보이지 않았습니다. 그 시절의 어렴풋한 꿈 같은 나날을 생각하면 동화 속 세계에 살던 것 같아서, 다시 한 번 그때의 때 묻지 않은 두 사람으로 돌아가고 싶다고 바라지 않을 수 없습니다.

"어때, 나오미, 잘 보여?"

영화관이 만원이라 빈 좌석이 없을 때, 뒤쪽에 나란히 서서 보면서 저는 종종 물었습니다. 그러면 나오미는 "아니, 하나도 안 보여."라면서 기를 쓰고 발돋움을 해서 앞 손님의 목과 목 사이로 들여다봅니다.

"그렇게 해도 안 보여. 이 가로대에 올라가서 내 어깨를 붙잡고 봐."

저는 그녀를 밀어 올려서 높은 손잡이 가로대에 앉힙니다. 그녀는 양 다리를 흔들면서 한 손은 제 어깨에 얹고 겨우 만족한 듯이 숨을 죽이고 화면을 봅니다.

"재미있어?" 물어보면 "재미있어."라고 답할 뿐, 손뼉을 치고 좋아하거나 깡충깡충 뛰면서 기뻐하지는 않습니다. 똑똑한 개가 먼 데서 나는 소리를 가만히 듣듯이 영리해 보이는 눈을 크게 뜨고 말없이 구경하는 얼굴은 어지간히 영화를 좋아하나 보다 느껴지게 합니다.

"나오미, 배고파?"라고 물으면 "아니, 아무것도 안 먹고 싶어."라고 대답할 때도 있고, 배가 고플 때에는 사양하지 않고 "네."라고 합니다. 그리고 양식이면 양식, 메밀국수면 메밀국수라고 확실하게 자기가 먹고 싶은 걸 댑니다.

2

"나오미, 너는 메리 픽퍼드를 닮았어."

언젠가 그 여배우의 영화를 보고 돌아오는 길에 한 양
식집에 들러서 얘기한 일이 있습니다.

"그래?"라고 되물은 채, 그녀는 별로 기쁜 표정도 안
보이고, 갑자기 그런 말을 꺼낸 제 얼굴을 이상하다는 듯이
쳐다보았을 뿐이었지만 "너는 그렇게 안 생각해?"라고 재
차 묻자 "닮았는지는 모르겠지만, 모두들 나 보고 혼혈아
같다고는 해."라고 아무렇지도 않게 대답하는 겁니다.

"그야 그렇겠지. 도대체가 네 이름부터 특별하잖아. 나
오미라니 그런 하이칼라스러운 이름은 누가 붙여 줬어?"

"누가 붙였는지 몰라."

"아버지인가? 어머니인가?"

"글쎄, 누군지……"

"나오미 아버님은 무슨 장사를 하시는데?"

"아버지는 안 계셔."

"어머님은?"

"엄마는 있지만……"

"그럼 형제는?"

"형제는 많아. 오빠니 언니니 여동생이니……"

그 뒤로도 비슷한 얘기가 가끔 나왔지만, 그녀는 자기 가족 얘기를 물으면 늘 조금 불쾌한 얼굴이 되어 말꼬리를 얼버무렸습니다. 같이 놀러갈 때는 대개 전날 약속을 하고, 약속한 시각에 우에노 공원의 벤치라든가 센소지의 관음보살당 앞에서 만나기로 했는데, 그녀는 절대로 늦거나 약속을 어기는 일이 없었습니다. 사정이 생겨서 제가 늦어 '너무 오래 기다리게 해서 가 버리지 않았을까.' 걱정하며 가 보면 가만히 그 자리에서 기다리고 있었습니다. 그리고 제 모습을 알아보면 벌떡 일어나서 서슴없이 걸어옵니다.

"미안, 나오미, 오래 기다렸지?"라고 물으면 "응, 기다렸어."라고 할 뿐 별로 불평스러운 기색도 없고 화가 난 것 같지도 않았습니다. 어떤 때는 벤치에서 기다리기로 했는데 갑자기 비가 와서 어쩌고 있을까 걱정하면서 갔더니, 시노바즈노 연못 옆에 있는 작은 사당 처마 밑에 쭈그리고 앉아서 기다리는 모습이 무척 애틋하게 보인 적도 있습니다.

그럴 때의 그녀는 아마 언니한테서 물려받은 듯한 빛바랜 싸구려 무명옷에 색이 잘 바래는 모슬린 띠를 매고, 15, 16세 정도의 소녀들이 잘하는 머리 위쪽을 복숭아처럼 양쪽으로 나눈 헤어스타일에, 얇게 분을 바르고 있었습니다. 그리고 언제나 기운 자국은 있어도 작은 발에 꼭 맞는 예쁜 하얀 버선을 신고 있었습니다. 왜 쉬는 날만 일본식 머리로 빗냐고 물었더니 "집에서 그러라니까."라며 여전히 자세한 얘기는 안 합니다.

"오늘은 늦었으니까 집 앞까지 바래다줄게." 종종 그렇게 말했지만 "됐어. 바로 여기니까 혼자 갈 수 있어."라고 아사쿠사 꽃 공원 모퉁이에 다다르면 나오미는 꼭 "안녕."이라고 인사하고는 센조쿠초 골목 안으로 게타 소리를 울리면서 뛰어갑니다.

그렇습니다. 당시 일을 이렇게까지 자세하게 쓸 필요는 없겠지만 한번은 제가 다소 허물없이 그녀하고 오래 얘기를 나눈 적이 있습니다.

봄비가 촉촉이 내리던 따뜻한 4월 말 저녁이었던 것 같습니다. 마침 그날은 카페가 한가하니 조용했기에 저는 오랫동안 탁자 앞에 앉아서 홀짝홀짝 술을 마시고 있었습니다. 이렇게 말하면 술꾼 같지만, 사실은 술을 잘 못하는 편이라 시간을 죽이기 위해서 여자들이 즐기는 달콤한 칵테일을 주문해서 한 모금씩 핥듯이 홀짝거리는 데 지나지 않았습니다. 거기에 나오미가 안주를 갖고 왔길래 "나오미, 여기 잠깐 앉아 봐."라고 조금 취한 김에 말했습니다.

"왜요?"라고 묻고 나오미는 얌전하게 제 옆에 앉아, 주머니에서 시키시마 담배를 꺼내는 제게 성냥불을 붙여 줬습니다.

"오늘 얘기 좀 해도 괜찮을까? 오늘은 별로 안 바쁜 것 같으니까."

"응, 이런 날은 좀처럼 없어."

"늘 그렇게 바빠?"

"바빠. 아침부터 밤까지. 책 볼 틈도 없어."

"어, 나오미 책 읽는 것을 좋아해?"

"응, 좋아해."

"도대체 어떤 책을 읽는데?"

"여러 가지. 잡지도 보고. 읽는 거라면 뭐든 상관없어."

"거참 신통하군. 그렇게 책이 읽고 싶으면 여고라도 가면 될 텐데."

제가 일부러 그렇게 말하고 나오미 얼굴을 들여다보자, 그녀는 약이 올랐는지 새치름하니 엉뚱한 방향을 물끄러미 쳐다봅니다. 그러나 그 눈에는 분명히 슬픈 듯한 처량한 빛이 비쳤습니다.

"어때, 나오미, 너 정말 공부할 마음이 있어? 있으면 내가 보내 줘도 되는데."

그래도 그녀가 잠자코 있어서 제가 이번에는 위로하듯이 말했습니다.

"이봐 나오미, 가만있지 말고 말 좀 해 봐. 뭐가 하고 싶은데? 뭘 배우고 싶어?"

"영어를 배우고 싶어."

"흠, 영어라…… 그것뿐이야?"

"음악도 해 보고 싶고."

"그럼 내가 월사금을 내줄 테니까 배우러 가면 어때."

"그렇지만 여고에 가기에는 너무 늦었어. 벌써 열다섯 살인걸."

"남자랑 달라서 여자는 열다섯 살이라도 늦지 않아. 게다가 영어와 음악만이라면 여고에 안 가고 따로 선생님을 붙여도 되지. 어때, 너 진지하게 할 마음은 있는 거야?"

"있기는 하지만. 정말 시켜 줄 거야?"

그렇게 묻더니 나오미가 제 눈을 갑자기 뚫어지게 봅니다.

"암, 물론이지. 그런데 나오미, 그렇게 되면 여기에서 일할 수 없을 텐데. 그래도 괜찮아? 네가 일을 안 해도 된다면 내가 너를 맡아서 뒷배를 봐줘도 되는데…… 그리고 끝까지 책임지고 훌륭한 여자로 키워 주고 싶어."

"네, 좋아요, 그래 준다면."

전혀 주저하지 않고 일언지하에 확고하게 대답한 그녀를 보고 제가 오히려 놀랐습니다.

"그럼 일을 그만두겠다는 거야?"

"응, 그만둘 거야."

"그렇지만 나오미, 너는 괜찮을지 몰라도 어머님이나 오빠가 뭐라고 할지 집안에도 묻지 않으면 안 될 텐데."

"집안 사정 따위 안 물어봐도 돼. 뭐랄 사람 없어."

말은 그랬지만 사실 그녀가 꽤 신경 쓰는 것은 분명했습니다. 여느 때 그녀의 버릇대로 자기 집안 내막을 제가 아는 것이 싫어서 일부러 아무렇지도 않은 척해 보인 듯합니다. 저도 그렇게 싫어하는데 억지로 캐고 싶지는 않았지만, 그녀의 희망을 실현해 주기 위해서는 아무래도 그녀의 집을 찾아가서 어머니나 오빠와 진지하게 의논하지 않으면 안 될 것이었습니다. 그래서 저희 두 사람 사이에서 점차 이야기가 발전됨에 따라 "한번 너희 집안 식구 좀 만나게 해 줘."라고 몇 번 말했지만 그녀는 이상하게 싫은 기색으로 "괜찮아, 만나지 않아도. 내가 얘기할게."라고 늘 답했습니다.

이 자리에서 지금은 제 아내가 된 그녀를 위해서, '가와이 부인'의 명예를 위해서, 구태여 그녀가 불쾌해할 것을 무릅쓰면서 당시의 나오미 집안이나 가정 환경을 들춰낼 필요는 없으니 가능한 한 언급하지 않겠습니다. 나중에 자연히 아실 테고, 그렇지 않아도 그녀 집이 센조쿠초에 있다는 사실, 열다섯 살에 카페 호스티스로 나왔다는 사실 그리고 절대로 자기 집을 남한테 알리려고 하지 않는다는 사실 등을 생각하면 어떤 집안인지 대강 상상이 가실 테니까요. 아니 그뿐이 아닙니다. 저는 결국 그녀를 설득해서 어머니와 오빠를 만났는데, 그들은 자기 딸이자 여동생의 정조에 관해서는 전혀 관심이 없었습니다. 제가 그들에게 한 상담은 모처럼 본인도 공부하고 싶어 하고, 그런 곳에서 오래 일하기에는 아까운 아이 같으니, 댁에서 괜찮다면 저에게 그 애를 맡기시면 얼만큼일지는 몰라도 마침 도우미가 하나 필요하기도 하고 부엌일과 청소나 해 주면 얼추 교육을 시키겠다고, 물론 제 환경과 아직 독신이라는 사실을 다 털어놓고 말해 보았습니다. 그랬더니 "그렇게만 해 주신다면 정말이지 저 아이에게는 행운이지요……"라고 맥이 빠질 만큼 쉽게 대답했습니다. 정말 이렇다면 나오미 말대로 만날 필요도 없었던 겁니다.

'세상에는 정말 무책임한 부모 형제가 있구나.' 그때 절감했습니다.

그러나 그러면 그럴수록 나오미가 한층 애처롭고 가엾게 생각되었습니다. 어머니 말에 따르면 그들은 나오미가 주체스러워서 "사실 이 애는 기생집에 보낼 예정이었는데

본인이 싫어해서, 언제까지고 놀릴 처지도 못되고 어쩔 수
없이 카페에 보냈던 겁니다."라니까, 누군가가 그녀를 맡아
준다고만 하면 우선은 안심이라는 겁니다. 아, 그랬구나. 그
래서 그녀는 집에 있기 싫어서 휴일이면 언제나 밖으로 나
돌아 영화를 보러 가곤 했구나. 사정을 듣고 나서 저도 겨우
수수께끼를 풀었습니다.

그러나 나오미 댁이 그렇다는 것은 나오미한테나 저
한테는 대단히 행운이어서, 얘기가 결정되자 그녀는 바로
카페를 그만두고 매일매일 저와 둘이서 적당한 셋집을 찾
으러 다녔습니다. 제 근무처가 오이초니까 가능한 한 다니
기 편한 곳으로 고르자고 일요일에는 아침 일찍 신바시 역
에서 만나고, 나머지 날은 회사가 파하는 시간에 오이초에
서 만나서 가마타, 오모리, 시나가와, 메구로 등 주로 그 부
근의 교외, 시내로는 다카나와, 다마치, 미타 부근을 돌아보
고, 돌아올 때는 어딘가에서 같이 저녁을 먹고 시간이 남으
면 여느 때처럼 극장에 가거나, 긴자 거리를 산책하고 나서,
그녀는 센조쿠초의 집으로, 저는 시바구치의 하숙집으로 돌
아갔습니다. 그 당시는 1차 세계 대전이 시작된 1914년 즈
음이라서 셋집이 부족했기에, 적당한 집이 좀처럼 발견되지
않아서 저희는 반 달 남짓을 그렇게 보냈습니다.

만일 그 당시 화창한 5월의 일요일 아침 같은 때, 오모
리 부근의 신록이 아름다운 교외를 회사원 같은 남자와 전
통적인 모모와레로 머리를 빗은 초라한 소녀가 어깨를 나
란히 하고 걷는 모습을 누가 보았더라면 어떻게 생각했을까
요. 남자는 꼬마를 '나오미'라고 부르고, 꼬마는 남자를 '가

와이 씨'라고 부르면서 말입니다. 주인하고 하인 사이라고
도 할 수 없고, 남매라고도 할 수 없고, 그렇다고 부부나 친
구라고도 할 수 없는 모습으로 서로 조심조심 얘기도 하고,
번지를 묻기도 하고, 근처 경치를 바라보기도 하고, 여기저
기 울타리나 저택의 정원, 길가에 핀 꽃을 돌아보면서 늦봄
의 긴 하루를 행복한 듯이 걷던 그 두 사람은 분명히 이상한
짝이었음에 틀림없습니다. 꽃 이야기 하니 생각이 나는데
나오미는 서양 꽃을 무척 좋아해서 저는 잘 모르는 여러 꽃
이름, 그것도 상당히 어려운 영어 이름을 많이 알았습니다.
카페에서 일할 때, 화병의 꽃은 늘 자기가 관리했기 때문에
자연히 외웠다는데, 지나가다가 어떤 집에 온실이 있거나
하면 그녀는 재빨리 알아차리고 바로 멈춰 서서 "어머, 예
쁜 꽃!" 하고 기쁜 듯이 소리칩니다.

　"나오미는 무슨 꽃이 제일 좋아?"라고 물으니까 "튤
립이 제일 좋아."라고 대답했습니다.

　아사쿠사의 센조쿠초 같은 너저분한 골목에서 자랐기
때문에 오히려 반동적으로 널찍한 전원을 동경하고 꽃을 사
랑하게 됐는지도 모릅니다. 제비꽃, 민들레, 연꽃, 프리뮬러
같은 것이 밭이랑이나 길가에 피어 있으면 금방 쫄랑쫄랑
다가가서 따려고 합니다. 하루 종일 걷는 동안 그녀 손에는
따 온 꽃이 가득해집니다. 수없이 꽃다발을 만들어 소중하
게 집에 올 때까지 들고 있습니다.

　"꽃들이 전부 시들었잖아. 그만 버려."

　그렇게 말해도 그녀는 좀처럼 듣지 않고 "괜찮아요. 물
을 주면 바로 살아난다니까. 가와이 씨 책상 위에 놔두면 좋

잖아?" 하고 헤어질 때 늘 그 꽃다발을 주었습니다.

그렇게 사방을 돌아다녀도 좀처럼 괜찮은 집이 나오지 않아서 결국 한참 고민한 끝에 우리는 오모리 역에서 1킬로미터 남짓 떨어지고, 국철 선로가 가까운 좀 조잡한 양옥 한 채를 빌리기로 했습니다. 소위 말하는 '문화 주택'이라는 것으로, 아직 그 시절은 유행이 아니었지만, 요즘 말로는 아마도 이렇게 부르겠지요. 경사가 급하고, 전체 집 높이의 반 이상은 될 것 같은 빨간 슬레이트 지붕과 성냥갑처럼 하얀 벽으로 둘러싸여 있으며 바깥쪽 여기저기에 장방형 유리창이 있고, 정면 포치 앞에는 마당이라기보다 공터랄 만한 땅이 붙어 있는 집으로, 실제로 살기보다는 그림으로 그리는 편이 재미있을 외관이었습니다. 하긴 그도 그럴 것이 원래 그 집은 모모라는 화가가 지어서 모델인 부인과 둘이 살았다고 합니다. 따라서 방 배치 같은 것도 무척 불편했습니다. 아래층에는 쓸데없이 넓기만 한 아틀리에와 이름뿐인 현관과 부엌밖에 없고, 2층에 다다미 석 장짜리와 넉 장 반짜리[3] 방이 있었지만, 그것도 다락방에 딸린 광 같아서 쓸 만한 방은 못되었습니다. 그 다락방은 아틀리에에 있는 계단으로 올라가게 되어 있습니다. 올라가면 난간을 두른 복도가 있고, 가부키 같은 전통극의 관람석처럼 그 난간에서 아틀리에를 내려다보게 되어 있었습니다.

나오미는 처음 그 집의 '모습'을 보자 "어머, 하이칼라 같네! 나 이런 집이 좋아." 하고 무척 마음에 들어 했습니다.

---

3 다다미 한 장은 약 반 평.

그녀가 그렇게 기뻐하길래 바로 빌리기로 했던 겁니다.

아마도 나오미는 어린애 같은 생각으로 방 배치는 실용적이 아니라도 동화 속 그림 같은 특이한 양식에 호기심을 느꼈겠죠. 분명히 천하태평한 청년과 소녀가 가능한 한 살림때에 찌들지 않고 놀이 기분으로 살기에 알맞은 집이었습니다. 전에 살던 화가와 모델도 그런 생각으로 살았겠지만, 사실 단 두 명이라면 아틀리에 한 칸만으로도 자고 먹는 데에는 충분했습니다.

3

제가 드디어 나오미를 데리고 그 '동화의 집'으로 이사한 것은 5월 하순이었습니다. 막상 이사해 보니 생각만큼 불편하지 않았고, 햇살이 잘 드는 다락방에서는 바다가 보이고, 남향인 집 앞 빈터는 화단을 만들기에 적당했으며, 집 근처를 가끔 국철이 지나간다는 것이 옥에 티였지만, 작은 논이 사이에 있어 그다지 시끄럽지 않았기에, 그 정도면 괜찮은 집이었습니다. 그뿐 아니라 일반 사람한테는 어울리지 않는 집이었기 때문에 예상 외로 집세가 싸서, 일반적으로 물가가 싼 시절이기는 했지만, 보증금 없이 월세 20엔인 점도 마음에 들었습니다.

"나오미, 앞으로는 나를 '가와이 씨'라고 부르지 말고 '조지 씨'라고 불러. 그리고 우리 진짜 친구처럼 지내자."라고 이샛날 그녀에게 말했습니다. 물론 고향집에는 이번에 하숙을 접고 집을 한 채 빌렸다는 것, 가사 도우미로 열다섯 살짜리 소녀를 고용했다는 것 등을 알렸습니다만, 그녀하고

'친구처럼' 지낸다는 사실은 알리지 않았습니다. 고향에서 친척이 찾아오는 일은 좀처럼 없으니까, 알릴 필요가 생기면 그때 알리려던 겁니다.

우리는 얼마 동안 이 희한한 집에 어울리는 가구를 여럿 사서 여기저기 배치하거나 장식하느라 바쁘고도 즐거운 나날을 보냈습니다. 저는 가능한 한 그녀의 취미를 계몽하려고 소소한 것을 살 때에도 혼자 결정하지 않고 그녀의 의견을 묻고 그녀의 생각을 가능한 한 채택했습니다. 원래 옷장이며 화로 같은 일상적인 가재도구는 놓을 곳이 없는 집인 만큼 오히려 선택하기가 자유로워서 우리 취향대로 마음껏 꾸밀 수 있었습니다. 우리는 싼 인도산 사라사를 발견해서 나오미의 신통치 않은 솜씨로 커튼을 만들어 유리창에 걸고, 시바구치의 서양 가구점에서 중고 등의자와 소파, 안락의자와 탁자 따위를 찾아내서 아틀리에에 들여 놓고, 벽에는 메리 픽퍼드를 비롯해 미국 영화배우 사진을 두서너 장 붙였습니다. 침구도 가능한 한 서양식으로 하고 싶었지만, 침대를 두 개나 사면 돈이 들뿐더러 이불은 시골집에서 보내 줄 텐데 하고 포기하였습니다.

그런데 나오미를 위해서 시골에서 보내온 이불이 도우미용이라 솜을 얇게 넣은 뻣뻣한 당초무늬 무명이었습니다. 저는 딱한 생각이 들어서 "이것 좀 심하네. 내 이불하고 한 장 바꿔 줄까?"라고 물었지만 "아니 됐어. 이거면 충분해."라고 대답하고 그녀는 그 이불을 뒤집어쓰고 혼자 쓸쓸히 석 장짜리 다다미방에서 잡니다.

저는 같은 다다미 석 장 반짜리인 옆방에서 잡니다. 아침마다 눈을 뜨면 우리는 저쪽 방과 이쪽 방에서 이불에 파묻힌 채 말을 나눕니다.

"나오미, 일어났어?"

"응, 일어났어. 지금 몇 시야?"

"6시 반이야. 오늘 아침에는 내가 밥 지어 줄까?"

"그래? 어저께 내가 지었으니까, 오늘은 조지 씨가 지어도 괜찮겠네."

"피할 수 없군. 지어 줄까? 아니면 대충 빵으로 때울까?"

"좋아. 그렇지만 조지 씨는 너무 약아."

우리는 밥이 먹고 싶으면 작은 냄비에 밥을 안치고 밥통에 옮길 것도 없이 식탁에 들고 와서 통조림 같은 반찬으로 식사합니다. 그것도 귀찮으면 빵에다가 우유에 잼 같은 것으로 때우거나 양과자를 먹고, 저녁에는 메밀국수나 우동으로 때우거나 조금 잘 먹고 싶을 때는 둘이서 근처 양식당에 갑니다.

"조지 씨, 오늘은 비프스테이크 사 줘."

그녀는 그런 소리를 자주 했습니다.

아침 식사가 끝나면 저는 나오미를 혼자 두고 회사에 갑니다. 그녀는 오전에는 화단의 꽃을 만지고 오후에는 집을 열쇠로 잠그고 영어와 음악을 배우러 갑니다. 영어는 처음부터 서양 사람한테 배우는 것이 좋을 것 같아서 메구로에 사는 미국인 올드미스 미스 해리슨이라는 사람네 집에 하루걸러 회화와 초심자용 영어 독본인 『리더』를 배우러 갑니다. 부족한 부분은 제가 가끔 집에서 복습해 주기로 했습니다. 음악은 제가 도저히 몰라서 이삼 년 전에 우에노의 도쿄음악학교를 졸업한 부인이 자기 집에서 피아노와 성악을 가르친다길래, 매일 시바노이사라고까지 한 시간씩 레슨을 받으러 갑니다. 나오미는 거칠게 짠 실크 메이센 옷에 감색 캐시미어 하카마[4]를 입고 까만 양말에 귀여운 작은 단화를 신고 완전히 여고생처럼 차려입고는 자기 이상이 겨우 현실이 된 기쁨에 두근거려하면서 부지런히 다닙니다. 가끔 돌아오는 길에 그녀하고 거리에서 부딪히면 이제는 어딜 봐도 센조쿠초에서 자란 아가씨이거나 카페에서 호스티스를 하던 아가씨로 보이지는 않습니다. 머리도 그 뒤로는 일본식 모모와레로 결코 빗지 않고 뒷머리를 리본으로 묶은 뒤 따서 늘어뜨렸습니다.

제가 전에 "새를 기르는 심정"이라고도 했는데, 그녀는 제가 데리고 온 뒤로 안색도 점점 좋아지고 성격도 점차 변해서 정말 쾌활하고 명랑한 작은 새가 되었습니다. 그 널찍한 아틀리에는 그녀를 위한 커다란 새장인 셈이었습니다. 5월도 끝나 밝은 초여름이 되었습니다. 화단의 꽃은 나날이 키가 자라고 색채가 진해집니다. 저는 회사에서, 그녀는 레슨에서 저녁에 집에 돌아오면 인도산 사라사 커튼으로 새들어오는 태양이 하얗게 페인트칠한 방을 대낮처럼 밝게 비춥니다. 그녀는 플란넬 홑겹 옷을 입고 맨발에 슬리퍼를 걸치고 탕탕 마루를 구르면서 배운 노래를 복습하거나 저를 상대로 술래잡기니 까막잡기를 합니다. 그런 때에는 온 아틀리에를 뛰어다니다 탁자를 뛰어넘기도 하고, 소파 아래로 기어 들어가기도 하고, 의자를 뒤집어엎기도 하고, 그것도 모자라면 계단을 뛰어올라가서 예의 극장 관중석 같은 다락방 복도를

4 일본 전통 바지.

생쥐처럼 쫄랑쫄랑 왔다 갔다 합니다. 한번은 제가 말이 되어 그녀를 등에 태우고 방 안을 기어 다닌 적도 있습니다.

"이랴, 이랴!"

나오미는 세수수건을 고삐 대신 저에게 물립니다.

그렇게 신나게 놀던 어떤 날의 일입니다. 나오미가 깔깔 웃으면서 너무 신나서 계단을 오르락내리락하다가 발을 헛디뎌 꼭대기에서 굴러떨어지고는 훌쩍훌쩍 울기 시작했습니다.

"이봐, 왜 그래? 어디를 부딪혔는데? 어디 좀 봐."

제가 그렇게 말하면서 일으키자 그녀는 훌쩍거리면서 소매를 걷어 보였는데, 떨어지는 바람에 못 같은 것에 긁힌 건지 오른쪽 팔꿈치 피부가 찢어져서 피가 났습니다.

"뭐야, 까짓것 가지고! 자, 반창고를 붙여 줄 테니까 이리로 와."

연고를 바르고 가제를 잘라서 붕대를 감는 동안에도 나오미는 눈에 눈물을 그렁그렁 달고 콧물을 뚝뚝 떨어뜨리면서 훌쩍거립니다. 그 얼굴이 천진난만한 어린아이 같았습니다. 상처는 운 나쁘게 곪아서 오륙 일 동안 매일 붕대를 갈아야 했습니다. 그때마다 그녀가 울지 않은 적이 없습니다.

제가 그때 이미 나오미를 사랑하게 됐던 건지는 잘 모르겠습니다. 네, 분명히 사랑하고는 있었겠지만, 저는 그녀를 잘 키워서 훌륭한 숙녀로 만드는 즐거움만으로도 만족할 거라고 생각했습니다. 그해 여름, 회사에서 이 주간 휴가를 받아서 나오미는 아사쿠사의 친정집에 맡기고, 오모리 집은 잠가 놓고 저는 예년대로 고향 집에 돌아갔습니다. 그런데 막상 시골집에 가 보니 그 이 주간이 견딜 수 없이 지루하고 쓸쓸하게 느껴졌습니다. '나오미가 없으니 이토록 재미없구나.'라고 생각하면서, 이것이 사랑의 시작이 아닐까 그때 처음 생각했습니다. 어머니한테는 적당히 둘러대고 예정보다 일찍 도쿄에 올라왔습니다. 도착하니 밤 10시가 지나 있었지만, 그대로 우에노 역에서 나오미 집까지 택시로 달려갔습니다.

"나오미, 돌아왔어. 저 골목에 택시를 세워 뒀으니까 바로 오모리에 가자."

"그래? 그럼 바로 나갈게."

그렇게 말하더니, 그녀는 저를 현관문 밖에 기다리게 해놓고 얼마 있다가 작은 보따리를 들고 나왔습니다. 무척 무더운 밤이었지만, 나오미는 뿌연 연보라색 포도무늬가 있는 모슬린 홑옷에 폭이 넓고 화려한 핑크색 리본으로 머리를 묶고 있었습니다. 그 모슬린 옷감은 지난번 추석 때 제가 사 준 것인데, 친정에 있는 동안 재단한 모양이었습니다.

"나오미, 매일 뭘 하고 지냈어?"

차가 번잡한 히로코지 쪽으로 달리기 시작하자, 저는 그녀와 나란히 앉아서 약간 그녀에게 얼굴을 갖다 대듯이 하고 물었습니다.

"난 매일 영화 보러 다녔어."

"그럼 별로 쓸쓸하지 않았겠네."

"응, 별로 쓸쓸하진 않았지만……"

그렇게 말하고 그녀는 잠깐 생각하더니 "근데 조지 씨는 예상했던 것보다 빨리 돌아왔네."

"시골에 있어 봤자 재미없으니까. 예정을 줄여서 빨리 온 거야. 역시 도쿄가 제일이야."

저는 그렇게 말하고 휴 하고 안도의 한숨을 쉬면서 창밖에서 반짝이는 도회지 밤의 화려한 불빛을 말할 수 없이 그리운 마음으로 바라보았습니다.

"그래도 여름에는 시골도 좋을 것 같은데."

"시골도 시골 나름이지. 우리 집 같은 곳은 아주 촌구석이라서, 경치는 평범하지, 명승고적이 있는 것도 아니지, 대낮부터 모기니 파리가 웽웽거리는 통에 더워서 견딜 수가 없다니까."

"어머, 그런 곳이야?"

"그런 곳이지."

"어디 해수욕이나 가면 좋겠다."

갑자기 그렇게 말하는 나오미의 말투는 떼쓰는 어린애처럼 귀여웠습니다.

"그럼 조금 이따가 시원한 곳으로 데리고 갈게. 가마쿠라가 좋을까? 하코네가 좋을까?"

"온천보다는 바다가 좋지. 너무 가고 싶어!"

그 천진난만한 목소리만 듣고 있으면 예전의 나오미가 틀림없지만, 뭔지 열흘 남짓 못 본 사이에 갑자기 훌쩍 자란 것 같아서, 모슬린 홑겹 옷 아래에서 숨 쉬는 둥그런 어깨와 젖무덤 부근을 힐끔힐끔 훔쳐보지 않을 수 없었습니다.

"그 옷 잘 어울리네. 누가 꿰매 줬어?"

조금 있다가 제가 물었습니다.

"엄마가 만들어 줬어."

"집에서 뭐라고 그러셔? 옷감을 잘 골랐다시지 않아?"

"그러셨어. 나쁘진 않지만 무늬가 너무 하이칼라래."

"어머님이 그러셨어?"

"응, 우리 집 사람들은 아무것도 모른다니까."

그렇게 말하고 그녀는 먼 곳을 바라보는 듯한 눈초리로 "모두들 내가 완전히 변했다더라."라고 얘기했습니다.

"어떻게 변했대?"

"많이 세련돼지고 하이칼라가 됐대."

"그야 그렇겠지. 내가 봐도 그런데 뭘."

"그런가? 한번 일본식 머리로 빗으라고 그러는데 안 내켜서 안 했어."

"그럼 그 리본은?"

"이거? 이건 내가 아사쿠사 센소지 앞에 있는 가게에서 산 거야. 어때?"

그러면서 고개를 비틀어 기름기 없는 매끄러운 머리카락을 바람에 날리면서 펄럭펄럭 춤추는 핑크색 리본을 보여 줍니다.

"응, 잘 어울리는데? 이렇게 하는 편이 일본식 머리보다 얼마나 좋은지 몰라."

"흥."

그녀는 들창코를 조금 치켜들고 득의양양하게 웃었습니다. 나쁘게 말하면 그 시건방진 코웃음이 그녀의 버릇인데 제 눈에는 오히려 무척 영리해 보입니다.

4

나오미가 자꾸 "가마쿠라에 데려가 줘!"라고 졸라서 이삼 일 묵을 생각으로 나선 게 8월 초였습니다.

"왜 이삼 일밖에 못 있는데? 이왕이면 열흘이나 일주일 정도는 있어야지."

그렇게 말하는 그녀는 출발할 때 좀 불평스러운 듯 보였지만, 저는 회사가 바쁘다는 핑계로 고향에서 일찍 왔기 때문에 어머니에게 들통나면 조금 곤란했지요. 그렇지만 그런 얘기를 하면 그녀가 주눅이 들까 봐 "올해는 이삼 일로 참아. 내년에는 느긋하게 어딘가 좋은 곳에 데려갈 테니까. 됐지?"

"그렇지만 겨우 이삼 일이라니."

"그건 그렇지만 해수욕하고 싶으면 집에 돌아와서 오모리 해수욕장에서 하면 되잖아?"

"그렇게 더러운 바다에선 헤엄 못 쳐."

"그렇게 떼쓰는 거 아니야. 자, 착하니까 말 들어요. 대신 옷 사 줄게. 아, 맞다, 맞아, 너 계속 양복이 입고 싶다고 했잖아? 그래, 그래, 양복을 맞춰 주지.”

그 '양복'이라는 미끼에 그녀는 겨우 잠잠해졌습니다.

가마쿠라에서는 “하세의 긴파로”라고 하는 그다지 좋지 않은 여관에 묵었습니다. 거기엔 지금 생각하면 우스운 사정이 있습니다. 제 주머니에는 상반기에 받은 상여금이 거의 그대로 있었기 때문에 원래 이삼 일 묵는 데 돈을 아낄 필요는 없었습니다. 그리고 저는 그녀하고 처음으로 일 박 여행을 하게 되어 너무 신나서 가능하면 그 인상을 아름답게 하기 위해 돈도 넉넉하게 쓰고 여관도 일류로 잡을 생각이었습니다. 그런데 막상 그날이 되어 요코스가행 이등칸에 타자마자 저희는 기가 죽었습니다. 왜냐면 그 기차 칸에는 즈시나 가마쿠라 같은 피서지에 가는 부인과 아가씨 들이 잔뜩 타고 있었는데, 화려한 행렬을 이룬 그 무리 속에 들어가 보니, 어쨌거나 나오미의 행색이 너무 초라했던 것입니다.

물론 여름이니까 그 부인들이나 아가씨들도 그다지 화려하게 차려입은 것은 아닙니다. 그렇지만 그들과 나오미를 비교해 보니 상류사회에서 태어난 사람과 그러지 못한 사람 사이에는 어쩔 수 없는 품격의 차이가 있는 것 같았습니다. 나오미도 카페에 있을 때하고는 다른 사람처럼 변하긴 했지만, 가문과 성장 환경이 나쁜 것은 아무리 애써도 안 되는 게 아닐까 하고 저는 느꼈고, 그녀는 한층 더 강하게 그리 느꼈음에 틀림없습니다. 평상시 그녀를 하이칼라답게 보이게 하던 예의 모슬린 포도무늬 홑겹 옷이 그때 얼마나 초라해 보였는지 모릅니다. 거기 늘어선 부인들 중에는 심플한 유카타를 입은 사람도 있었지만, 손가락에서 반짝이는 보석이나 핸드백 같은 호사스러운 소지품 등 그들의 부를 나타내는 것이 있었습니다. 그런데 나오미의 손에는 그 매끄러운 피부밖에는 무엇 하나 자랑할 만한 것이 없었습니다. 저는 지금도 나오미가 쑥스러운 듯이 자기 양산을 소매 뒤로 숨기던 일이 생각납니다. 그도 그럴 것이 그 양산은 새것이긴 했지만 누구 눈에도 7, 8엔 밖에 안 되는 싸구려 물건이었기 때문입니다.

그래서 우리는 일류 여관이라는 미하시 여관으로 할까, 아니면 큰 맘 먹고 가이힌 호텔에 묵을까 하면서 왔으면서도, 그 앞까지 가 보고 나서 첫째로 생김새가 너무 으리으리한 데 압도당해, 하세다니 거리를 두서너 번 왔다 갔다 한 끝에 그 고장에서는 이류 내지 삼류에 해당하는 긴파로에 묵기로 했습니다.

여관에는 젊은 학생들이 많이 묵고 있어서 도저히 조용하게 지낼 수는 없었습니다. 우리는 매일을 해변에서 보냈습니다. 말괄량이 나오미는 바다만 보면 기분이 좋아져서 기차에서 기죽던 일은 다 잊고 "나, 이번 여름에 무슨 일이 있어도 헤엄치는 법을 배울 거야." 하고는 저의 팔에 매달려서 신나게 첨벙첨벙 얕은 곳에서 난리칩니다. 저는 그녀의 몸을 양손으로 잡고 바닷물에 띄우기도 하고, 단단하게 막대기를 잡게 한 뒤에 그녀의 다리를 붙들고 발장구치는 법을 가르치기도 하고, 일부러 갑자기 손을 놓아서 짠 바닷물을 마시게도 하고, 그것도 싫증 나면 파도타기 연습을 하거나 해변에서 뒹굴면서 모래장난을 하고, 저녁에는 배를 빌려서 먼바다까지 저어 나가고…… 그런 때면 그녀는 늘 수영복 위에 커다란 수건을 두르고 어떤 때는 뱃머리에 걸터 않고, 어떤 때는 뱃전을 베개 삼아 드러누워서 파란 하늘을 우러러 보고 아무한테도 거리낄 것 없이 좋아하는 나폴리의 뱃노래 「산타 루치아」를 드높이 노래합니다.

O dolce Napoli(오 돌체 나폴리)
O suol beato(오 수올 베아토)

이탈리아어로 부르는 그녀의 소프라노 소리가 저녁 바다에 울려 퍼지는 것을 황홀하게 들으면서 저는 조용하게 노를 젓습니다. "좀 더 저쪽으로, 더 저쪽으로." 그녀는 파도 위를 한없이 달려가고 싶어 합니다. 어느 틈엔지 해는 저물고 별이 반짝반짝 하늘에서 우리 배를 내려다보고 주위가 희미하게 어두워지면, 그녀의 모습은 하얀 수건에 감싸여 윤곽이 흐릿해집니다. 그러나 밝은 노랫소리는 좀처럼 그치지 않고 「산타 루치아」를 여러 번 되풀이하다, 다음에는 「로렐라이」가 되고, 그다음에는 「유랑의 백성」이 되고, 미뇽의 1절이 되기도 하면서, 느릿느릿 나가는 배를 쫓아 노래가 계속 이어집니다.

그런 체험은 누구라도 젊은 시절에 한번은 겪는 일이겠지만, 저는 그때가 처음이었습니다. 저는 전기 기사라 문학이니 예술이니 하는 것과는 인연이 없는 편이어서 소설은 좀처럼 안 읽지만, 그때 떠오른 것은 예전에 읽은 나쓰메 소세키의 『풀베개』였습니다. 분명히 『풀베개』에 "베니스는 가라앉으며, 가라앉으며."라는 문장이 있던 것으로 기억합니다. 나오미와 함께 배에 흔들리면서 저녁노을의 장막을 통해 먼바다 쪽 육지의 등불을 바라보면, 이상하게 그 문장이 마음속에 떠올라, 뭐랄까요, 이대로 그녀와 끝없이 먼 미지의 세계로 흘러가고 싶어지고, 눈물이 날 것 같고, 황홀하게 취하는 마음이 되었습니다. 저와 같은 무지렁이가 그런 기분을 맛본 것만으로도 가마쿠라의 사흘간은 결코 헛되지 않았습니다. 아니 그뿐만이 아닙니다. 사실 그 사흘간은 저에게 또 하나 아주 귀중한 발견을 주었습니다. 저는 지금까지 나오미와 살면서 그녀의 몸매가 어떤지, 노골적으로 말해 그 벗은 몸을 알 기회가 좀처럼 없었는데, 이번에 정말 잘 알게 되었습니다. 그녀가 전날 일부러 긴자에 나가서 사온 진녹색 수영모와 수영복을 입고 유이가 해수욕장에 처음 나타났을 때, 솔직히 말씀드려 잘 균형 잡힌 그녀의 몸매를 보고 얼마나 기뻤는지 모릅니다. 그랬습니다. 정말로 기뻤습니다. 전부터 옷 입은 때깔로 봐서 나오미의 몸매는 아마도 이렇겠지 하고 생각했는데, 생각대로였기 때문입니다.

'나오미여, 나오미여, 나의 메리 픽퍼드여. 너는 그 얼마나 균형 잡힌 멋진 몸매를 갖고 있는지. 너의 그 나긋나긋한 팔은 또 어떤가. 쭉 뻗은 소년처럼 곧은 그 다리는 또 어떤가.'

저는 저도 모르게 마음속으로 소리쳤습니다. 저는 영화에서 자주 본 맥 세넷[5]의 베이징 걸을 연상하지 않을 수 없었습니다.

누구라도 아내의 몸매에 대해 자세히 쓰기 싫겠지만,

5　Mack Sennett(1880~1960). 미국의 영화감독으로, 수영복 미인(bathing girl)들을 등장시키는 활기찬 코미디물을 다수 제작했다.

저도 나중에 제 아내가 될 그녀의 몸매에 대해 번지르르하게 늘어놓거나 많은 사람에게 알리는 게 결코 유쾌하지 않습니다. 그렇지만 그 얘기를 안 하면 아무래도 이야기 진행에 지장이 되겠고, 그런 것 가지고 주저하다가는 결국 이 글을 쓰는 의의조차 없어질 겁니다. 그래서 나오미가 15세 되던 8월, 가마쿠라 해변에 갔을 때, 어떤 체격이었는지 대강 적으려 합니다. 당시 나오미는 나와 나란히 서면, 키는 저보다 3센티미터 정도 작았습니다.(여기에서 잠깐 양해를 구하자면 저는 바위처럼 단단한 몸집이지만 키는 156센티미터밖에 안 되어 작은 편이었습니다.) 한편 나오미의 골격은 허리가 짧고 다리가 긴 것이 특징이었습니다. 조금 멀리서 보면 실제보다 무척 커 보입니다. 게다가 그 짧은 허리는 S자로 잘록하고, 하체에는 충분히 여자다운 풍만함을 지닌 엉덩이가 솟아 있습니다. 당시 우리는 유명한 오스트레일리아 수영 선수 켈러만 양이 주연한 「해신의 딸」이라는 인어 영화를 보았기 때문에 "나오미, 어디 켈러만 흉내 좀 내 봐."라고 내가 말하면 그녀는 모래사장에 서서 양손을 하늘로 쭉 뻗고 다이빙 포즈를 취했는데, 그럴 때 양 다리를 딱 붙이면, 다리와 다리 사이에 한 치의 틈도 없이 허리에서 아래쪽 발목을 종점으로 하나의 갸름한 삼각형이 그려졌습니다. 그녀도 자랑스러운지 "어때? 조지 씨, 내 다리 똑바르지?"라고 물으면서 걸어 보기도 하고 멈춰 서기도 하고 모래 위에 쭉 뻗으면서 스스로도 그 자태를 기쁜 듯이 바라봅니다.

그리고 또 하나 나오미 몸의 특징은 목에서 어깨로 흐르는 선입니다. 어깨……. 종종 그녀의 어깨를 만질 기회가 있었습니다. 나오미가 수영복을 입을 때면 언제나 "조지 씨, 이것 좀 잠가 줘." 하고 제 옆에 와서 어깨에 달린 단추를 잠가 달랬기 때문입니다. 나오미처럼 완만하게 내려온 어깨에 목이 긴 사람은 옷을 벗으면 마른 경우가 보통이지만, 그녀는 예상 외로 볼륨이 있는 건장한 어깨와 호흡이 강할 것 같은 가슴을 지녔습니다. 단추를 잠가 줄 때 그녀가 깊이 숨을 들이마시거나 팔을 움직여서 등 근육을 움직이면 그렇잖아도 터질 것 같은 수영복이 언덕처럼 솟은 어깨 부근에서 한껏 늘어나서 탁 하고 터질 것 같습니다. 한마디로 정말 힘찬 '젊음'과 '아름다움'이 넘쳐흐르는 어깨였습니다. 저는 슬쩍슬쩍 주변의 많은 소녀들과 비교해 보았지만, 그녀같이 건장한 어깨와 우아한 목을 겸비한 사람은 없는 것 같았습니다.

"나오미, 가만히 좀 있어. 그렇게 움직이면 단추가 뻑뻑해서 잘 안 잠기잖아."

그렇게 말하면서 저는 수영복 끝을 잡고 큰 물건을 봉투에 쑤셔 넣듯이 억지로 그녀의 어깨를 밀어넣어야 했습니다. 체격이 그러한 그녀가 운동을 좋아하고 말괄량이인 것은 당연할 수밖에요. 실제로 나오미는 손발을 써서 하는 일이라면 뭐든지 잘했습니다. 수영도 가마쿠라에서의 사흘을 시작으로 오모리 해안에서 매일 열심히 배워서 그해 여름에 드디어 마스터하고, 보트를 젓거나 요트를 운전하는 등 여러 가지를 할 수 있게 되었습니다. 그리고 하루 종일 실컷 놀다가 날이 저물면 지쳐서 "아아, 피곤해."라면서 흠뻑 젖은 수영복을 들고 돌아옵니다.

"아, 배고파." 하면서 축 처져 의자에 몸을 내던집니다.

어쩌다가 저녁밥 짓기가 귀찮으면 돌아오는 길에 양식집에 들러서 둘이 경쟁하듯이 실컷 먹습니다. 비프스테이크 다음에 또 비프스테이크, 비프스테이크를 좋아하는 그녀는 날름 세 접시 정도는 먹어 치웁니다. 그해 여름의 즐거웠던 추억을 쓰기 시작하면 한이 없을 테니 이 정도로 해 두지만, 마지막으로 하나 빼놓으면 안 되는 것은 그때쯤부터 제가 그녀를 욕조에 집어넣고 손이니 발이니 스펀지로 씻겨 주는 습관이 생긴 일입니다. 이것은 나오미가 졸려하거나 목욕탕에 가기를 귀찮아해서, 소금물을 씻어 내려고 부엌에서 물을 끼얹거나 큰 통에 집어넣어 씻기 시작한 것이 시초였습니다.

"자, 나오미, 그대로 자면 몸이 끈끈해서 못 써. 씻겨 줄 테니 이 통 안에 들어가."

그렇게 말하면, 그녀는 시키는 대로 얌전히 저에게 몸을 맡깁니다. 그것이 점점 습관이 되어서 시원한 가을이 와도 통에서 목욕하는 일은 멈추지 않았고, 나중에는 아틀리에 구석에 서양식 욕조와 배스매트를 사다 놓고, 그 주위를 가리개로 둘러싸고 겨울 내내 씻겨 주게 되었습니다.

5

눈치 빠른 독자 가운데는 이미 앞의 이야기 행간에서 저와 나오미가 친구 이상의 관계를 맺었으리라고 상상하신 분이 계시겠죠. 그러나 사실은 그렇지 않습니다. 그야 세월이 흐름에 따라 서로의 가슴에 일종의 '양해' 같은 것이 싹트기는 했습니다. 그렇지만 한쪽은 아직 15세밖에 안 된 소녀이고, 저는 전에도 말씀드렸듯이 여자에 관해서는 전혀 경험이 없는 얌전한 '군자'였을뿐더러, 나오미의 정조에 대해서는 책임을 느끼기 때문에 일시적인 충동으로 그 '양해'의 범위를 넘는 일은 없었습니다. 물론 제 마음에는 '나오미 말고 아내로 삼을 여자는 없다. 설혹 있다 하더라도 이제는 정 때문에라도 나오미를 버릴 수 없다.'라는 생각이 점차 단단하게 뿌리를 내리고 있었습니다. 그런 만큼 한층 그녀를 더럽히거나 농락하는 태도로 첫 관계를 갖고 싶지는 않았습니다.

네, 저와 나오미가 처음 그런 관계가 된 것은 그다음 해 나오미가 16세 되던 봄, 4월 26일이었습니다. 그렇게까지 확실하게 기억하는 것은 사실은 그때쯤, 아니 그 훨씬 전인 목욕시켜 주기 시작한 때부터 매일 나오미에 대해 느꼈던 여러 가지를 일기에 적어 두었기 때문입니다. 정말 당시의 나오미는 몸매가 하루하루 여자다워지고 눈에 띄게 자랐기 때문에 마치 아이를 낳은 부모가 "처음 웃었다."라든가 "처음 말을 했다."라는 식으로, 그 아이의 성장 기록을 쓰는 심정으로 일일이 제 주의를 끈 일들을 일기에 썼습니다. 지금도 가끔 그 일기를 들여다볼 때가 있습니다. 다이쇼 몇 년 9월 21일, 즉 나오미가 15세이던 가을에는 다음과 같이 쓰여 있습니다.

밤 8시에 목욕을 시키다. 해수욕장에서 탄 것이 아직 다 안 벗겨졌다. 수영복을 입은 부분만 하얗고 나머지는 새카매서 나도 그렇지만 나오미는 살갗이 워낙 희니까 더욱 확실하게 눈에 띄어 벌거벗어도 수영복을 입은 것 같다. 네 몸이 얼룩말 같다고 했더니 나오미가 깔깔거리며 웃었다.

그러고 나서 한 달 정도 지난 10월 17일자 일기에는.

햇볕에 타거나 껍질이 벗겨지는 것이 점점 적어진다 싶더니 오히려 전보다 반들반들 윤이 나는 무척 아름다운 살갗이되었다. 내가 팔을 씻겨 주면 나오미는 잠자코 피부 위로 녹아흐르는 비누 거품을 바라본다. 예쁘다고 내가 말하면 정말 예쁘다고 그녀가 말하고 "비누 거품 말이야."라고 덧붙인다.

다음은 11월 5일자 일기.

오늘 처음으로 서양식 욕조를 써 본다. 익숙하지 않은 나오미는 미끄덩미끄덩 물속에 미끄러지면서 깔깔 웃는다. '커다란 베이비'라고 했더니 나를 '파파'라고 불렀다.

그렇습니다. 이 '베이비'와 '파파'는 그 뒤로도 종종 나옵니다. 나오미는 뭔가를 조르거나 떼를 쓸 때면 언제나 장난치면서 저를 '파파'라고 불렀습니다.

『나오미의 성장』. 그 일기에는 이런 표제가 붙어 있습니다. 그러니까 그것은 말할 것도 없이 나오미에 관한 일만을 기록한 것으로, 이윽고 저는 사진기를 사서 점점 더 메리 픽퍼드 닮아 가는 그녀의 얼굴을 다양한 빛과 각도에서 찍어서 기록 사이사이에 붙였습니다.

일기 얘기로 잠깐 샜지만, 어쨌든 일기를 보면 저와 그녀가 끊을래야 끊을 수 없는 관계가 된 것은 오모리에 이사하고 나서 2년째 되던 해 4월 26일이었습니다. 하기는 둘사이에는 말을 하지 않아도 이미 양해가 성립되어 있었으니극히 자연스럽게 어느 쪽이 어느 쪽을 유혹한다고 할 것도없이 거의 이렇다 할 말 한마디 않고 암암리에 그런 결과를맞았습니다. 그러고 나서 그녀는 제 귓가에 입술을 갖다 대고 "조지 씨, 절대로 나를 버리지 마."라고 했습니다.

"버리다니, 그런 일은 절대 없으니까 안심해. 나오미는 내 마음을 잘 알 텐데……"

"응, 그야 알지만……"

"언제부터 알았어?"

"글쎄, 언제부터더라……."

"내가 너를 데려다가 뒷배를 봐주겠다고 했을 때, 나오미는 나를 어떻게 생각했어? 너를 훌륭하게 키워서 장차 너랑 결혼할 생각이 아닐까, 그렇게는 생각 안 했어?"

"그야 그럴 생각인가 싶긴 했지만……."

"그렇다면 나오미도 내 아내가 되어도 괜찮다는 마음으로 와 줬군."

그리고 저는 그녀의 대답을 기다릴 것도 없이 힘껏 그녀를 끌어안으면서 말을 이었습니다.

"고마워, 나오미. 진짜 고마워. 이해해 줘서. 나는 이제야 솔직하게 말하는데, 네가 이만큼이나 내 이상대로의 여자가 되어 주리라고는 기대하지 않았어. 운이 좋았지. 평생 너를 사랑할게. 너만을. 절대로 세상에 흔히 있는 부부처럼 너를 소홀히 하지 않을 거야. 정말로 내가 너를 위해 산다고 생각하면 돼. 네가 원하는 건 무엇이든지 들어줄 테니까, 너도 더 열심히 공부해서 훌륭한 사람이 되어 줘."

"네, 나 열심히 공부할게요. 그리고 진짜로 조지 씨 맘에 드는 여자가 될게. 꼭……."

나오미의 눈에 눈물이 흘렀는데 어느 틈엔지 저도 울고 있었습니다. 그리고 둘은 그날 밤 내내 장래 이야기를 싫증 내지 않으며 나누다가 날을 지새웠습니다.

그러고 나서 얼마 지나 토요일 오후에서 일요일에 걸쳐 고향에 돌아가 어머니에게 처음으로 나오미 얘기를 털어놓았습니다. 첫째는 나오미가 우리 집의 반응을 거정하는 것 같았기 때문에 그녀를 안심시키기 위한 것과 저로서도 공명정대하게 일을 진행하고 싶었기 때문에 가능한 한 서둘러 어머니에게 보고했던 것입니다. 저는 '결혼'에 대한 생각을 솔직하게 말씀드리고, 왜 나오미를 아내로 삼고 싶은지 노인네가 잘 이해할 수 있게 설명했습니다. 어머니는 전부터 제 성격을 잘 이해하고 저를 믿어 주셨기 때문에 "네가 그런 생각이라면 그 애를 아내로 삼는 것도 괜찮지만, 그 아이의 친정이 그런 집이라면 문제가 일어나기 쉬우니 뒤탈 없게 조심하거라."라고 말씀하셨을 뿐입니다. 그래서 정식 결혼식은 이삼 년 뒤에 올리기로 하고, 호적만은 빨리 저희 집에 입적시키고 싶어서 센조쿠초에도 바로 말했는데, 그쪽은 원래 태평한 어머니와 오빠들이라서 쉽게 끝났습니다. 태평하기는 해도 그렇게 나쁜 사람들은 아닌 것이 돈 얘기 같은 것은 한마디도 없었습니다.

그렇게 되고 나서 저하고 나오미의 친밀도가 급속도로 깊어진 것은 말할 것도 없습니다. 아직 세상에서는 아는 사람도 없었고, 표면적으로는 여전히 친구처럼 지냈지만 이제 우리는 누구에게나 떳떳한 법률상 부부였습니다.

어떤 날은 그녀에게 말했습니다.

"이봐, 나오미. 나랑 너는 앞으로도 계속 친구같이 살자. 언제까지나."

"그럼 언제까지나 나를 '나오미'라고 불러 줄래?"

"그렇지. 아니면 '부인'이라고 불러 줄까?"

"싫어, 그런 거."

"아니면 '나오미 씨'로 할까?"

"'씨'는 더욱 싫어. 역시 나오미가 좋아. 내가 '씨'로 불러 달랄 때까지는."

"그러면 나도 영원히 '조지 씨'네."

"그야 그렇지. 달리 부를 호칭이 없는걸."

나오미는 소파에 똑바로 드러누워서 손에 든 장미꽃을 자꾸 입술에 대고 만지작거리는가 싶더니, 갑자기 "나 좀 봐, 조지 씨." 그러면서 양손을 펼쳐서 꽃 대신에 제 목을 끌어안았습니다.

"나의 귀여운 나오미." 저는 숨이 막힐 만큼 꽉 안긴 채 옷소매 그늘에서 소리를 내어 "나의 귀여운 나오미, 나는 너를 사랑할 뿐인 게 아니야. 사실을 말하면 너를 숭배해. 너는 내 보물이야. 내가 직접 발견하여 갈고닦은 다이아몬드야. 그러니까 너를 아름다운 여자로 만들기 위해서라면 뭐든지 사 줄 거야. 내 월급을 몽땅 너한테 써도 괜찮아."

"아니야, 그렇게까지 안 해 줘도. 그런 것보다 나, 영어와 음악을 좀 더 열심히 공부할 거야."

"아, 그럼, 그럼. 공부해야지, 공부해. 이제 곧 피아노도 사 줄 테니까. 그래서 서양인 앞에 나서도 부끄럽지 않는 레이디가 되어 줘. 너라면 틀림없이 될 수 있어."

이 "서양인 앞에 나서도"라든가 "서양 사람처럼"이라는 말을 저는 종종 썼습니다. 그녀도 그 말을 기쁘게 들은 것은 물론, "어때? 이러면 내가 서양인 같아 보이지 않아?"라면서 거울 앞에서 여러 표정을 짓습니다. 영화를 볼 때 그녀는 어지간히 여배우의 동작에 주의를 기울이며 픽퍼드는 이런 식으로 웃는다든가 피나 메니켈리는 이런 식으로 눈을 뜬다든가 제럴딘 패러는 늘 머리를 이런 식으로 묶는다든가 하면서 나중에는 너무 열중해서 머리카락을 풀어헤치고 여러 모양으로 만들면서 흉내를 내는데, 순간적으로 그들 여배우의 버릇이나 느낌을 포착하는 데 천재적이었습니다.

"정말 잘하네. 그렇게는 배우라도 흉내 못 낼 거야. 나오미는 얼굴이 서양 사람 같으니까."

"그래? 어디가 그렇게 닮았지?"

"콧매하고 치열 덕분에 그래."

"아아, 이 말이야?"

그러고 그녀는 "이……" 하듯이 입술을 벌리고 예쁜 치열을 거울에 비춰 봅니다. 정말이지 알갱이가 고른, 대단히 윤택 있는 예쁜 치열이었습니다.

"정말 너는 일본인 같지가 않아. 보통 일본 옷을 입으면 잘 안 어울리니까 차라리 양복을 입는 게 어때? 일본 옷이라도 좀 특별한 스타일로 입으면 어떨까?"

"어떤 스타일?"

"앞으로는 여자들이 점점 활발하게 활동하게 될 테니 지금까지처럼 육중하고 답답한 옷은 안 좋다고 생각해."

"애들이 입는 것 같은 통짜 기모노에 어린이 띠를 매면 어떨까?"

"통옷도 나쁘지는 않지. 뭐라도 좋으니까 가능한 한 새롭고 기발한 모습을 해 보자. 일본도 중국도 서양도 아닌 옷은 없을까?"

"있으면 만들어 줄 거야?"

"아, 물론 만들어 주지. 나는 나오미한테 다양한 옷을 만들어 줘서 매일 바꿔 입히고 싶어. 고급 옷감이나 지리멘 같은 고급 비단이 아니어도 상관없어. 모슬린이나 값싼 실 크 옷감이면 충분하니까 디자인을 좀 기발하게 하는 게 좋 겠어."

그런 이야기 끝에 저희는 자주 여기저기 있는 일본 옷 가게와 백화점에 옷감을 찾으러 다녔습니다. 특히 그 당시 는 일요일마다 미쓰코시 백화점이나 시로키야를 찾지 않은 적이 없습니다. 어쨌든 일반적인 여성복으로는 나오미도 저 도 만족하지 못했기에 이거다 싶은 옷감을 찾기가 쉽지 않았 습니다. 보통 일본 옷가게로는 안 될 것 같아서 사라사 가게 나 카펫 가게, 와이셔츠나 양복 원단을 파는 가게를 찾아다 니고, 일부러 요코하마까지 가서 차이나타운과 외국인 거주 지에 있는 외국인 상대 옷감 가게를 온종일 헤맨 적도 있습니 다. 둘 다 지쳐서 다리가 막대기처럼 되고도 계속 옷감을 찾 으러 다녔습니다. 길을 갈 때에도 주의 깊게 서양 사람들의 옷차림이나 모습에 신경 쓰고, 모든 쇼윈도를 주의 깊게 봅 니다. 어쩌다 진귀한 것이 있으면 "아, 저 옷감 어때?"라고 바로 그 가게에 들어가 그 옷감을 윈도에서 꺼내오게 하고 그 녀의 몸에 대 보거나 턱 아래로 축 늘어뜨려 보고 허리에 둘 둘 말아 보거나…… 정말이지 그렇게 아이쇼핑만 하고 다니 는 것도 두 사람한테는 정말 재미있는 놀이였습니다.

요즘에야 일반 일본 부인들도 오르간디나 조젯, 코튼 보일 같은 옷감을 홑겹으로 만드는 것이 조금씩 유행하기 시작했지만, 처음에 그렇게 만든 것은 우리 아니었을까요? 나오미는 이상하게도 그런 옷감이 어울렸습니다. 그것도 너무 딱딱한 정복은 안 되고 통소매이거나, 파자마 같은 형태, 나이트가운처럼 하거나 옷감째 몸에 두르고 군데군데 브로치로 잠근 채 집 안을 왔다 갔다 하면서 거울 앞에 서서 자기 모습을 보거나 이런저런 포즈로 사진을 찍었습니다. 하얀색, 장미색, 연보라색 레이스처럼 비치는 옷감에 휘감긴 그녀는 살아 있는 한 송이 커다란 꽃처럼 아름다웠습니다.

"이렇게 해 봐, 저렇게 해 봐."라면서 저는 그녀를 안아 일으키거나 뉘이고, 앉히거나 걷게 시키면서 몇 시간이고 바라보았습니다.

그런 식이었기에 그녀의 옷은 일 년 만에 수도 없이 늘어났습니다. 그녀는 그 옷들이 자기 방에는 도저히 다 안 들어가니까 닥치는 대로 아무 데나 걸거나 둘둘 말아 둡니다. 옷장을 사면 되는데 그럴 돈이 있으면 조금이라도 더 옷이 사고 싶고, 게다가 우리 취향으로는 그렇게 소중하게 보관할 필요도 없습니다. 숫자는 많지만 전부 싸구려라서, 어차피 입다 버릴 거니까 보이는 곳에 흩트려 놓고 기분 내킬 때 몇 번이라도 바꿔 입는 편이 편리하기도 하고, 첫째로는 방의 액세서리도 됩니다. 그래서 아틀리에는 마치 극장의 의상실처럼 의자 위든 소파 위든 마루 구석이든, 심할 때는 계단 중간이나 다락방 난간까지도 옷에 점령당했습니다. 그리고 좀처럼 빨지 않는 데다가 맨살에 입기 때문에 대개 때에 찌들어 있었습니다.

그 많은 옷 대부분이 기발한 디자인이었기 때문에, 외출할 때 입을 만한 옷은 반도 되지 않았습니다. 그중에 나오미가 무척 좋아하고 가끔 외출할 때 입는 옷으로 면과 실크를 얼기설기 짠 고급 실크 일본 기모노와 겉옷이 있습니다. 실크라도 면 혼방이지만 겉옷도 기모노도 전체가 무지인 포도주색으로, 일본 조리신의 코와 겉옷 끈도 똑같은 포도주색으로 만들고 그밖에는 전부 반칼라든 띠든 그 띠를 잠그는 장식이든, 속에 입는 기모노 안감과 소매 안도 하나같이 옅은 물색으로 배색했습니다. 띠 역시 고급 실크로 폭은 좁고 심지는 얇게 만들어서 가슴 높이에 단단하게 매고, 속옷의 반칼라에는 그 실크 비슷한 것이 있으면 좋겠다 싶어 리본을 사다가 달았습니다. 나오미가 그것을 입고 나가는 것은 대개 밤에 극장 갈 때라서, 그 번쩍거리는 현란한 옷감을 반짝이면서 유라쿠좌나 제국극장 복도를 걸어가면 그녀를 돌아보지 않는 사람이 없었습니다.

"뭐지, 저 여자는?"

"여배우인가?"

"혼혈아인가 봐."

그런 숙덕거림을 들으면 저도 그녀도 득의만만해져 일부러 주위를 배회했습니다. 그러나 그 옷조차도 사람들이 그렇게 이상하게 생각하는데 하물며 더 기발한 옷은 아무리 나오미가 특이한 것을 좋아한다고 해도 도저히 밖에 입고 나가기 어려웠습니다. 그 옷들은 그저 방 안에서 그녀를 담아서 바라보기 위한 여러 그릇에 지나지 않았습니다. 예컨대 한 송이 아름다운 꽃을 이런저런 화병에 꽂아 보는 마음이었겠죠. 저한테 나오미는 아내임과 동시에 세상에 드문 인형이자 장식품이었기에 놀랄 일이 아닙니다. 그녀는 집에서 거의 제대로 된 옷차림으로 있는 일이 없었습니다. 어떤 미국 활동 영화에 나온 남성복에서 힌트를 얻어서 까만 벨벳으로 맞춘 조끼까지 세트로 된 양복은 아마도 가장 돈이 많이 든 사치스러운 실내복이었습니다. 그것을 입고 머리카락은 돌돌 말고 헌팅캡을 쓴 모습은 고양이처럼 요염했지만, 여름은 물론 겨울에도 스토브로 방을 데워 놓고 헐렁한 가운이나 수영복 하나로 노는 일도 가끔 있었습니다. 그녀가 신는 슬리퍼만 해도 수를 놓은 중국 신을 비롯해서 몇 켤레인지…… 그리고 그녀는 대개 버선이나 양말을 신지 않고 맨발에 신발을 신었습니다.

6

당시 저는 그렇게까지 그녀 비위를 맞추고 뭐든지 하고 싶은 대로 하게 해 주면서 한편으로는 그녀를 잘 가르쳐서 훌륭한 여자, 멋진 숙녀로 만들겠다는 처음의 희망을 버리지 않고 있었습니다. 이 '훌륭하다'라든가 '멋지다'라는 낱말의 의미를 음미하면 저 자신도 확실하지 않지만, 요컨대 단순한 생각으로는 '어디에 내놔도 부끄럽지 않은 근대적이고 하이칼라다운 숙녀'와 같은 극히 막연한 이미지가 머릿속에 있던 것 같습니다. 나오미를 '훌륭하게 만드는 것'과 '인형처럼 귀하게 아끼는 것', 그 둘이 과연 양립할지? 지금 생각하면 바보 같은 얘기지만, 그녀의 사랑에 빠져서 눈이 먼 저는 그런 빤한 이치조차 몰랐습니다.

"나오미, 노는 건 노는 거고 공부는 공부야. 네가 훌륭해지면 더 많이 사 줄게."

저는 입버릇처럼 말합니다.

"응, 공부할 거야. 그리고 꼭 훌륭해질 거야."

나오미는 늘 그렇게 대답합니다. 그리고 매일 저녁 식사 뒤에 삼십 분 정도 저는 그녀에게 회화와 영어 독본 『리더』를 공부시킵니다. 그러나 그런 때 그녀는 예의 벨벳 옷이나 가운 같은 것을 입고 발끝으로 슬리퍼를 갖고 놀면서 의자에 기대 있어서 아무리 정색하고 말해도 결국은 '놀이'와 '공부'가 뒤섞여 버립니다.

　　"나오미, 뭐야, 그런 짓을 하고! 공부할 때는 조금 더 똑바로 해야지."

　　그렇게 말하면 나오미는 흠칫 어깨를 움츠리고는 초등학생 같은 어리광 부리는 목소리로 "선생님, 미안해요."라고 하거나 "가와이 션쌤님, 용서해 줘요."라면서 제 얼굴을 살짝 들여다보며, 볼을 쿡 찌르기도 합니다. '가와이 선생님'도 이 귀여운 학생을 엄격하게 대할 용기가 없어서 잔소리의 끝은 결국 싱거운 장난이 되고 맙니다.

　　나오미의 음악 실력은 잘 모르지만, 도대체 영어는 15세에 시작해서 벌써 이 년 정도 지난 데다가 해리슨 양에게 배우니까 원래대로라면 상당히 잘해야 할 텐데 『리더』도 1권으로 시작해서 지금은 2권의 반 정도 진도가 나갔고, 회화 교과서로는 『잉글리시 에코』, 문법책은 간다 나이부의 『중급 문법』을 쓰니, 중학교 3학년 실력은 되어야 합니다. 그러나 아무리 좋게 봐 주려고 해도 나오미는 아마도 2학년 실력도 안 됩니다. '참 이상하다. 그럴 리가 없는데.' 그렇게 생각하고 한번은 제가 해리슨 양을 찾아간 일이 있습니다. 그러나 "아, 그렇지 않습니다. 나오미 씨는 상당히 똑똑합니다. 잘합니다."

그렇게 말하면서 사람 좋아 보이는 뚱뚱한 올드미스가 방글방글 웃을 뿐이었습니다.

"맞습니다. 나오미는 똑똑한 아이입니다. 그러나 그에 비해 영어는 못하는 것 같아요. 읽기는 하는데, 일본어로 번역한다든가 문법을 해석하는 걸 보면……"

"당신이 틀린 거예요. 잘못 생각하는 겁니다."

여전히 올드미스는 방글방글 웃으면서 제 말을 가로막는 것입니다.

"일본 사람 모두 문법이나 번역을 염두에 둡니다. 그렇지만 제일 좋지 않은 방식입니다. 영어를 배울 때, 절대로 머릿속에서 문법을 생각하면 안 됩니다. 번역해서도 안 됩니다. 영어 그대로 몇 번이고 읽는 게 제일 좋지요. 나오미 씨는 발음이 무척 아름답습니다. 리딩을 잘하니까 곧 실력이 늘 겁니다."

올드미스의 말에도 일리는 있습니다. 그러나 제 말은 문법을 조직적으로 외우라는 것이 아닙니다. 이 년간이나 영어를 배우고 『리더』 3권을 읽을 수 있다면 하다못해 과거 분사의 용법이나 수동태, 가정법의 응용 정도는 실제로 쓸 줄 알아야 할 텐데, 일문을 영어로 번역하게 하면 전혀 안 되는 겁니다. 거의 중학교 열등생에도 미치지 못할 만큼 형편없습니다. 아무리 리딩을 잘한대도 이래 가지고는 도저히 실력이 향상될 수가 없습니다. 도대체 이 년이나 무엇을 배우고, 무엇을 가르쳤는지 알 수가 없습니다. 그러나 올드미스는 불만스러운 제 얼굴에는 신경도 안 쓰고, 아주 안심한 듯이 느긋한 태도로 고개를 끄덕이면서 "나오미 씨는 무척 똑똑합니다."를 되풀이할 뿐입니다.

제 생각이긴 하지만 아무래도 서양인 교사들은 일본인 학생에 대해서 일종의 편애가 있는 것 같습니다. 편애라고 말하기 어렵다면 선입관이라고 할까요? 즉 그들은 서양인 비슷한, 하이칼라에 가까운 생김새가 귀여운 소년 소녀를 보면 무조건 그 아이가 똑똑하다고 믿습니다. 특히 올드미스인 경우 이 경향이 한층 강합니다. 해리슨 양이 나오미를 계속 칭찬하는 것은 그 탓으로, 처음부터 '똑똑한 아이'라고 결정해 버린 셈입니다. 게다가 나오미는 해리슨 양이 말하는 것처럼 발음만은 대단히 유창합니다. 우선 치열이 가지런한 데다가 성악의 소양이 있으니까, 그 목소리만 듣고 있으면 무척 유려해서 엄청 영어를 잘하는 것 같고 나 같은 것은 발치에도 못 미치는 듯 느껴집니다. 아마도 미스 해리슨은 그 목소리에 속아서 홀딱 넘어간 것이 틀림없습니다. 그녀가 얼마나 나오미를 사랑하고 있는가는 놀랍게도 그녀의 방 화장대 거울 주변에 나오미 사진이 잔뜩 놓인 것만 봐도 알 수 있습니다.

저는 미스 해리슨의 의견과 교수법에 대해서는 무척 불만이 많았지만, 동시에 또 서양 사람이 나오미를 그렇게 편애하고, 똑똑하다고 해 주기를 바랐기에 마치 제가 칭찬받은 것처럼 기뻤습니다. 그뿐 아니라 원래 저는, 아니 저뿐이 아닙니다, 일본인은 다들 그렇지만 서양인 앞에 나가면 주눅이 들어서 자기 생각을 똑똑하게 말할 용기가 없어지는 편입니다. 미스 해리슨이 기묘한 악센트가 있는 일본어로, 당당하게 떠들어 대니 결국 이쪽은 해야 할 말도 못 하고 맙니다. '뭐, 미스 해리슨이 그런 의견이라면 이쪽은 이쪽대로 부족한 부분을 집에서 보충해 주면 되지.'라고 결심하고, "네, 그건 그렇습니다. 말씀대로입니다. 자, 저도 이제 알았으니 안심입니다."라면서 실실 겉치레 웃음을 띠고 요령 부족인 채 풀이 죽어서 돌아왔습니다.

"조지 씨, 해리슨 씨가 뭐래?"

나오미가 그날 밤 물었지만, 그녀는 미스 해리슨이 자기를 총애하는 것을 알기 때문에 대수롭게 여기지 않는 것 같았습니다.

"잘한댔지만, 서양 사람은 일본인 학생의 심리를 몰라. 그저 발음이 좋고 술술 읽기만 한다고 되는 건 아니지. 너는 분명히 기억력이 좋아. 그러니까 암기는 잘하지만, 번역을 시키면 의미를 전혀 모르잖아. 그래 갖고는 앵무새나 다름없지. 아무리 배워도 소용이 없어."

제가 나오미한테 잔소리다운 잔소리를 한 것은 그때가 처음이었습니다. 저는 그녀가 해리슨 양이 자기편이라고 거 보라는 듯 의기양양하게 굴어서 약이 올랐을 뿐 아니라 도대체가 이래 가지고 '훌륭한 숙녀'가 될 수 있을지 무척 불안했습니다. 영어는 별도로 쳐도 문법도 이해 못 하는 머리 갖고는 정말이지 앞날이 걱정입니다. 남자아이가 중학교에서 기하나 대수를 배우는 것이 무엇 때문입니까? 반드시 실제로 쓰이는 것이 주안이 아니고, 두뇌 활동을 치밀하게 만들고 연마할 목적 아닙니까? 하긴 여자아이에게 지금까지는 해부학적 머리가 없어도 됐습니다. 그러나 앞으로의 여성은 그렇게는 안 될 겁니다. 하물며 "서양 사람에게도 지지 않을 만큼 훌륭한" 숙녀가 되려는 사람이 통합력, 분석력도 없어서는 참으로 불안합니다.

저는 다소 옹고집이 되어서 전에는 삼십 분 남짓 공부시키던 것을 그 뒤로는 한 시간이나 한 시간 반 이상, 매일 영역과 문법을 시켰습니다. 그리고 그동안은 절대로 놀이 기분을 허용하지 않고, 가차 없이 야단쳤습니다. 나오미에게 가장 부족한 것이 이해력이기에, 저는 일부러 심술궂게 세세한 것은 가르치지 않고 조금 힌트를 주고 나머지는 스스로 깨닫도록 인도했습니다. 예컨대 문법에서 수동태를 배웠다면, 바로 응용문제를 제시하고 "자, 이것을 영어로 고쳐 봐."라고 합니다.

"지금 읽은 부분을 이해한다면, 못할 리가 없어." 그렇게 말한 채, 그녀가 답안을 완성할 때까지 잠자코 느긋하게 기다립니다. 답안이 틀렸어도 절대로 어디가 틀렸는지 알려주지 않고 "뭐야, 이게, 이러면 이해한 게 아니잖아? 다시 한 번 문법을 읽어 봐."라고 몇 번이고 퇴짜 놓습니다. 그러고도 못하면 "나오미, 이렇게 쉬운 걸 못해서 어떡할 건데. 너 도대체 지금 몇 살이야. 몇 번이고 똑같은 부분을 고쳐 주었는데 아직도 모르다니, 머리가 있는 거야, 없는 거야? 해리슨 양이 똑똑하다고 했지만, 나는 전혀 그렇게 생각 안 해. 이것도 못하면 학교에서는 열등생이야."

저는 저도 모르게 열이 나서 큰소리를 내게 됩니다. 그러면 나오미는 부루퉁한 얼굴이 되었다가 끝내 훌쩍훌쩍 울기 시작합니다.

평상시는 정말 사이좋은 두 사람, 그녀가 웃으면 저도

웃고, 전에는 한 번도 싸운 적이 없고, 이렇게 사이좋은 커플은 없다고 생각되던 두 사람이 영어 시간만 되면 서로 답답하고 숨이 막힐 것 같아집니다. 하루에 한 번 제가 화내지 않는 일이 없고, 그녀가 뾰로통해지지 않는 날이 없고, 바로 아까까지 그렇게 기분 좋았던 사람들이 갑자기 온몸이 굳어서 적의를 담은 눈으로 서로를 노려봅니다. 사실 저는 그때가 되면 그녀를 훌륭한 숙녀로 만들겠다는 처음의 동기는 잊고, 그녀가 시원찮아서 화가 나고 마음속부터 그녀가 미워집니다. 상대방이 남자아이였다면 저는 틀림없이 화가 난 나머지 머리를 쿡 쥐어박았을 겁니다. 그러잖아도 열중한 나머지 "바보!"라고 소리치는 일이 다반사였습니다. 한 번은 그녀 이마를 쿡 주먹으로 찌른 일이 있습니다. 그러나 그렇게 당하고 나면 나오미도 이상하게 틀어져서 아는 것도 절대로 대답하지 않고, 볼에 흐르는 눈물을 삼키면서 언제까지고 돌처럼 침묵을 이어 갑니다. 일단 그런 식으로 비뚤어지기 시작한 나오미는 놀랄 만큼 고집이 세서 어떻게 해볼 도리가 없기 때문에 마지막에는 결국 끈기가 달리는 제가 흐지부지돼 버리는 겁니다.

어느 날은 이런 일도 있었습니다. doing이라든가 going이라고 하는 현재 분사에는 반드시 그 앞에 '있다' 동사 to be를 붙여야 하는데, 그녀는 그것을 몇 번 가르쳐도 이해하지 못했습니다. 그리고 여전히 I going, he making과 같은 잘못을 저지릅니다. 저는 화가 나서 예의 "바보!"를 연발하면서 입이 닳도록 자세히 설명한 뒤에 과거, 미래, 미래 완료, 과거 완료 등 여러 가지 시제로 going을 변화시키라고 했더니, 황당하게도 전혀 모르는 것이었습니다. 여전히 He will going이라고 하든지 I had going이라고 씁니다. 저도 모르게 발끈해서 "바보! 너는 어쩜 이렇게 바보야! will going이니 have going은 절대로 못 쓴다고 그렇게 말했는데 아직도 모르겠어? 모르면 알 때까지 해 봐. 오늘 밤을 꼴딱 새워도 할 수 있을 때까지는 용서하지 않을 거야."

그리고 격렬하게 연필을 내던지고 노트를 그녀 앞에 들이밀자, 나오미는 입술을 꽉 깨물고 새파래져서 눈을 치켜뜨고 날카롭게 제 미간을 째려봅니다. 그러더니 무슨 생각인지 갑자기 노트를 움켜쥐고 쫙쫙 찢어서 탕하고 마루에 내던지고는 다시 무서운 눈초리로 제 얼굴을 구멍이 뚫릴 만큼 노려보았습니다.

"뭐 하는 짓이야!"

순간적으로 그 맹수 같은 기세에 압도되어서 어안이 벙벙해진 저는 한참 지나고 나서 말했습니다.

"너 나한테 반항할 생각이야? 공부 따윈 아무래도 상관없다는 거야? 열심히 공부하겠다느니, 훌륭한 숙녀가 되겠다느니 했던 건 도대체 뭐야? 무슨 생각으로 노트를 찢은 거야? 자, 빌어. 빌지 않으면 용서하지 않을 거야! 오늘을 끝으로 이 집에서 나가!"

그러나 나오미는 여전히 완고하게 입을 다문 채, 그 창백해진 얼굴 입가에 우는 듯한 엷은 웃음을 띨 뿐이었습니다.

"그래! 빌지 않을 거라면 됐으니까 지금 당장 여기서 나가! 자, 나가라니깐, 나가!"

그 정도 하지 않고는 도저히 그녀에게 으름장 놓을 수

없겠다고 생각한 저는 벌떡 일어나서 흩어져 있는 그녀의 옷을 두서너 개 재빨리 말아서 보자기에 싸고 2층 방에서 지갑을 들고 와서 10엔짜리를 두 장 꺼내어 그녀에게 들이 대면서 말했습니다.

"자, 나오미, 이 보자기에 당장 쓸 건 넣어 두었으니까, 이걸 갖고 오늘 밤 아사쿠사로 돌아가. 여기 20엔이 있어. 적지만 당장 쓸 용돈으로 받아 둬. 나중에 확실하게 정리할 거고, 짐은 내일이라도 보낼 테니까. 이봐, 나오미, 왜 그래? 왜 잠자코 있어?"

그렇게 말하자 기가 세 보여도 아이는 아이였습니다. 나오미는 예사롭지 않은 제 기세에 다소 기가 죽은 모습으로, 새삼 후회하는 듯이 다소곳하게 고개를 떨구고 움츠리고 있었습니다.

"너도 고집이 어지간하지만, 나도 일단 말을 꺼낸 이상 절대로 이대로 안 끝내. 잘못했다고 생각하면 사과해. 그게 싫으면 집에 가. 자, 어느 쪽이야? 빨리 결정해. 사과할 거야? 아니면 아사쿠사로 돌아갈 거야?"

그러자 그녀는 고개를 저으면서 "싫어, 싫어." 합니다.

"가고 싶지 않다는 거야?"

'응.' 하듯이 이번에는 턱으로 끄덕끄덕합니다.

"그러면 사과하겠다는 거야?"

'응.'

또 똑같이 고개를 끄덕입니다.

"그러면 용서는 해 줄 테니까 제대로 손을 바닥에 짚고 사과해."

어쩔 수 없이 나오미는 양손으로 책상을 짚고(그래도 아직 어딘지 사람을 깔보는 듯한 태도로) 불만스러운 듯이 머리를 옆으로 돌리고 고개를 숙입니다.

그렇게 오만하고 제멋대로인 기질이 전부터 있었는지 제가 너무 오냐오냐한 결과인지, 어쨌든 날이 갈수록 점점 심해지는 건 확실해졌습니다. 아니 사실은 그런 기질이 심해진 것이 아니라, 15, 16세 때에는 어린애다운 애교로 생각하고 봐줬던 것이 커서도 없어지지 않고 점차 제 손에 버거울 정도가 됐는지도 모릅니다. 전에는 아무리 떼를 써도 잔소리를 순순히 듣던 것이 요즘은 조금이라도 자기 마음에 안 들면 바로 뽀로통 부어 터집니다. 그나마 훌쩍훌쩍 울면 귀엽지만, 어떤 때는 제가 아무리 엄하게 야단쳐도 눈물 한 방울 흘리지 않고 얄미울 정도로 모른 척하거나, 예의 날카롭게 치켜뜬 눈으로 먹이를 노리듯이 똑바로 쳐다봅니다. 만일 진짜로 동물 전기[6]라는 게 있다면, 나오미 눈에는 틀림없이 다량으로 들어 있겠다고 저는 늘 생각했습니다. 왜냐하면 그 눈은 여자의 눈이라고 생각할 수 없을 만큼 형형하게 빛나고 강렬하고 무시무시한 데다가 깊이를 모를 매력을 지니고 있어서 강하게 노려보면 가끔 소름이 끼쳤기 때문입니다.

6   동물의 신경이나 근육의 세포가 활동할 때 일종의 전류가 생기는 것.

7

그 시절 제 가슴에는 실망과 애모라는 두 가지 모순된 감정이 다투고 있었습니다. 제가 선택을 잘못했다는 것, 나오미는 제 기대만큼 똑똑한 여자가 아니라는 것, 이제 그 사실은 아무리 제가 예쁘게 봐 주려고 해도 부인하기 어려웠고, 장차 그녀가 훌륭한 숙녀가 되리라는 바람은 지금에 와서는 완전히 허망한 꿈이었다는 사실을 깨닫게 된 것입니다. '역시 태생이 나쁜 녀석은 어쩔 수 없어.' '센조쿠초의 딸에게는 카페의 호스티스가 제격이야.' '팔자에 없는 교육을 시켜 봤자 아무 짝에도 못써.' 저는 심각하게 체념하게 되었습니다. 그러나 체념하는 동시에 다른 한편으로는 점점 강하게 그녀의 육체에 끌렸습니다. 그렇습니다. 저는 특별히 '육체'라고 하겠습니다. 왜냐하면 그것은 그녀의 피부나 이, 입술이나 머리카락, 눈동자, 그 밖에 온갖 자태의 아름다움이지 결코 정신적인 것은 전혀 아니었기 때문입니다. 즉 그녀는 두뇌 면에서는 제 기대를 배반했지만 육체 면에서는 점점 더 제 이상대로, 아니 그보다 아름다워지고 있던 겁니다. '바보 같은 여자', '구제불능'이라고 생각할수록 심술궂게도 저는 점점 더 그 아름다움에 유혹당합니다. 그것은 정말이지 저한테 불운이었습니다. 저는 점차 그녀를 '키워 준다'는 순수한 마음을 잊고 오히려 그녀한테 질질 끌려갔습니다. 이래서는 안 되겠다고 정신 차렸을 때에는 이미 저 자신도 어떻게 할 수 없게 되어 있었습니다.

'세상일이 모두 생각대로 되는 건 아니야. 나는 나오미를 정신과 육체, 양면에서 아름답게 만들려고 했어. 그리고 정신 면에서는 실패했지만 육체 면에서는 훌륭하게 성공했잖아. 나는 그녀가 육체 면에서 이렇게까지 아름다워지리라고는 예상도 못 했어. 그러고 보면 그 성공이 다른 쪽 실패를 보상하고도 남음이 있지 않을까.' 억지로 생각하며 이걸로 만족하라고 제 마음을 달랬습니다.

"조지 씨는 요새 영어 시간에도 나 보고 그렇게 바보, 바보 하지 않네."

나오미는 재빨리 제 마음의 변화를 간파하고 말합니다. 학문 쪽은 시원찮아도 제 안색을 읽는 데는 정말 예리했던 것입니다. "응, 너무 잔소리하면 네가 오히려 고집을 부리니까, 결과가 좋지 않은 것 같아서 방침을 바꾸었지."

"흥." 그녀는 코끝으로 비웃더니 "그건 그래. 그렇게 무조건 바보, 바보 하면 난 절대로 말 안 들어. 사실은 말이야, 어지간한 문제는 제대로 풀 수 있지만 조지 씨를 골려 주려고 일부러 못하는 척한 거라고. 조지 씨는 몰랐지?"

"허, 정말이야?"

저는 나오미가 하는 얘기가 지기 싫어서 하는 허세인 줄 알면서도 일부러 놀란 척해 보였습니다.

"당연하지. 그 따위 문제를 못 푸는 사람이 어디 있어? 진짜 못한다고 생각한 조지 씨가 훨씬 바보야. 나 조지 씨가 화낼 때마다 우스워서 혼났다니까."

"참 어이가 없네. 완전히 나를 골탕 먹이고 있었군."

"어때? 내가 더 똑똑하지?"

"응, 똑똑해. 나오미한테는 못 당하겠어."

그러면 그녀는 득의만만해져서 박장대소합니다.

독자 여러분, 여기에서 제가 갑자기 꺼내는 묘한 얘기를 웃지 말고 들어 주세요. 저는 중학 시절 역사 시간에 안토니우스와 클레오파트라 이야기를 배운 적이 있습니다. 여러분도 아시겠지만 안토니우스가 옥타비아누스의 군대를 맞이해서 나일강에서 전투를 하죠. 그런데 안토니우스를 따라온 클레오파트라는 자기편 형세가 불리하다고 생각되자마자 중간에 배를 돌려서 도망쳐 버립니다. 그런데 안토니우스는 이 매정한 여왕의 배가 자기를 버리고 떠나는 것을 보고 절체절명의 위급한 때임에도 전쟁 따위는 나 몰라라 한 채 바로 여왕 뒤를 쫓아갑니다.

"여러분." 그때 역사 선생님이 우리에게 말씀하셨습니다.

"이 안토니우스라는 남자는 여자 엉덩이나 쫓아다니다 목숨을 잃었으니 역사상 이런 바보는 없죠. 정말 전대미문의 웃음거리입니다. 영웅호걸이라도 이렇게 되어서야……" 그 말씀이 너무 우스워서 학생들은 선생님 얼굴을 보면서 한꺼번에 와 하고 웃었습니다. 그리고 말할 것도 없이 저도 웃은 사람들 중 하나였습니다.

그러나 중요한 것은 이 점입니다. 저는 당시 안토니우스 정도 되는 사람이 어떻게 그런 무정한 여자한테 홀렸는지 너무나 의아했습니다. 아니 안토니우스뿐 아니라, 바로 그 전에도 율리우스 카이사르 같은 영웅이 클레오파트라에게 걸려서 남자 체면을 깎습니다. 그런 예는 이 밖에도 얼마든지 있습니다. 도쿠가와 시대의 오이에 소동[7]이나 한 나라[8]의 병란흥패 이면을 캐 보면 그 뒤에 굉장한 요부의 농간이 없던 적이 없습니다. 그리고 그 요부의 농간에 일단 걸리면 누구라도 덜컥 속을 만큼 그 요부가 대단히 음험하고 교묘한가 하면 아무래도 그렇지는 않은 것 같습니다. 클레오파트라가 아무리 똑똑한 여자였대도 설마하니 카이사르나 안토니우스보다 지혜로웠으리라고 생각되지는 않습니다. 비록 영웅이 아니라도 그 여자가 진심인지, 그녀의 말이 거짓인지 정도는 잘 살펴보면 간파할 수 있었을 겁니다. 신세를 망칠 줄 알면서도 속는다니 영 칠칠치 못한 일입니다. 사실 그렇다면 영웅 따위는 그다지 훌륭한 사람이 아닐지도 모릅니다. 저는 혼자 그렇게 생각하고 안토니우스가 전대미문의 웃음거리이고, 역사상 이런 바보는 없다는 선생님의 비평을 그대로 수긍했던 것입니다.

저는 지금도 그때의 선생님 말씀을 떠올리고 같이 깔깔거리던 제 모습을 상기할 때가 있습니다. 그리고 그때마

---

7   다이묘 집안에서 상속을 둘러싸고 벌어진 내분.
8   나라는 각 영주가 세습 통치하던 번을 이른다.

다 이제는 웃을 자격이 없음을 절감합니다. 왜냐하면 저는 어째서 로마의 영웅이 바보가 되었는지, 안토니우스 같은 사람이 왜 그렇게 어이없게 요부의 농간에 말려들었는지, 그 심정을 지금 확실히 이해할 뿐 아니라 동정을 금치 못하기 때문입니다. 세상에서는 여자가 남자를 속인다고 합니다. 그렇지만 제 경험으로면 결코 처음부터 '속인' 것이 아닙니다. 처음에는 남자가 자진해서 '속기'를 좋아합니다. 사랑하는 여자가 생기면 그녀의 말이 거짓이든 진실이든 남자 귀에는 모두 예쁘게 들립니다. 어쩌다 그녀가 거짓 눈물을 흘리면서 기대거나 하면 '아아, 이 녀석, 이런 수법으로 나를 속이려 드는구나. 그렇지만 너는 이상한 녀석이야. 귀여운 녀석이야. 나는 네 뱃속을 다 알지만 모처럼 속아 주지. 그래, 그래, 실컷 나를 속이렴……'

그런 식으로 남자는 대범하게 어린아이를 기쁘게 해 주려는 마음으로 일부러 속아 줍니다. 그러니까 남자는 여자한테 속았다는 생각이 없습니다. 오히려 여자를 속였다고 생각하고 마음속으로는 웃고 있습니다.

저와 나오미 역시 그랬습니다.

"내가 조지 씨보다 훨씬 똑똑해."

그렇게 말하고 나오미는 저를 속였다고 생각합니다. 저는 자신을 멍청이로 만들고 속은 척합니다. 저로서는 속이 훤히 보이는 그녀의 거짓말을 들춰내기보다 득의양양해서 신나하는 그녀의 얼굴을 보는 편이 훨씬 기뻤기 때문입니다. 나아가 저한테는 제 양심을 만족시킬 구실도 있었습니다. 즉 나오미가 똑똑한 여자는 아니라도 자기가 똑똑하다는 자신감을 갖게 하는 것은 나쁘지 않은 일입니다. 일본 여자의 가장 큰 단점은 확고한 자신이 없다는 점이며, 그래서 일본 여자는 서양 여자와 비교했을 때 위축되어 보입니다. 근대적인 미인의 자격은 얼굴보다도 재기발랄한 표정과 태도에 있습니다. 설혹 자신감이라고 할 정도는 못되고 단순한 자만심이라도 좋으니까 '나는 똑똑해.', '나는 미인이야.'라고 믿는 것이 결국 그 여자를 미인으로 만듭니다. 저는 그렇게 생각했기에 똑똑한 척하는 나오미의 버릇을 제지하기는커녕, 오히려 부추겼습니다. 늘 기분 좋게 그녀한테 속아 주고, 그녀의 자신감을 점점 더 키워 주었습니다.

예를 들어 저와 나오미는 종종 장기나 트럼프를 하였습니다. 본격적으로 대결하면 당연히 제가 이기지만, 가능한 한 그녀를 이기게 해 주었기 때문에 점차 그녀는 "내기에서는 내가 훨씬 더 강자야."라고 우쭐해져서 "자, 조지 씨, 혼내 줄 테니 덤벼 봐."라고 완전히 저를 깔보는 태도로 덤빕니다.

"흠, 그럼 어디 한번 복수전을 해 볼까. 뭐, 내가 진지하게 한다면야 너 따위한테 질 리가 없지. 상대가 어린애라고 생각하니까 나도 모르게 방심해서……."

"좋아, 좋아. 이기고 나서 큰소리치세요."

"알았어! 이번에야말로 진짜 이길 테다!"

그러면서 저는 일부러 하수를 두어 여전히 져 줍니다.

"어때? 조지 씨, 어린아이한테 져서 분하지 않아? 이젠 틀렸어. 누가 뭐래도 나한테는 못 당할걸. 어쩜 서른한 살이나 된 어른이 이런 놀이에서 열여덟 살밖에 안 된 어린애한테 져. 조지 씨는 할 줄을 모르는 거야?" 그러고 그녀는 "역시 나이보다는 머리지."라느니 "바보라 진 거니까 분해도 어쩔 수 없어."라느니 점점 더 신이 나서 흥 하고 코끝으로 시건방지게 비웃습니다.

그러나 무서운 것은 그 태도가 초래하는 결과입니다. 처음에는 적어도 저 자신이 나오미 비위를 맞춰 주느라 져 준다는 생각이었습니다. 그러나 점점 습관이 되면서 나오미는 정말로 강한 자신감을 갖게 되고, 이제는 제가 아무리 진지하게 덤벼도 그녀한테 이기지 못하게 되었습니다.

사람과 사람 사이의 승패는 이지로만 결정되는 것이 아니고, 거기에는 '기합'이라는 것이 있습니다. 말하자면 동물 전기입니다. 하물며 내기의 경우는 더더욱 그렇습니다. 나오미는 저와 싸우게 되면 처음부터 제 기를 꺾어 놓고 엄청난 기세로 덤빕니다. 그러면 이쪽은 조금씩 조금씩 압도당하다가 제대로 대처 못 하게 됩니다.

"그냥 하면 재미없으니까 조금이라도 돈을 걸자"

나중에는 나오미가 맛을 들여서 돈을 걸지 않으면 시합을 하지 않게 되었습니다. 그러자 돈을 걸면 걸수록 제가 지는 횟수가 늘어갑니다. 나오미는 한 푼도 없는 주제에 10전, 20전 하면서 자기 맘대로 액수를 정해서 실컷 용돈을 법니다.

"아아, 30엔 더 있으면 그 옷 살 수 있는데……. 어디 트럼프 해서 따 볼까?"라면서 도전해 옵니다. 어쩌다 그녀가 질 때도 있지만, 그럴 때면 또 다른 수단을 씁니다. 돈이 필요하면 그녀는 무슨 수를 써서라도 꼭 이깁니다.

나오미는 언제라도 그 '수'를 쓸 수 있게 내기할 때는 대개 느슨한 가운 같은 것을 일부러 실실지 못하게 걸칩니다. 그리고 형세가 불리해지면 음탕한 포즈를 취하거나 목덜미를 많이 내 보이고 다리를 내밀기도 하는데, 그래도 안 되면 제 무릎에 누워서 볼을 쓰다듬기도 하고 입가를 잡고 흔드는 등 온갖 유혹을 시도합니다. 저는 사실 이 '수'에 걸리면 약해집니다. 게다가 마지막 수단(이것은 차마 여기에 쓸 수 없습니다만)을 쓰면 머릿속이 흐릿해지면서 갑자기 눈앞이 캄캄해져서 승패 같은 것은 어디론가 사라지고 뭐가 뭔지 알 수 없어집니다.

"치사해, 나오미. 그런 짓을 하면⋯⋯?"

"치사하지 않아. 이것도 하나의 수단인데."

머리가 멍해져서 희미해져 가는 제 눈에는 그 목소리와 함께 만면에 교태를 머금은 나오미의 얼굴만이 흐릿하게 보입니다. 실실거리는 묘한 웃음을 띤 그 얼굴만이⋯⋯.

"안 돼, 안 돼. 트럼프에 그런 술수가 어디 있어."

"흥, 없는 게 어디 있어. 여자하고 남자가 내기를 하면 여러 가지 주술을 걸잖아? 나 딴 데서 본 적이 있거든. 어릴 때 집에서 언니가 남자하고 화투 칠 때, 옆에서 보고 있으니까 여러 가지 주술을 부리던걸. 트럼프도 화투랑 같잖아."

저는 생각합니다. 안토니우스가 클레오파트라에게 정복당한 일도, 바로 이런 식으로 차차 저항할 힘을 뺏기고 구워 삶아졌으리라고. 사랑하는 여자에게 자신감을 갖게 하는 것은 좋지만, 그 결과로 이번에는 자신이 자신감을 잃게 됩니다. 그렇게 된 이상 쉽게 여자의 우월감을 이길 수 없게 됩니다. 그리고 생각지도 못한 재앙이 거기에서 생깁니다.

8

나오미가 열여덟 살이 된 가을, 늦더위가 기승인 9월 초순의 어느 저녁이었습니다. 저는 그날 회사가 조금 한가했기 때문에 한 시간 정도 빨리 일을 마치고 오모리 집으로 돌아왔습니다. 그런데 뜻밖에도 대문을 들어서자 못 보던 소년이 마당에서 나오미와 이야기를 나누고 있었습니다.

소년의 나이는 나오미하고 동갑이거나, 더 먹었다고 해도 열아홉 살은 넘기지 않았을 것으로 보였습니다. 하얀색 명주 홑겹 옷에 양키들이 좋아하는 화려한 리본이 달린 맥고모자를 쓰고, 스틱으로 자기 나막신 끝을 툭툭 치면서 얘기하고 있었습니다. 불그스름한 얼굴에 눈썹이 짙고 생김새는 나쁘지 않지만 만면에 여드름이 난 남자. 그 남자 발밑에 쪼그리고 앉은 나오미는 화단에 가려져 있기 때문에, 어떤 모습인지 확실히 보이지 않았습니다. 백일홍, 유도화, 칸나 꽃들이 피어 있는 사이로 나오미의 옆얼굴과 머리카락이 가끔 비칠 뿐이었습니다.

남자는 저를 알아차리자 모자를 벗고 인사를 하더니 "그럼, 또."라고 나오미 쪽을 보고 말하고 바로 성큼성큼 문 쪽으로 걸어갑니다.

"그럼, 안녕." 하고 나오미도 일어섰지만, 남자는 뒤도 돌아보지 않고 "안녕."이라고 말하고, 제 앞을 지나칠 때 모자에 잠깐 손을 대고 얼굴을 감추듯이 나갑습니다.

"누구야, 저 남자?"

저는 질투라기보다 '묘한 상황이었군.'이라는 가벼운 호기심에서 물었던 것입니다.

"쟤? 쟤는 내 친구야. 하마다라는……."

"언제 친구가 됐는데?"

"한참 됐어. 저 사람도 이사라고에 성악을 배우러 와. 얼굴은 저렇게 여드름투성이라 지저분하지만, 노래는 정말 잘해. 아주 좋은 바리톤이야. 지난번 음악회에서 나랑 같이 사중창을 했었어."

언급하지 않아도 될 얼굴의 단점을 지적하기에 저는 문득 의심이 생겨서 그녀의 눈을 들여다보았지만, 나오미는 조금도 평소와 다르지 않게 침착했습니다.

"가끔 놀러오나?"

"아니, 오늘이 처음이야. 근처에 온 김에 들렀대. 이번에 소셜 댄스 클럽을 만드니까 나한테도 꼭 들어오라는 얘길 하려고."

다소 불쾌했던 것은 사실이지만, 듣고 보니 그 소년이 그 얘기를 하러 왔다는 것은 거짓말이 아닌 것 같았습니다. 우선 그와 나오미가 내가 귀가하는 시간에 마당에서 얘기하고 있었다는 사실이 제 의심을 없애기에 충분했습니다.

"그래서 너, 댄스를 하겠다고 했어?"

"생각해 보겠다고 했지만……"

그러더니 그녀가 갑자기 어리광부리는 간사한 목소리로 "하면 안 돼? 응? 나 시켜 줘! 조지 씨도 클럽에 가입해서 같이 배우면 되잖아?"라고 물었습니다.

"나도 클럽에 들어갈 수 있어?"

"그럼, 누구라도 들어갈 수 있어. 이사라고의 스기사키 선생님이 아는 러시아인이 가르치는 거야. 시베리아에서 어떤 사정으로 도망쳐 왔는데 돈이 없어서 곤란하니까 도와주려고 클럽을 만들었대. 그러니까 한 사람이라도 제자가 많은 편이 좋지. 응? 시켜 줘!"

"너는 괜찮겠지만, 내가 할 수 있을까?"

"괜찮아, 금방 배워."

"그렇지만 나는 음악에 소질이 없으니까 말이야."

"음악 같은 건 하는 동안에 자연히 알게 되는 거야. 네? 조지 씨도 같이 해요. 빼면 안 돼. 나 혼자 해 봤자 춤추러 못 가잖아. 응? 그리고 가끔 둘이서 댄스 하러 가자. 매일 집에서만 놀면 재미없잖아."

나오미가 요새 지금까지의 생활을 조금 지루해한다는 것을 저도 희미하게 느끼고 있었습니다. 생각해 보면 저희가 오모리에 집을 마련하고 나서 햇수로 이럭저럭 사 년이 됩니다. 그리고 그동안 저희는 여름휴가를 빼고는 이 '동화의 집'에 틀어박혀서 넓은 세상과 교류를 끊고 늘 둘이 얼굴을 맞대고 있었으니까, 아무리 다양한 '놀이'를 해도 결국 지루해지는 것은 무리는 아닙니다. 하물며 나오미는 무척 싫증을 잘 내는 성격으로, 어떤 놀이라도 처음에는 놀랄 만큼 열중하지만 절대로 길게 가지 않습니다. 그런 주제에 뭔가 하고 있지 않으면 한시도 가만있지 못하기 때문에 "트럼프도 싫어.", "장기도 싫어.", "배우 흉내 내기도 싫어." 하다가 어쩔 수 없이 친둥인 비비녀 눈 채 돌아보지 않던 화단의 꽃을 손질하거나, 열심히 흙을 파 엎거나 씨를 뿌리거나 물을 주지만, 그것도 일시적인 기분 풀이에 지나지 않았습니다.

"아아, 재미없어. 뭐 재미있는 일 없을까?"

소파에 드러누워서 읽다 만 소설책을 내동댕이치고 그녀가 크게 하품하는 것을 볼 때마다, 단조로운 우리 두 사람의 생활에 변화를 줄 만한 게 뭐 없을까, 저도 내심 신경 쓰고 있었습니다. 마침 그런 때였기에 댄스 배우는 것도 나쁘지 않겠지. 이제 나오미도 삼 년 전의 나오미가 아니야. 가마쿠라에 갔을 때하고는 얘기가 다르지. 그녀를 잘 차려입혀서 사교계에 데리고 나가면 다른 부인들한테 빠지지 않을 거다. 이런 상상은 저에게 말할 수 없는 자부심을 느끼게 했습니다.

전에도 말씀드렸듯이 저는 학창 시절부터 특별히 친한 친구도 없고, 지금까지 가능한 한 쓸데없는 교제는 피해 왔으나 결코 사교계에 나가기가 싫지는 않습니다. 촌놈인데다 말주변 없고 제가 생각해도 사람 대응이 서툴러서 소극적이 되었지만, 그런 만큼 오히려 화려한 사회를 동경하는 마음이 있었습니다. 원래 나오미를 아내 삼은 것도 그녀를 정말 아름다운 숙녀로 만들어, 매일 여기저기 데리고 다니면서 세상 사람들이 하는 말을 듣고 싶었기 때문입니다.

"자네 부인은 정말 근사한 하이칼라군."이라고 사교계에서 평가받고 싶은 야심이 있었기에 언제까지나 그녀를 '새장'에 가둬 둘 생각은 없었습니다.

나오미 얘기로는 그 러시아인 댄스 선생은 알렉산드라 슐램스카야라고 하는 모 백작 부인입니다. 남편인 백작은 러시아 혁명 때 행방불명이 되었고, 그들에게 아이가 둘 있었다는데 지금은 어디 있는지 알 수가 없다고 합니다. 간신히 혼자 일본으로 망명했지만 생활이 무척 곤궁해서 이번에 댄스 교습을 시작하기로 했다는 겁니다. 나오미의 음악 선생인 스기사키 하루에 여사가 부인을 위해서 댄스 클럽을 조직했으며, 그 클럽의 간사가 아까 본 하마다라는 게이오 대학 학생입니다.

연습장은 미타의 히지리자카에 있는 요시무라라는 양악기점 2층으로, 부인은 거기에 매주 월요일과 금요일에 나옵니다. 회원은 오후 4시부터 7시 사이에 자기 편한 시간에 와서 한 시간씩 배웁니다. 월사금은 일 인당 20엔, 그것을 매월 선불로 지불한다는 규정이었습니다. 저하고 나오미 둘이면 다달이 40엔이나 드는 셈입니다. 아무리 선생이 서양인이라도 터무니없는 금액이라고 생각했지만, 나오미 말로는 댄스는 일본 무용만큼이나 사치스러운 것이니까 그 정도 내는 것은 당연하다, 그리고 그렇게 많이 배우지 않아도 재주 있는 사람은 한 달 정도, 재주 없는 사람이라도 석 달 정도 배우면 익힐 수 있으니까 비싸 봤자 별거 아니다 하는 식이었습니다.

"무엇보다 그 슐램스카야라는 부인은 노와두지 않기

딱하단 말이야. 예전에 백작 부인이었던 사람이 그렇게 영락하다니 불쌍하지 않아? 하마다 군한테 들었는데 댄스를 무척 잘해서 사교댄스뿐 아니라 희망하는 사람한테는 무대 무용도 가르쳐 준대. 연예인들이 하는 댄스는 천박해서 안 돼. 댄스만은 그런 귀족한테 배우는 게 제일이야."

그녀는 아직 보지도 못한 백작 부인 편을 들면서 나름 댄스에 대해서 아는 척합니다.

그렇게 저희는 일단 가입하기로 하고, 매주 월요일과 금요일, 나오미는 음악 레슨이 끝나고, 저는 회사를 마치면 바로 그 길로 오후 6시까지 히지리자카의 악기점에 가기로 했습니다. 첫날은 오후 5시에 다마치 역에서 나오미가 저를 기다렸다가 같이 갔습니다. 악기점은 언덕 중간에 있는 입구 좁은 작은 가게였습니다. 안에 들어가자 피아노니 오르간이니 축음기 같은 다양한 악기가 좁은 가게 안에 늘어서 있었고, 2층에서는 벌써 댄스가 시작되었는지 시끌벅적한 발소리와 축음기 소리가 들립니다. 계단 올라가는 곳에 몰려 있던 게이오 대학 학생 같아 보이는 청년들 대여섯 명이 저하고 나오미를 빤히 쳐다봐서 기분이 상했는데, 그때 "나오미 씨." 라고 큰 소리로 그녀를 허물없이 부르는 사람이 있었습니다. 보니까 학생 중 한 명으로 플랫만돌린이라는, 얼른 보기에는 일본의 월금9 같은 납작한 악기를 겨드랑이에 끼고, 음을 맞추느라 철사 현을 띵띵 울리고 있는 이였습니다.

---

9 月琴. 중국의 현악기. 동체가 만월처럼 둥글고 소리는 거문고 비슷하며 18세기에 일본에 들어왔다.

"안녕." 하고 나오미도 여자답지 않은 사내 같은 말투로 응하더니 "왜 그래, 마 씨는? 댄스 안 해?"

"싫어, 난!"

그 마 씨라고 불린 남자는 실실 웃으면서 만돌린을 선반 위에 올려놓더니 "난 저런 건 딱 질색이야. 도대체가 한 달 수업료로 20엔이나 받다니 말이 안 되잖아."

"그렇지만 처음 배우는 거니까 어쩔 수 없잖아?"

"이제 좀 있으면 모두들 익힐 테니까, 그때 그 녀석들한테 배우지 뭐. 댄스 같은 건 그러면 충분해. 어때? 요령이 좋지?"

"어머, 약았어! 마 씨는 너무 요령이 좋다니까. 그런데 하마 씨는 2층에 있어?"

"응, 있어. 가 봐."

그 악기점은 이 근방 학생들의 '아지트'라도 되는 듯 나오미도 종종 오는지 점원들도 모두 그녀와 아는 사이였습니다.

"나오미, 지금 아래에 있던 학생들은 누구야?"

저는 그녀의 안내에 따라 계단을 올라가면서 물었습니다.

"걔네들은 게이오 대학의 만돌린 동호회 회원들이야. 말은 난폭하게 하지만 나쁜 애들은 아니야."

"모두 네 친구야?"

"친구라고 할 정도는 아니지만, 가끔 여기에 뭘 사러 오면 마주치게 되니까 알고 지내는 거지."

"댄스 배우는 사람들은 저런 녀석들이 대부분이려나?"

"글쎄, 어떨까? 그렇진 않을 거야. 학생보다 나이 먹은 사람들이 많지 않을까? 가 보면 알겠지, 뭐."

2층에 올라가자 복도 막다른 곳에 연습장이 있고 "원, 투, 쓰리……"라고 하면서 발로 박자를 맞추고 있는 대여섯 명의 그림자가 바로 눈에 들어왔습니다. 일본식 방을 두 칸 터서 신을 신은 채 들어갈 수 있게 깐 마루 위를, 아마 매끄럽게 하기 위해서인지 예의 하마다라는 남자가 이쪽저쪽 쫄랑쫄랑 뛰어다니면서 고운 분가루를 뿌리고 있었습니다. 아직 해가 긴 더운 때였기 때문에 완전히 열어젖힌 서쪽 창으로 석양빛이 이글이글 들어옵니다. 그 붉은 햇살을 등에 쐬면서 하얀 조젯 상의에 남색 사지 스커트를 입고, 방과 방사이 경계에 서 있는 여자는 말할 것도 없이 슐램스카야 부인이었습니다. 두 아이가 있다는 얘기로 봐서는 실제로는 35, 36세 정도 되겠지요. 그러나 보기에는 서른 전후로밖에 보이지 않는 과연 귀족다운 위엄이 있는, 단단하고 야무진 얼굴의 부인이었습니다. 그 위엄은 어딘지 모르게 처절하게 느껴질 만큼 창백하고 투명한 피부에서 온다고 생각되지만, 단호한 표정이나 산뜻하고 맵시 있는 복장, 가슴과 손가락에서 번쩍거리는 보석을 보면 도저히 생활이 곤란한 사람이라고는 생각할 수 없었습니다.

부인은 한 손에 채찍을 들고, 다소 까다롭게 눈썹을 모으고 연습하고 있는 사람들의 발께를 노려보면서 "원, 투, 쓰리……"(러시아인의 영어니까 three를 tree처럼 발음합니다.) 라고 조용하면서도 명령하는 태도로 되풀이합니다. 구령에 따라 연습생이 열을 지어 불안한 스텝으로 왔다 갔다 하는 것이 마치 여사관이 병사들을 훈련시키는 것 같아 언젠가 아사쿠사의 금룡관에서 본 '여군 출정'을 떠올리게 합니다.

연습생 중 세 사람은 학생이 아닌 듯한, 양복 차림의 젊은 남자이고 나머지 두 사람은 여학교를 막 졸업한 어느 댁 아가씨들이겠죠. 검소한 옷차림으로 일본 바지를 입고 남자와 함께 열심히 연습하는 모습이 보기에도 착실한 아가씨 같아서 인상이 좋았습니다. 부인은 한 사람이라도 스텝이 틀리면 바로 "노!"라고 날카롭게 외치고 곁에 가서 스텝을 선보입니다. 습득력이 떨어져서 여러 번 틀리면 "노 굿!"이라고 소리치면서 채찍으로 탁 마룻바닥을 치기도 하고, 남녀 가리지 않고 발을 치기도 합니다.

"정말 열심히시죠? 저렇게 하지 않으면 안 돼요."

"정말이에요. 술램스카야 선생님은 정말 열심이세요. 일본인 선생님들은 아무래도 저렇게 못 해요. 서양 사람은 비록 부인이라도 그런 점이 분명해서 기분이 좋아요. 그리고 저처럼 수업 시간 동안은 한 시간이든 두 시간이든 전혀 쉬지 않고 계속 연습을 시키세요. 더운데 힘드시겠다 싶어 아이스크림이라도 드릴까 여쭤봤는데, 수업 시간에는 아무것도 안 드신다면서 절대로 입에 안 대세요." "어머나, 어쩌면 그러고도 용케 지치지 않으시네요."

"서양 사람들은 체력이 좋아서 우리하고는 다른 것 같아요. 그렇지만 생각하면 참 안되셨어요. 원래는 백작 부인으로 무엇 하나 부족한 것 없이 사셨던 분이 혁명 때문에 이런 일까지 하게 되었으니……."

휴게실이 된 옆방 소파에 앉아서 연습장을 구경하면서 두 부인이 자못 감탄한 듯이 그런 얘기를 했습니다. 한쪽은 25, 26세 된, 입술이 얇고 크며 중국 금붕어같이 얼굴이 둥

글고 눈이 튀어나온 부인입니다. 그녀는 머리카락을 가르지
않고 이마에서 머리 위쪽으로 고슴도치 엉덩이처럼 차차 높
게 부풀렸다가 꼭대기에 커다란 하얀 바다거북이 등껍질로
만든 비녀를 꽂고, 기하학적인 이집트무늬의 고급 비단으로
만든 마루오비[10]에 비취 띠 장식을 하고 있었습니다. 그녀
는 슐램스카야 부인의 처지를 동정하며 계속 부인을 칭찬했
습니다. 거기에 맞장구를 치는 사람은 땀 때문에 두껍게 칠
한 분이 얼룩져서 군데군데 주름진 거친 살갗이 드러난 마
흔 가까이 되는 부인입니다. 일부러인지 원래 그런 건지 올
림머리로 빗은 굽실굽실하고 불그레한 머리카락의 옷차림
은 화려하지만 어딘지 모르게 간호사 출신 같은 얼굴의 홀
쭉한 여인이었습니다.

그 부인들을 둘러싸고 얌전하게 자기 차례를 기다리는
사람도 있고, 그중에는 이미 한바탕 연습을 했는지 각자 팔
짱을 끼고 댄스홀 귀퉁이에서 춤을 추는 사람들도 있습니
다. 간사인 하마다는 부인의 대리라서 그런지 스스로 부인
의 대리를 자처하는 건지, 그런 사람들을 상대로 춤도 춰 주
고, 축음기 레코드를 바꾸기도 하고, 혼자 바쁘게 활약합니
다. 도대체 여자는 그렇다 치고, 춤을 배우려는 남자란 어떤
사람들일까 하고 보니까, 이상하게도 세련된 옷을 입은 인
물은 하마다 정도이고, 나머지는 대개 시답지 않은 월급쟁
이같이 촌스러운 남색 조끼까지 껴입은 융통성 없어 보이
는 사람이 많습니다. 하긴 나이는 전부 저보다 젊어 보였고

10   폭이 넓은 띠.

30대라고 생각되는 신사는 한 사람밖에 없었습니다. 그 남자는 모닝코트를 입고, 두꺼운 금테 안경에, 시대에 뒤떨어진 묘하게 긴 팔자수염을 기르고, 제일 이해력이 나쁜지 끊임없이 부인한테 "노 굿."이라고 야단맞고 채찍으로 탁 맞습니다. 그때마다 실실 바보같이 웃으면서 다시 처음부터 "원, 투, 쓰리……"를 시작합니다.

'나잇살이나 먹은 저런 남자는 무슨 생각으로 춤을 배울 생각을 했을까? 아니 생각해 보면 나 역시 그와 같은 부류 아니겠는가.' 그렇지 않아도 화려한 곳에 가 본 적이 없던 저는 이 부인들 앞에서 저 서양 여자한테 야단맞을 순간을 상상하면, 나오미 때문에 왔기로서니 보고만 있어도 진땀이 나서 제 차례가 돌아오는 것이 무서워집니다.

"아아, 어서 오세요."

그때 하마다가 두서너 번 계속 춤추고 나서 손수건으로 여드름투성이 이마의 땀을 닦으면서 왔습니다.

"아, 지난번에는 실례했습니다."

오늘은 약간 우쭐해서 새삼스럽게 저한테 인사를 하더니 나오미를 향해 "이 더운데 잘 왔어요. 저, 미안하지만 혹시 부채 있으면 빌려줄래요? 이거야 원, 더워서, 어시스턴트도 쉬운 게 아니라니까요."

나오미는 허리띠 사이에서 부채를 꺼내 건네주면서 "근데 하마 씨, 꽤 잘 추네요. 어시스턴트 자격이 있어. 언제부터 연습 시작했는데?"

"나? 나는 벌써 반년 됐지. 그렇지만 나오미 씨는 뭐든지 잘하니까 금방 배울 거야. 댄스에서는 남자 리드를 쫓아가기만 하면 되거든."

"저, 여기 온 남자들은 어떤 분들이 많은가요?"

제가 그렇게 묻자 "아, 네." 하고 하마다는 정중한 말투로 "이 사람들은 대개 동양석유주식회사의 사원들입니다. 회사 중역으로 계신 스기사키 선생님의 친척분이 소개하셨답니다."

동양석유회사 사원과 사교댄스! 참 기묘한 조합이라고 생각하면서 제가 다시 물었습니다.

"그럼, 저, 뭡니까, 저쪽에 계시는 팔자수염의 신사분도 역시 회사원인가요?"

"아니에요, 저분은 닥터입니다."

"닥터?"

"예, 역시 그 회사에서 위생 검열을 하고 계시는 닥터입니다. 춤만큼 몸에 좋은 운동은 없다고, 저분은 오히려 운동하려고 오신 거라고 합니다."

"그래? 하마 씨?" 하고 나오미가 끼어들었습니다.

"그렇게 운동이 된대?"

"응, 되고말고. 댄스를 하면 겨울에도 땀이 나서 셔츠가 흠뻑 젖을 정도이니 운동으로는 확실히 좋아. 게다가 슐램스카야 부인이 저렇게 맹렬하게 연습을 시키니까 말이지."

"저 부인은 일본어를 아시나요?" 제가 이렇게 물어본 것은 사실 아까부터 언어가 신경 쓰였기 때문입니다.

"아닙니다. 일본어는 거의 모릅니다. 보통 영어로 해요."

"영어는 좀…… 스피킹 쪽은 저는 잘 못하는데……."

"뭘요, 다 똑같아요. 슐램스카야 부인도 엄청난 브로큰

잉글리시인걸요. 우리보다 더 심할 정도니까 전혀 걱정할 필요 없습니다. 그리고 댄스 연습에는 말이 필요 없거든요. 원, 투, 쓰리, 그리고 나머지는 몸짓으로 하는 거니까……"

"어머, 나오미 씨, 언제 오셨어요?"

그때 그녀에게 말을 건 것은 그 하얀 바다거북 비녀의 중국 금붕어를 닮은 부인이었습니다.

"아아, 선생님, 저, 나 좀 봐요. 스기사키 선생님이세요."

나오미는 그렇게 말하고 제 손을 잡더니 그 부인이 있는 소파 쪽으로 끌고 갔습니다.

"저, 선생님, 소개드릴게요. 가와이 조지……"

"아아, 그래요."

스기사키 여사는 나오미가 얼굴이 붉어져서 소개하니까 다 듣지 않고도 알아차렸는지 일어나서 가볍게 인사하면서 "처음 뵙겠습니다. 저는 스기사키입니다. 잘 오셨어요. 나오미 씨, 그 의자를 이리로 갖고 와요."라고 말했습니다.

그리고 다시 저를 돌아보고 "자, 앉으시죠. 이제 곧 차례가 돌아오시지만 그렇게 서 계시면 피곤해요."라고 했습니다.

"……"

저는 뭐라고 인사했는지 확실히 기억은 안 나지만 아마 입속으로 우물우물했을 겁니다. '저'와 같은 깍듯한 격식 차리는 말을 쓰는 부인네가 가장 거북하거든요. 그뿐 아니라 저와 나오미의 관계를 부인이 어떻게 해석했는지, 나오미가 그에 대해 어느 정도 언급했는지 묻는 것을 깜빡 잊었기 때문에 한층 당황했던 것입니다.

"소개드릴게요."

스기사키 여사는 제가 머뭇머뭇하는 것은 개의치 않고 좀 전의 곱슬머리를 가리키면서 "이분은 요코하마의 제임스 브라운 씨 부인이세요. 이쪽은 오이마치의 전기 회사에 다니시는 가와이 조지 씨."

아하, 그러면 이 여자는 외국인의 아내였구나. 그렇게 듣고 보니 간호사보다는 서양 사람의 첩 타입 같다고 생각하는 동안 저는 점점 더 긴장해서 꾸벅꾸벅 절을 할 뿐입니다.

"저, 실례지만 댄스 연습은 퍼스트 타임이세요?"

그 곱슬머리는 바로 저를 붙들고 그런 식으로 얘기하기 시작했는데, '퍼스트 타임'이라는 부분을 묘하게 잘난체하는 발음으로 무척 빠르게 말했기 때문에 "네?" 하고 제가 말이 막혀서 어쩔 줄 모르자 "네, 처음이세요." 하고 스기사키 여사가 옆에서 대답해 주었습니다.

"어머, 그러세요. 그렇지만, 글쎄, 뭐랄까요. 그야 제를맨은 레이디보다도 모어 모어 디피컬트하지만, 시작하기만하면 바로 그거 말이죠……."

이 '모어 모어'라는 말을 처음에는 알아듣지 못했지만, 잘 듣고 보니 more more라는 의미였습니다. '젠틀맨'을 '제를맨', '리틀'을 '리를', 이야기 가운데 그런 식 발음의 영어를 섞습니다. 일본어에도 묘한 악센트가 있어서, 세 번에 한 번은 "뭐랄까요."를 연발하면서 기름종이에 불을 붙인 것처럼 한도 끝도 없이 떠들어 댔습니다.

그리고 나서 다시 슐램스카야 부인 이야기, 댄스 이야기, 어학 이야기, 음악 이야기……. 베토벤의 소나타가 어떻다느니, 제3심포니가 어쨌다느니, 무슨 무슨 회사의 레코드가 무슨 무슨 회사의 레코드보다 좋다느니 나쁘다느니, 제가 완전히 기가 죽어서 잠자코 있었기 때문에, 이번에는 스기사키 여사를 상대로 재잘재잘 떠드는 그 말투에서 짐작하건대, 이 브라운 씨 부인이라는 사람은 스기사키 여사의 피아노 제자이기도 한 것 같습니다. 게다가 저는 이런 때 "잠깐 실례하겠습니다." 하고 적당한 때에 자리를 뜨는 그런 약은 짓을 못하기 때문에, 이 말 많은 부인들 사이에 끼인 불운을 한탄하면서 싫든 좋든 그 말씀들을 경청하지 않으면 안 됐습니다.

이윽고 팔자수염의 닥터를 비롯한 석유회사 군단의 연습이 끝나자, 여사는 저와 나오미를 슐램스카야 여사에게 데리고 가서, 먼저 나오미, 다음에 저를(아마 레이디를 우선한다는 서양식 예법을 따른 것이겠지요.) 극히 유창한 영어로 소개했습니다. 그때 스기사키 여사는 나오미를 '미스 가와이'라고한 것 같습니다. 저는 내심 나오미가 어떤 태도로 서양 사람을 대할지 흥미를 갖고 기다리고 있었지만, 평상시엔 자부심강한 그녀 역시 슐램스카야 부인 앞에서는 조금 당황했는지, 부인이 뭐라고 한두 마디 하면서 위엄 있는 눈가에 미소를 띠고 손을 내밀자, 얼굴이 새빨개져서 아무 소리 못 하고 주춤주춤 악수를 합니다. 저는 더 말할 것도 없어서 솔직히 말해 그 창백한 조각 같은 윤곽을 올려다보지조차 못했습니다. 그저 잠자코 고개를 숙인 채, 자잘한 다이아몬드 알이 무수히빛나고 있는 부인의 손을 살그머니 잡았을 뿐입니다.

9

본인은 멋대가리 없는 촌놈임에도, 제가 취향은 하이 칼라이고 만사에 서양풍 흉내를 낸다는 점을 이미 여러분도 아실 겁니다. 만일 저에게 충분한 돈이 있고 내키는 대로 다 할 수만 있다면, 저는 어쩌면 서양에 가서 살고 서양 여자를 아내로 삼았을지도 모릅니다. 제 처지가 허락하지 않았기 때문에 일본인 가운데서 그나마 서양 사람 비슷한 나오미를 아내로 삼은 겁니다. 그리고 또 하나, 비록 저에게 돈이 있다 하더라도 제 생김새에 자신이 없습니다. 누가 뭐래도 156센티미터밖에 안 되는 작은 키에 얼굴은 시커멓고 치열도 형편없으니, 그 당당한 체격의 서양 여자를 아내로 삼겠다는 생각은 분수를 몰라도 너무 모르는 일입니다. 역시 일본인은 일본인끼리 좋으니까 나오미 같은 여자가 제일 제 취향에 맞는다고 생각하며 저는 만족했던 것입니다.

그렇게는 말해도 백옥 같은 서양 부인을 가까이 한다는 것은 저에게 하나의 기쁨, 아니 기쁨 이상의 영광이었습니다. 솔직히 말하면 저는 제가 교제를 잘 못하고 어학에 재능이 없는 데 정나미가 떨어져서 그런 기회는 평생 없겠거니 체념하고, 어쩌다 외국인들의 오페라를 본다든가 영화 속 여배우 얼굴을 자주 보면서, 그들의 아름다움을 꿈처럼 동경하고 있었습니다. 그런데 뜻밖에도 댄스 레슨이 서양 부인(게다가 그것도 백작 부인)과 가까워질 기회를 준 겁니다. 해리슨 양 같은 할머니는 별도로 치고, 제가 서양 부인과 악수하는 '영광'을 누린 것은 이때가 난생처음이었습니다. 저는 슐램스카야 부인이 그 '하얀 손'을 저에게 내밀었을 때, 저도 모르게 가슴이 쿵 내려앉아 잡아도 되는지 잠시 주저했을 정도입니다.

나오미의 손도 나긋나긋하고 윤택이 있고 손가락이 길쭉하고 가늘어서 우아합니다. 그러나 그 '하얀 손'은 나오미의 손처럼 너무 연약하지 않고, 손바닥이 두툼하고 살집이 좋으면서 손가락은 나긋나긋하고 길었습니다. 나약하거나 얄팍한 느낌이 없이 두툼하면서 동시에 아름다운 손이라는 인상을 받았습니다. 눈알처럼 번들거리는 커다란 반지를 낀 것도 일본인이라면 틀림없이 악취미로 보였겠지만, 오히려 그녀의 손을 우아하게 보이게 하고 기품 있는 호화로운 멋을 더해 주었습니다. 그리고 무엇보다도 나오미하고 다른 것은 피부가 이상할 정도로 하얗다는 점입니다. 하얀 피부 아래 연보랏빛 혈관이 대리석 무늬를 연상시키듯 희미하게 비치는 기막힌 아름다움입니다. 저는 지금까지 나오미 손을 갖고 놀면서 "네 손은 정말 예뻐. 꼭 서양 사람 손처럼 하얘."라고 자주 칭찬했지만, 지금 보니 유감스럽게도 역시 다릅니다. 하얀 것 같아도 나오미의 흰색은 맑지 않습니다. 아니 슐램스카야 부인의 손을 본 뒤에는 오히려 꺼멓게 느껴지기조차 합니다. 그리고 또 하나 제 주의를 끈 것은 손톱이었습니다. 열 개의 손톱이 똑같은 조개껍질을 모아 놓은 것처럼 하나같이 선명하니 가지런하고 연분홍빛으로 빛날 뿐 아니라, 서양식 유행인지 손톱 끝이 삼각형으로 뾰족하게 다듬어져 있던 것입니다.

나오미가 저와 나란히 서면 3센티미터 정도 작다고 전에 썼지만, 부인은 서양 사람치고 몸집이 작은 것 같아도 저보다 키도 크고 굽이 높은 힐을 신었기 때문인지, 같이 추면 꼭 제 머리에 닿을 듯 말 듯 그녀의 드러난 가슴이 있습니다. 부인이 처음에 "워크 위드 미!"라고 하면서 제 등에 팔을 돌려서 원스텝법을 가르쳤을 때, 제 시커먼 얼굴이 그녀의 살에 닿지 않게 얼마나 조심했는지 모릅니다. 그 매끄러운 청초한 피부는 저로서는 그저 멀리서 바라보기만 해도 충분했던 겁니다. 악수조차도 미안하게 느꼈는데, 부드러운 얇은 옷을 사이에 두고 그녀의 가슴에 안기다니 정말이지 해서는 안 될 짓 같아서, 제 숨에서 냄새가 나지는 않는지, 기름기 끈적한 손이 불쾌감을 주지는 않는지 등에만 신경 쓰다가, 어쩌다 그녀의 머리카락 한 올만 저한테 떨어져도 흠칫하지 않을 수 없었습니다.

그럴뿐더러 부인의 몸에서는 달큰한 냄새가 났습니다.

"저 여자 암내가 엄청나. 아, 군내!"

예의 만돌린 클럽의 학생들이 그런 험담을 하는 것을 저는 나중에 들었지만, 서양 사람은 암내가 심하다고 하니까, 부인도 그 냄새를 지우기 위해서 늘 신경 써서 향수를 뿌리기 때문인지, 저는 그 향수와 체취가 섞인 시큼달콤한 어렴풋한 냄새가 결코 싫지 않았습니다. 오히려 이루 말할 수 없이 고혹적으로 느껴졌습니다. 그것은 저에게 아직 보지 못한 먼바다 저 멀리의 나라들과 세상에 없는 아름다운 이국의 화원을 연상시켰습니다.

'아, 이것이 부인의 하얀 몸에서 나는 향기인가.'

저는 황홀해져서 그 냄새를 늘 게걸스럽게 맡곤 했습니다.

저처럼 모든 것이 서툰, 댄스 같은 화려한 분위기에는 가장 부적절한 남자가 나오미를 위해서라지만, 어째서 그 뒤에도 그만두지 않고 한 달, 두 달 레슨을 받을 생각이 들었는지는 솔직히 고백하건대 슐램스카야 부인 덕분입니다. 매주 월요일과 금요일 오후, 부인 가슴에 안겨서 춤추는 그 짧은 한 시간이 어느 틈엔지 제게 최상의 즐거움이 된 것입니다. 저는 부인 앞에 나서면 나오미의 존재를 까맣게 잊습니다. 그 한 시간은 마치 향내 짙은 술처럼 저를 취하게 하지 않고는 못 배깁니다.

"조지 씨 뜻밖에 열심이네. 금방 싫증 낼 줄 알았는데……."

"왜?"

"그야 지난번에 본인이 댄스 같은 걸 할 수 있을까, 그랬잖아."

그러니까 저는 그런 얘기가 나올 때마다 어쩐지 나오미한테 미안한 생각이 들었습니다.

"도저히 못 할 것 같았는데 해 보니까 재밌네. 그리고 닥터 말 때문은 아니지만 무척 운동두 되고."

"거봐. 그러니까 뭐든지 생각만 하지 말고 해 봐야 해."

나오미는 제 마음속 비밀은 알아차리지 못하고 그렇게 말하면서 웃는 것이었습니다.

자, 레슨을 받은 지 꽤 됐으니까 이제 슬슬 괜찮겠지 하고, 우리가 처음으로 긴자의 카페 엘도라도에 간 것은 그해 겨울이었습니다. 아직 그 시절의 도쿄에는 댄스홀이 그다지 많지 않았기 때문에, 대형 호텔이나 가게쓰엔을 빼고는 그 카페가 그 당시 겨우 댄스를 시작한 곳이었습니다. '호텔이나 가게쓰엔은 외국인이 주 고객이라서 복장과 예의가 까다롭다니까 처음에는 엘도라도가 좋겠다고 얘기가 된 것입니다. 하긴 그것은 나오미가 어디에선가 소문을 듣고 와서 "꼭 가 보자."라고 발의했기 때문이지 아직 저는 공개적인 장소에서 춤출 배짱은 없었습니다.

"안 돼, 조지 씨!"라고 나오미가 저를 노려봅니다.

"그렇게 마음 약한 소리를 하면 어떡해. 댄스라는 건 연습만 갖고는 아무리 해 봤자 숙달되지 않아. 여러 사람 가운데서 뻔뻔하게 춤추는 동안에 느는 거라고."

"그야 그렇겠지만 나한테는 그 뻔뻔함이 없으니까 말이야……"

"그럼 됐어. 나 혼자 갈 테니까. 하마 씨든 마 씨든 같이 가서 출 거야."

"마 씨라면 지난번 만돌린 클럽의 그 남자 말이야?"

"응, 그래. 그 사람은 레슨 한 번 안 받았는데도 어디라도 가서 상대를 가리지 않고 추니까 요새는 아주 잘 추더라고. 조지 씨보다 훨씬 잘 춰. 그러니까 배짱이 두둑하지 않으면 안 된다고. 응? 가자. 내가 조지 씨하고 춰 줄게. 응? 제발 부탁이니까 같이 가! 착하지? 조지 씨는 정말 착한 아이야!"

그래서 결국 가기로 됐고, 이번에는 무엇을 입고 갈 것인가 하는 얘기로 또 오랜 의논이 시작되었습니다.

"나 좀 봐, 조지 씨, 어느 게 좋을까?"

그녀는 가기 사오 일 전부터 난리법석을 떨면서 있는 옷을 전부 끄집어내서 일일이 입어 봅니다.

"아, 그게 좋겠네."

저도 나중에는 귀찮아서 대강 대답을 했더니 "그래? 우습지 않을까?"라고 거울 앞에서 빙글빙글 돌고는 "이상해, 어딘지. 나 이런 거 싫어." 하고 바로 벗어던지고, 휴지 조각처럼 발로 쭈글쭈글하게 구겨서 걷어차더니 금방 다음 옷을 걸칩니다. 그러면서도 이 옷도 저 옷도 싫다 하다가 "이봐요, 조지 씨, 새 옷 맞춰 줘."가 되는 것이었습니다.

"댄스하러 가려면 좀 더 과감하고 화려하지 않으면 안 돼. 이런 옷 가지고는 전혀 눈에 띄지 않는다고. 응! 나 하나 맞춰 줘! 어차피 앞으로 가끔 갈 거 아냐? 옷이 없으면 안 되잖아."

그때쯤에는 제 월급 가지고는 도저히 그녀의 사치를 감당할 수 없었습니다. 원래 저는 돈에 대해서는 상당히 꼼꼼한 편이어서, 독신 시절에는 매달 용돈을 정해 쓰고 남으면 얼마 안 되더라도 저금했기에 처음 나오미와 살림을 차렸을 때는 상당히 여유가 있었습니다. 그리고 나오미와 사랑에 빠져 있었지만서도 회사 일은 절대로 소홀히 한 적이 없고, 여전히 근면한 모범 사원이었기 때문에 중역들의 신임도 섬차

두터워지고 월급도 올라서 반년마다 받는 상여금까지 하면 한 달 평균 400엔이 되었습니다. 그러니까 두 사람이 보통으로 산다면 넉넉할 텐데 아무래도 모자랍니다. 자잘한 말씀을 드리는 것 같지만, 우선 매달의 생활비가 아무리 적게 봐도 250엔 이상, 경우에 따라서는 300엔이 듭니다. 그중에서 집세가 35엔(이것은 20엔이었던 것이 사 년 만에 15엔 올랐습니다.) 그리고 가스 요금, 전기세, 수도세, 연료비, 세탁비 등의 여러 잡비를 뺀 나머지 200엔 내외에서 230엔 내지 240엔은 어디에 쓰냐면 대부분이 식대였습니다.

그도 그럴 것이 어렸을 때에는 일품요리인 비프스테이크로 만족하던 나오미가 어느 틈엔지 점점 입이 사치스러워져서 끼니때마다 이게 먹고 싶다, 저게 먹고 싶다 나이에 걸맞지 않은 사치를 부리는 겁니다. 게다가 그것도 재료를 사다가 자기가 요리하는 귀찮은 일은 싫어서 대개 근처 식당에 주문합니다.

"아아, 뭔가 맛있는 게 먹고 싶어."

지루해지면 꼭 나오는 나오미의 말버릇이었습니다. 전에는 양식만 좋아했는데 최근에는 그렇지도 않아서, 세 번에 한 번은 "무슨 무슨 식당의 밥이 먹고 싶어."라느니 "어디 어디의 생선회를 주문하자."라고 시건방진 소리를 합니다.

오후에 저는 회사에 있으니까 나오미 혼자 먹을 때가 생기는데, 오히려 그런 때 사치가 더 심합니다. 저녁에 회사에서 돌아와 보면 부엌 귀퉁이에 음식점에서 배달한 그릇이나 통이 있는 것을 종종 봅니다.

"나오미, 너 또 뭐 시켰구나! 너처럼 시켜 먹으면 돈이 너무 든다니까. 우선 여자 혼자 그런 짓을 하다니, 조금은 돈 아까운 줄 알아.”

그렇게 말해도 나오미는 도통 신경을 안 쓰고 “혼자니까 주문했지. 반찬 만드는 게 귀찮잖아?”라고 하면서, 부러 뾰로통한 척 소파에 벌렁 드러눕습니다.

그런 식이니 감당할 수가 없습니다. 반찬만이라면 그나마 괜찮지만 때로는 밥 짓는 것도 귀찮아서 밥까지 음식점에서 배달시킵니다. 그러니 월말이 되면 꼬치집, 소고기집, 일본 요릿집, 서양 요릿집, 초밥집, 장어집, 과자집, 과일집, 사방에서 들어오는 청구서가 어떻게 이렇게까지 먹나 싶을 만큼 엄청난 금액을 가리킵니다.

식대 다음으로 드는 것이 세탁값입니다. 나오미가 양말 한 켤레도 절대로 빨지 않고 빨랫감을 전부 세탁소에 맡기기 때문입니다. 그리고 어쩌다 잔소리를 하면 바로 “나는 도우미가 아니야.”라고 합니다.

“빨래 같은 거 하면 손가락이 굵어져서 피아노를 못 치잖아. 조지 씨는 나를 뭘로 생각하는 거야? 자기 보물이라면서? 그런데 이 손가락이 굵어지면 어떡할 건데.”라고 합니다.

처음에야 나오미가 집안일도 하고 부엌일도 했지만, 그것이 지속된 것은 겨우 일 년이나 반년 정도였습니다. 빨래는 그렇다 치더라도 제일 곤란한 것은 집안이 나날이 엉망이 되고 불결해지는 겁니다. 벗은 옷은 그대로 던져 놓지, 먹으면 먹은 채 놔두지, 그런 식이라 지저분한 접시며 그릇, 마시다 만 컵이며 밥공기, 때가 낀 속옷이며 잠옷 등속이 언제 봐도 사방에 널브러져 있습니다. 마루는 물론 의자든 탁자든 먼지가 쌓여 있지 않은 적이 없고, 모처럼 만든 인도산 사라사 커튼도 이제는 옛 모습을 잃고 낡고 찌들어, 그렇게 밝은 '새장'이었던 동화의 집은 완전히 꼴이 변해 버렸습니다. 방에 들어서면 불결한 장소 특유의 코를 찌르는 악취가 납니다. 저도 거기에는 못 견디겠어서 "자, 내가 청소할 테니까 너는 마당에 나가 있어." 하고 쓸고 털고 해 보지만, 털면 털수록 먼지만 나오고 너무 어질러 놔서 치울래도 손을 댈 수 없는 지경이었습니다.

이래 가지고는 안 되겠다 싶어서 두서너 번 일하는 사람을 부른 적도 있지만, 오는 사람마다 모두 황당해하면서 꽁무니를 빼는 통에, 닷새도 견디는 사람이 없었습니다. 애당초 그럴 생각이 없었기에 도우미가 와도 잘 곳이 없습니다. 게다가 저희도 마음대로 농탕칠 수가 없어서 잠깐 둘이 해롱거리는 것도 거북합니다. 나오미는 일손이 느리니까 점점 더 뻔뻔스러워져서, 꼼짝도 하지 않고 일일이 도우미를 혹사합니다. 그리고 여전히 "어느 가게에 가서 뭘 주문해 와."라고 전보다 편리해진 만큼 사치를 부립니다. 결국 도우미라는 것이 대단히 비경제적이고, 우리의 '놀이'에도 방해가 돼서 도우미 쪽도 질렸겠지만 이쪽도 구태여 두고 싶지 않아졌습니다.

다달의 생활비가 그만큼 든다 치고, 나머지 100엔에서 150엔 중에서 한 달에 10엔이든 20엔이든 저금하고 싶었지만, 나오미의 씀씀이가 헤퍼서 그럴 여유가 없었습니다. 그녀는 매달 한 벌은 옷을 만듭니다. 아무리 모슬린이나 싼 실크라도 안팎 옷감을 모두 사는 데다가 자기가 꿰매지 않고 옷집에 의뢰하기에 오륙십 엔이 사라집니다. 그리고 완성된 옷이 마음에 안 들면 옷장에 처박은 채 입지 않고, 마음에 들면 무릎이 해질 때까지 입습니다. 그러니까 그녀의 옷장에는 너덜너덜해진 헌 옷이 가득합니다. 그뿐인가요, 신발도 사치를 부립니다. 조리, 뒷굽이 높은 게타, 비가 오는 날 신는 굽이 높은 게타, 화창한 날 신는 게타, 통나무로 앞뒤를 깎은 게타, 외출용 게타, 평상시에 신는 게타…… 한 켤레에 7, 8엔 내지 2, 3엔 하는 그런 것들을 열흘에 한 번은 사니까 쌓인 품이 만만치 않습니다.

"이렇게 게타를 신어서야 어디 견디겠어? 숫제 구두를 신는 게 어때?"라고 물어봐도 전에는 여학생처럼 일본식 바지에 구두를 신고 다니기를 좋아하던 주제에 최근에는 레슨 갈 때도 겉멋이 들어서 하카마 없이 기모노 하나만 걸친 모습으로 간들거리며 다닙니다.

"나 이래 봬도 에도에서 나서 에도에서 자란 에도 토박이인데, 옷은 어떻든 신발만은 제대로여야 해."라며 저를 촌놈 취급합니다.

용돈도 음악회니 전철 요금이니 교과서니 잡지며 소설이며 하면서 3엔에서 5엔 정도는 사흘이 멀다 하고 가져갑니다. 그 밖에 영어와 음악 수업료가 25엔, 이것은 매월 규칙적으로 지불해야 합니다. 이리 되면 400엔의 수입으로는 감당하기 힘들어서, 저금은커녕 거꾸로 저금을 인출해야 합니다. 독신 시절 다소 모아 놓은 것도 조금씩 조금씩 허물어져 갑니다. 그리고 돈이라는 것은 손대기 시작하면 정말이지 금방 없어지는 법으로, 최근 삼사 년간 모아둔 저축을 다 까먹어서 지금은 한 푼도 없습니다.

게다가 문제는 저 같은 남자들은 다 그렇지만 외상을 질 줄 모른다는 점입니다. 따라서 계산을 그때그때 하지 않으면 마음이 편하지 않아서 연말이 되면 말할 수 없는 마음고생을 합니다. "그렇게 쓰면 연말을 넘길 수가 없잖아."라고 야단쳐도 "넘기지 못하면 기다려 달라면 되잖아."라고 대꾸합니다.

"삼사 년이나 한곳에 살면서 연말 정산을 미루지 못할 게 뭐야. 6월 말, 12월 말에 꼭 치르겠다고 하면 누구라도 기다려 줄 텐데. 조지 씨는 소심하고 융통성이 없어서 틀렸어."

그런 식으로 그녀는 자기가 사고 싶은 것은 전부 현금으로, 다달의 지불은 상여금이 들어올 때까지 후불로 밀어 두면서, 외상을 부탁하기는 싫은지 "나 그런 말 하기 싫어. 그건 남자가 할 일이잖아." 하고 월말이 되면 휙 어딘가 나가 버립니다.

그러니까 저는 나오미를 위해서 제 수입을 전부 바쳤대도 과언이 아닙니다. 그녀를 조금이라도 더 예쁘게 입히고, 불편하거나 초라한 생각을 안 하게끔 넉넉하게 키우는 것이 원래 저의 바람이었기 때문에 힘들다, 힘들다 하면서도 그녀의 사치를 허용하고 맙니다. 그러면 그만큼 다른 것을 절약하지 않으면 안 되지만 다행히 저는 교제비가 전혀 안 듭니다. 어쩌다 회사와 관련한 모임이 있거나 하면 의리에 어긋나도 피할 수 있는 데까지 피합니다. 그 밖에도 저를 위한 용돈, 옷값, 도시락값 같은 것도 가능한 한 절약합니다. 매일 타고 다니는 전철도 나오미는 2등 패스를 사지만, 저는 3등 패스를 삽니다. 밥 짓기가 귀찮아서 음식집에 주문하면 큰일이니까 제가 밥도 짓고 반찬을 만듭니다. 그러나 그러는 것이 또 나오미 마음에 안 듭니다.

"남자가 부엌에서 일하는 건 안 좋아. 보기 흉해.", "조지 씨 일 년 내내 같은 옷만 입지 말고, 좀 더 세련되게 입는 게 어때? 나만 잘 입고 조지 씨가 그 모양인 건 싫어. 그래 갖고는 같이 못 다니잖아."라고 말하는 겁니다.

그녀와 같이 못 다니면 아무 즐거움도 없으니까, 저는 소위 '세련된' 옷 하나라도 맞추지 않으면 안 됩니다. 그리고 그녀와 나갈 때는 전철도 2등칸에 탑니다. 즉 그녀의 허영심을 만족시키기 위해서는 그녀 혼자 사치해서는 안 되는 셈입니다.

그런 사정으로 돈에 쪼들리던 참에 요즘은 슐램스카야 부인한테 40엔씩을 내야 합니다. 거기다가 댄스 드레스를 사거나 하면 옴짝달싹 못하게 됩니다. 그렇지만 그런 사정을 알아들을 나오미가 아닙니다. 마침 월말이라 아직 있는 현금을 내놓으라고 난리입니다.

"그렇지만 이봐, 그 돈을 써 버리면 당장 그믐에 곤란해질 걸 알잖아."

"곤란해도 어떻게든 될 거야."

"어떻게든 되다니 어떻게 되는데? 뾰족한 수가 있을 리가 없잖아."

"그럼 뭣 때문에 춤 같은 걸 배워? 됐어, 그럼 내일부터 아무 데도 안 갈 거야."

그렇게 말하고 그녀는 그 커다란 눈에 눈물을 그렁거리며 원망스러이 저를 노려보고, 뚱하고 입을 다물어 버립니다.

"나오미, 화난 거야? 이봐, 나오미, 잠깐, 나 좀 봐."

그날 밤 저는 이부자리에서 등을 돌리고 자는 척하는 그녀의 어깨를 흔들면서 말했습니다.

"이봐, 나오미, 이쪽 좀 보라니까." 그리고 다정하게 손을 뻗어 생선 뼈를 뒤집듯이 빙글 제 쪽으로 돌리자, 저항 없이 나긋나긋한 몸이 반쯤 눈을 감은 채 순순히 제 쪽으로 향합니다.

"왜 그래? 아직도 화났어?"

"……"

"이봐, 화 안 내도 되잖아. 어떻게든 해 볼 테니까……"

"……"

"이봐, 눈을 떠 봐, 눈을……"

말하면서 속눈썹이 부들부들 떨고 있는 눈꺼풀을 들어 올리자, 조개 알처럼 안에서 살그머니 내다보고 있는 동그란 눈동자는 잠들어 있기는커녕, 정면으로 제 얼굴을 바라보는 것이었습니다.

"그 돈으로 사 줄게. 됐지?"

"그렇지만 곤란하다며?"

"곤란해도 괜찮아. 어떻게든지 해 볼게."

"어떻게 할 건데?"

"집에 말해서 돈을 좀 보내 달라고 할게."

"보내 줄까?"

"그야 보내 주지. 나는 지금까지 한 번도 집에 신세진 적이 없거든. 게다가 둘이 살림을 차리면 여러모로 돈이 든다는 걸 어머님도 아실 테니까."

"그래? 그렇지만 어머님한테 미안하잖아?"

나오미는 미안한 척 말했지만, 사실 속으로는 '시골에 말하면 될 텐데.'라고 전부터 생각했다는 것을 압니다. 제가 그 말을 꺼낸 것은 그녀가 원하던 바였기 때문입니다.

　"뭐, 미안할 것도 없지. 그렇지만 내 주의로는 그런 말 하기 싫으니까 안 한 것뿐이야."

　"그럼 왜 주의를 바꿨어?"

　"네가 아까 울고 있는 것을 보니까 불쌍해서 말이야."

　"그래?" 하면서 파도가 밀려오듯이 가슴을 넘실대면서 수줍은 듯이 미소를 띠고 "내가 정말 울었어?"라고 묻습니다. "'이제 아무 데도 안 갈 거야.' 하면서 눈물을 그렁그렁하고 있었잖아. 아무리 나이가 먹어도 너는 정말 떼쟁이야. 커다란 베이비……"

　"나의 파파! 귀여운 파파!"

　나오미가 갑자기 제 목을 끌어안더니, 그 빨간 입술을 바쁜 우체국 스탬프 담당이 찍듯이 이마, 코, 눈꺼풀, 귀 뒤, 제 얼굴 온갖 부분에 빈틈없이 처덕처덕 찍어 댑니다. 그것은 저한테 동백꽃같이 묵직하면서도 이슬이 앉은 부드러운 꽃잎이 무수히 떨어지는 듯한 쾌감을 선사했고, 그 꽃잎 향기 가운데 제 목이 완전히 파묻힌 것 같이 황홀해집니다.

　"왜 그래? 나오미, 미친 것처럼."

　"아아, 나는 미쳤어. 나 지금 미칠 만큼 조지 씨가 귀여운걸. 왜, 귀찮아?"

　"귀찮을 리가 있나. 나도 기뻐. 미칠 만큼 기뻐. 너를 위해서라면 어떤 희생을 해도 아깝지 않아. 응? 왜 그래? 왜 또 울어?"

"고마워, 파파. 나 파파한테 고마워서 그래. 그랬더니 저절로 눈물이 나네. 알겠어? 울면 안 돼? 안 되면 닦아 줘."

나오미는 종이를 꺼내서 자기가 닦지 않고 그것을 제 손에 쥐여 줍니다. 눈동자는 물끄러미 저를 향한 채, 닦아 주기 전에 다시 한 번 눈물을 가득 눈썹 끝까지 넘치게 합니다. '아아, 그 얼마나 윤택 나는 예쁜 눈인가. 이 아름다운 눈 물방울을 살그머니 이대로 얼려서 보관할 수는 없을까.' 생 각하면서 저는 처음에 그녀의 볼을 닦아 주고, 그 둥그렇게 부푼 눈물방울에 닿지 않게 눈 주위를 닦자, 피부가 늘어났 다 줄어들었다 할 때마다 눈물방울은 여러 가지 형태로 변 하면서, 볼록렌즈같이 되기도 하고, 오목렌즈같이 되기도 하고, 끝내는 후드득 무너져서 모처럼 닦은 볼 위에 다시 한 번 빛나는 실을 끌면서 흐릅니다. 그러면 제가 다시 한 번 그 볼을 닦아 주고, 아직 다소 젖어 있는 눈 위를 닦아 주고 나서 그 종이로 희미하게 오열하고 있는 그녀의 콧구멍을 누르고 "자, 코 풀어." 하면 그녀가 "킁!" 소리를 내면서 몇 번이고 제 손에 코를 풉니다.

다음 날 저한테서 200엔을 받아 들고 나오미는 혼자 미쓰코시 백화점에 가고, 저는 회사에서 점심시간에 어머니 한테 난생처음 부탁의 편지를 썼습니다.

요새 물가가 올라서 이삼 년 전과 놀랄 만큼 다릅니다. 그 다지 사치를 안 하는데도 매달 생활비가 부족해지니 도시 생활 은 참 어렵습니다.

그런 식으로 썼다고 기억합니다만, 부모한테 그렇게 능청스러운 거짓말을 할 만큼 대담해졌구나 싶자 저 자신이 무서웠습니다. 그렇지만 어머니는 저를 믿는 데다가 아들의 소중한 아내라고 나오미한테도 애정을 갖고 계셨기 때문에 이삼 일 뒤에 도착한 편지에서도 그 정이 느껴졌습니다. 편지에는 "나오미한테 옷이라도 사 주거라." 하고 제가 얘기했던 것보다도 100엔 더 동봉되어 있었습니다.

10

엘도라도에 댄스하러 간 것은 토요일 밤이었습니다. 오후 7시 30분부터라고 해서 5시경 회사에서 돌아왔더니, 나오미는 이미 목욕을 마치고 부지런히 화장을 하고 있었습니다.

"아, 조지 씨, 다 됐어."

거울 속에서 제 모습을 보자마자 한쪽 손을 뒤로 뻗어서 그녀가 가리킨 소파 위에는 미쓰코시 백화점에 부탁해서 초고속으로 만든 기모노와 마루오비가 나란히 놓여 있었습니다. 옷은 소매 끝이랑 옷자락에 솜을 넣어서 봉싯하게 만들고 소매, 깃, 옷자락 표면에 덧감을 대서 두 겹 입은 것처럼 보이게 한 기모노입니다. 금실 지리멘이라고 하는 건지 약간 까만색이 도는 붉은색 옷감에는 노란 꽃과 초록색 잎사귀를 점점이 배치하고, 띠에는 은실로 둘 내지 세 줄기 파도가 넘실거리고, 군데군데 에도 시대 도쿠가와 장군이나 영주 들의 화려한 전용선 같은 고풍스러운 배가 떠 있습니다.

"어때? 내 아이디어가? 괜찮지?"

나오미는 양손에 분을 녹여서 아직 김이 나는 살집 좋은 어깨부터 목까지 손바닥으로 좌우 양쪽을 탁탁 두들기면서 말합니다.

그러나 솔직히 말해 어깨가 두툼하고, 엉덩이가 크고, 가슴이 튀어나온 그녀 몸에는 얇은 옷감이 별로 어울리지 않습니다. 모슬린이나 메이센을 입으면 혼혈아같이 이국적인 아름다움이 있지만, 이상하게도 이런 고급 기모노를 입으면 그녀는 오히려 천해 보이고, 무늬가 화려하면 화려할수록 요코하마 부근의 선술집이나 서양인을 상대하는 매춘부 같은 거친 느낌이 들 뿐입니다. 저는 그녀 혼자 득의양양하길래 구태여 반대하지는 않았지만, 칙칙한 옷차림을 한 여자와 전철을 타고 댄스홀에 갈 생각을 하니 온몸이 오그라드는 느낌이었습니다.

나오미는 옷을 입고는 "자, 조지 씨, 당신은 남색 양복을 입어." 하며 희한하게도 제 옷을 꺼내 와서 먼지를 털고 다림질도 해 주었습니다.

"나는 남색보다 갈색이 좋은데"

"바보 아냐! 조지 씨는!"

그녀는 예의 야단치는 듯한 어조로 째려보고 나서 "밤의 파티에는 남색 양복이나 턱시도를 입는 거야. 그리고 칼라도 소프트가 아닌 스티프를 써. 그것이 에티켓이니까 알아 두라고."

"호, 그런 게 있었군"

"응, 그런 거야. 하이칼라가 되고 싶다면서 그런 것도 몰라? 이 남색 양복은 좀 때는 탔지만, 줄이 똑바로 서 있고 형태가 온전하니까 됐거든. 자, 내가 제대로 해 뒀으니까 오늘 밤은 이걸 입어. 가까운 시일에 턱시도를 만들어야겠네. 아니면 같이 안 춰 줄 거야."

그러고 나서 넥타이는 무늬 없는 남색이나 검정색으로 할 것, 나비넥타이가 좋다는 것, 구두는 에나멜이어야 하지만 없으면 보통 까만 단화로 할 것, 빨간 가죽은 예의에 벗어나고, 양말도 실크가 좋지만 그게 아니더라도 색은 무늬 없는 검정색으로 할 것. 어디에서 듣고 왔는지 그런 강의를 하면서 나오미는 자기 옷뿐 아니라 제 옷에도 일일이 참견하여 드디어 집을 나설 때까지 꽤 시간이 걸렸습니다.

도착했을 때는 7시 30분이 지나 댄스가 이미 시작되어 있었습니다. 시끌벅적한 재즈 밴드 소리를 들으면서 계단을 올라가자, 식당 의자를 치운 댄스홀 입구에 "스페셜 댄스. 어드미션: 레이디스 프리, 젠틀맨 3엔"이라고 쓴 종이가 붙어 있고, 웨이터가 회비를 받고 있었습니다. 물론 카페니까 홀이라고 해도 그렇게 근사한 곳은 아닙니다. 둘러보니 춤추는 사람들은 열 쌍이나 될까요. 그 정도 인원만으로도 꽤 왁자지껄 시끄럽습니다. 한켠에 탁자와 의자를 두 줄로 늘어놓아, 표를 사서 입장한 사람들은 각자 그 의자에 앉아 쉬면서 남이 추는 춤을 구경하게 되어 있습니다. 낯선 남자랑 여자가 저쪽에 한 무리, 이쪽에 한 무리 모여서 이야기하고 있습니다. 나오미가 들어가자 그들은 뭔가 쑤군거리더니, 이런 곳이 아니면 못 볼 요상한 모양에 반은 적의를 품고, 반은 경멸하는 듯한 이상한 눈초리로 현란한 나머지 천박해 보이는 그녀의 모습을 탐색하듯 봅니다.

"야, 야, 저쪽에 저런 여자가 왔어."

"같이 온 남자는 뭐야!"

저는 그들이 그렇게 말하는 것만 같았습니다. 그들의 시선이 나오미뿐 아니라 그녀 뒤에 기가 죽어 서 있는 저한테도 쏟아진다는 사실을 분명히 느꼈습니다. 제 귀에는 오케스트라의 음악이 왕왕 울리고, 제 눈앞에서는 춤추는 군중이…… 전부 저보다는 훨씬 더 잘 추는 그런 군중이 커다란 하나의 원을 만들며 빙글빙글 돕니다. 동시에 저는 제 키가 겨우 156센티미터밖에 안 되는 작은 남자라는 것, 얼굴이 흑인처럼 시커멓고 치열이 가지런하지 못해 보기 흉하다는 것, 이 년이나 전에 만든 시원찮은 남색 양복을 입은 것 등을 생각하자, 얼굴이 불타듯이 화끈거리고 온몸이 떨려서 '이런 데는 올 게 아니야.'라고 생각하지 않을 수 없었습니다.

"이런 데 서 있어 봤자 별수 없잖아. 저쪽 탁자로 가자."

나오미도 기가 죽었는지 제 귀에 입을 대고 작은 목소리로 말했습니다.

"그렇지만 어쩌지. 춤추는 사람들 사이를 가로질러도 될까?"

"괜찮겠지, 뭐……?"

"그렇지만 부딪치면 안 되잖아?"

"부딪치지 않고 가면 되지, 뭐. 봐, 저 사람도 저기를 가로지르고 가잖아? 괜찮다니까, 가자."

저는 나오미 뒤에 붙어서 홀의 군중 사이를 가로질러 갔지만, 다리가 떨리는 데다가 마루가 반들반들 미끄러워서 무사히 건너편까지 가기까지 한참 고생했습니다. 한번 쾅 하고 넘어질 뻔하자 "쳇!" 하고 나오미가 혀를 차고 노려보면서 온 얼굴을 찡그리던 기억이 납니다.

"아, 저기 자리가 하나 비었다. 저 탁자로 가자."

나오미는 그래도 저보다는 넉살이 좋아서 사람들이 빤히 보고 있는 사이를 미끄러지듯이 들어가 한 탁자에 앉았습니다. 그렇지만 그렇게 댄스를 기대하고 있었는데 바로 추자고 하지 않고, 뭐랄까요, 잠시 동안 진득하지 못하게 핸드백에서 거울을 꺼내서 몰래 얼굴을 고치는가 하면 "넥타이가 왼쪽으로 휘었어."라고 살그머니 저한테 주의를 주기도 하면서 홀을 지켜보고 있습니다.

"나오미, 하마다 군이 와 있네."

"나오미라고 하지 말아요. 나오미 씨라고 해야지."

나오미는 또 얼굴을 찡그립니다.

"하마 씨도 왔고 마 씨도 와 있다고."

"어디? 어디에?"

"저기, 저기에……"

그러고는 당황해서 목소리를 죽이고 "손가락질하는 건 실례야."라고 살짝 저를 타이릅니다.

"저기 저 핑크색 드레스 입은 아가씨와 추고 있는 사람이 마 씨야."

그때 "야아." 하면서 마 씨가 우리 쪽으로 가까이 오면서 여자 파트너 어깨 너머로 히죽히죽 웃습니다. 핑크색 드레스는 키가 크고 육감적인 긴 팔을 드러낸 뚱뚱한 여자로, 풍성하다기보다 성가실 만큼 숱이 많은 새카만 머리카락을 어깨쯤에서 싹둑 잘라 곱슬거리게 파마하고 리본 머리띠를 하고 있습니다. 붉은 볼에 큰 눈, 두툼한 입술, 우키요에에라도 나올 듯한 순일본식으로 코가 기름한 계란형 얼굴이었습니다. 저도 여자 얼굴에는 비교적 관심이 많은 편인데, 이렇게 이상하리만치 조화가 안 되는 얼굴은 본 적이 없습니다. 생각건대 이 여자는 자기 얼굴이 너무 일본적인 것이 불만스러워서 가능한 한 서양인 비슷하게 하려고 고심한 듯, 자세히 보면 도대체가 밖으로 나와 있는 피부란 피부에는 밀가루라도 뿌린 듯이 분을 덕지덕지 바르고, 눈 가장자리에는 페인트처럼 번들거리는 청록색 섀도를 칠했는데 볼이 빨간 것도 틀림없이 볼터치를 과하게 한 결과입니다. 게다가 리본으로 머리띠를 두른 모습은 딱하지만 아무리 보아도 도깨비로밖에 생각되지 않습니다.

"이봐, 나오미……"

저도 모르게 그렇게 부르고 나서 얼른 '씨'라고 붙여 말하고 "저 여자는 저래 갖고도 괜찮은 집안의 아가씨인 거야?"라고 물었습니다.

"응, 그래. 꼭 매춘부 같아 보이지만……"

"너 저 여자 알아?"

"아는 건 아니지만, 마 씨가 자주 얘기를 하거든. 머리에 리본을 매고 있잖아? 저 아가씨는 눈썹이 이마 한참 위쪽에 있어서 그것을 숨기기 위해서 머리띠를 하고 따로 눈썹을 아래쪽에 그린대. 봐, 저 눈썹은 가짜야."

"그래도 생김새는 그렇게 나쁘진 않은데. 빨강이니 파랑이니 잔뜩 칠하니까 이상해 보이는 거지."

"그러니까 바보인 거야."

나오미는 점차 자신감을 회복한 듯 잘난체하는 평소의 말투로 "얼굴이 괜찮긴 뭐가 괜찮아. 저런 여자를 조지 씨는 미인이라고 생각하는 거야?"라고 물었습니다.

"미인이라고 할 정도는 아니지만, 코도 오뚝하고, 체격도 나쁘지 않고, 보통으로 화장했더라면 괜찮았을 텐데."

"아유, 웃겨! 뭐가 괜찮아! 저런 얼굴이라면 얼마든지 널렸잖아. 게다가 서양 사람 비슷하게 보이려고 이것저것 궁리한 것까진 괜찮은데, 전혀 서양 사람처럼 안 보이니까 웃기잖아. 완전히 원숭이야."

"그런데 하마다 군과 추는 사람은 어딘지 낯이 익은데?"

"그야 낯이 익을 테지. 제국극장의 하루노 기라코잖아."

"흠, 하마다 군은 기라코 씨를 아는가 보지?"

"응, 알아. 하마다 군은 춤을 잘 추니까 여기저기에서 여배우 같은 사람들을 잘 사귀거든."

하마다는 갈색 양복을 입고, 갈색 송아지 가죽 구두에 발목까지 오는 스폿을 신고, 사람들 가운데서도 두드러지고 눈에 띄게 능숙하게 추고 있습니다. 그리고 괘씸하게도 어쩜 그런 춤이 있는지도 모르지만, 상대 여자하고 얼굴을 꼭 붙이고 춥니다. 손가락은 가냘픈 상아 같고 허리는 꽉 끌어안으면 부러질 것 같이 몸집이 아담한 기라코는 무대에서 볼 때보다 훨씬 미인으로, 그 이름처럼 별처럼 빛나는 아름다운 옷에 단자라고 하는지, 슈친[11]이라고 하는지, 까만 바탕에 금실과 짙은 초록색으로 용을 그린 띠를 맸습니다. 여

---

11   朱珍. 여러 색 실을 섞어서 짠 고급 비단.

자가 키가 작아서 하마다는 마치 여자의 머리카락 냄새를 맡는 것처럼 머리를 비스듬히 구부리고 귀 부분을 기라코 이마에 갖다 댑니다. 기라코는 기라코대로 눈가에 주름이 생길 정도로 남자 볼에 강하게 이마를 갖다 댑니다. 두 얼굴은 네 개 눈동자를 동그랗게 뜨고, 몸은 떨어지는 일이 있어도 목과 목은 도통 떨어지지 않은 채 춥니다.

"조지 씨, 저 춤 알아?"

"뭔지는 모르지만, 별로 보기 좋진 않네."

"진짜 그래. 정말 상스러워."

나오미는 침이라도 뱉을 듯한 말투로 "치크 댄스라는 건데 점잖은 곳에서는 출 수 없는 거래. 미국에서는 저런 춤을 추면 나가 달라고 한대. 하마 씨도 정말이지 꼴불견이야."

"여자도 마찬가지지."

"그건 그래. 여배우 따위가 저렇지 뭐. 도대체가 여기에 여배우를 들어오게 한 것 자체가 잘못이야. 그런 짓을 하다간 진짜 숙녀는 안 오게 된다고."

"이렇게 입어라 저렇게 입어라 하고 네가 귀찮게 굴었는데, 남색 정장을 입은 남자는 거의 없잖아? 하마다 씨도 저렇게 입었고……."

이는 제가 처음부터 알아차렸던 사실입니다. 아는 척하고 싶어 하는 나오미가 소위 에티켓이라는 것을 어디에선가 주워듣고 와서 억지로 저에게 남색 정장을 입혔지만, 막상 와 보니 그런 차림은 두서너 명뿐이고, 턱시도를 입은 사람은 한 명도 없고, 대개는 다소 색상이 독특하고 세련된 양복을 입고 있었습니다.

"그건 그렇지만, 저건 하마 씨가 틀린 거야. 남색을 입어야 정식이라고."

"그런 소리 마……. 저 서양 사람을 봐, 저건 홈스펀이 잖아? 그러니까 아무거나 입어도 상관없는 거야."

"그렇지 않아. 남은 어쨌든 자기만은 정식으로 입어야지. 서양 사람이 저런 옷을 입고 온 것은 일본인이 잘못해서야. 게다가 그 뭐야, 하마 씨처럼 경험도 많고 춤을 잘 추는 사람이라면 몰라도 조지 씨는 옷이라도 제대로 입지 않으면 흉해."

홀 쪽의 댄스 흐름이 잠깐 멈추더니 박수갈채가 일어납니다. 오케스트라가 그쳤기 때문에 그들은 모두 조금이라도 더 추고 싶은 듯 휘파람을 불기도 하고, 발을 구르기도 하면서 앙코르를 외칩니다. 그러자 음악이 다시 시작됩니다. 멈추었던 흐름이 다시 빙글빙글 움직이기 시작합니다. 얼마 지나자 다시 음악이 그칩니다. 또 앙코르, 두 번, 세 번 되풀이하다 아무리 손뼉을 쳐도 더 이상 음악이 안 나오면 춤추던 남자는 파트너였던 여자 뒤를 수행원처럼 호위하면서 우르르 탁자 쪽으로 돌아옵니다. 하마다와 마 씨는 기라코와 핑크색 드레스를 각자의 자리로 데려가서 의자에 앉히더니, 공손하게 인사를 하고는 저희 쪽으로 다가왔습니다.

"아, 안녕하세요. 좀 늦으셨네요."라고 말한 것은 하마다였습니다.

"왜? 안 출 거야?"

마 씨는 예의 난폭한 말투로 나오미 뒤에 선 채, 현란한 그녀의 옷을 위에서 물끄러미 내려다보면서 "약속 없으면 이번에 나랑 출까?"라고 물었습니다.

"싫어. 춤도 못 추는 주제에!"

"무슨 소리. 돈 내고 배운 적은 없는데도 제대로 추니까 신통하지."라고 큰 주먹코 콧구멍을 벌렁거리면서 입술을 삐딱하게 하고 실실 웃습니다.

"원래 재주가 좋거든."

"흥, 잘난 척하기는! 저 핑크 드레스하고 춤추는 모양이 꼴불견이더라."

놀랍게도 나오미는 이 남자만 만나면 금방 이렇게 난폭한 말투를 쓰는 것이었습니다.

"아이고 못 당하겠군." 하며 마 씨는 목을 움츠리고 머리를 긁적거리더니 흘끗 먼 탁자에 있는 핑크색 쪽을 돌아보고 "나도 뻔뻔한 데는 남한테 지지 않지만, 저 여자한테는 못 당하겠어. 저런 옷차림으로 여기에 나타나다니 말이야."

"뭐야, 저건 원숭이잖아."

"하하하하, 원숭이! 원숭이라니, 정말 딱이네. 진짜 원숭이야."

"말은 잘하네. 자기가 데리고 왔으면서. 정말이지 마씨, 보기 싫으니까 충고 좀 해 주라고. 서양인처럼 보이려고 저렇게 꾸며도 저 얼굴 갖고는 무리야. 도대체 얼굴 생김새 자체가 일본도 순일본인걸."

"요컨대 서글픈 노력이란 거군."

"아하하하, 그래, 정말이야. 원숭이의 서글픈 노력인거지. 일본 옷을 입었어도 서양 사람처럼 보이는 사람은 그렇게 보이는데."

"이를테면 너처럼 말이지."

나오미는 우쭐해져서 흥 하고 코웃음을 치더니 "그렇지. 그나마 나는 혼혈아처럼 보이니까."라고 대답합니다.

"구마타니 군."

하마다는 내 눈치가 보이는지 주저하다가 마 씨를 불렀습니다.

"그러고 보니 자네 가와이 씨는 처음 아니야?"

"아, 얼굴은 가끔 뵀지만……."

'구마타니'라고 불린 마 씨는 역시 나오미 의자 뒤에 선 채 저를 힐끔 기분 나쁜 눈초리로 봅니다.

"저는 구마타니 세이타로라고 합니다. 인사드립니다. 잘 부탁합니다."

"본명은 구마타니 세이타로, 일명 마 씨라고 합니다."

나오미는 밑에서 구마타니를 올려다보면서 "봐, 마 씨, 이왕이니 조금 더 소개하면 어때?"

"아아, 안 돼, 안 돼. 너무 얘기하다간 들통이 나거든. 자세한 것은 나오미 씨에게 들어 주시기 바랍니다."

"어머, 자세한 얘기라니, 내가 뭘 안다고?"

"아하하하."

이런 녀석들한테 둘러싸여 있으려니 불쾌했지만, 나오미가 기분이 좋아서 까불기 시작했기 때문에 저도 할 수 없이 웃었습니다.

"자, 어떠십니까. 하마다 군도 구마타니 군도 이쪽에 앉으시지요."

"조지 씨, 나 목이 말라. 마실 것 좀 주문해 줘. 하마 씨는 뭐가 좋아? 레몬스쿼시?"

"아, 난 아무거나 괜찮지만……"

"마 씨는?"

"어차피 얻어먹는 거라면 위스키소다로 부탁하고 싶은데."

"어머, 기가 막혀. 나는 주정뱅이는 딱 질색이야. 입에서 냄새가 나서!"

"냄새나도 상관없어. 냄새나는 것은 포기하기 어렵다고 하잖아."

"저 원숭이 말이야?"

"아, 아니지, 그 얘기라면 사과할게."

"아하하하."

나오미는 주위도 상관하지 않고 몸을 앞뒤로 흔들면서 "자, 조지 씨, 웨이터를 불러 줘. 위스키소다 하나, 레몬스쿼시가 셋. 아, 잠깐 기다려! 레몬스쿼시 말고 프루트칵테일을 마실래."

"프루트칵테일?"

들어 본 적도 없는 음료를 나오미가 어떻게 아는지 의아했습니다.

"칵테일이라면 술 아니야?"

"아니야, 조지 씨는 뭘 몰라. 자, 하마 씨도 마 씨도 들어 봐, 이 사람은 이렇게 촌스럽다니까."

나오미는 '이 사람'이라고 할 때 집게손가락으로 제 어깨를 가볍게 두드리면서 "그러니까 정말이지 춤추러 와도 이 사람이랑 둘이 오면 재미없어. 멍청하게 있다가 아까도 미끄러질 뻔했다고."라고 덧붙였습니다.

"마루가 미끄러우니까요."라고 하마다가 저를 변명해 주듯이 "처음에는 누구라도 정신이 없어지죠. 익숙해지면 점차 잘 추게 됩니다……"라고 이야기했습니다.

"그럼, 나는 어때? 나도 역시 못해?"

"아, 자네야 다르지. 나오미 군은 배짱이 좋으니까. 말하자면 사교술의 천재라고 할까."

"하마 씨도 천재잖아."

"엥, 내가?"

"그럼 하루노 기라코하고는 언제 친구가 된 거야! 그렇지 않아? 마 씨?"

"응, 응." 구마타니는 아랫입술을 내밀고 턱으로 끄덕거립니다.

"하마다, 너 기라코한테 수작 부렸어?"

"웃기지 마. 난 그런 짓 안 해."

"하마 씨가 새빨개져서 변명하니까 귀엽네. 어딘지 솔직한 부분이 있잖아. 이봐요, 하마 씨, 기라코 씨를 이리로 데리고 와 봐. 응? 데리고 와 봐! 소개해 줘."

"그렇게 말하면서 또 놀리려는 거지? 나오미 씨 독설에 걸리면 당할 수가 없다니까."

"아니야. 안 놀릴 테니까 데리고 와요. 시끌벅적한 쪽이 좋잖아."

"그러면 나도 저 원숭이를 데리고 올까?"

"아, 그래요, 데려와요."

나오미가 구마타니를 돌아보고 "마 씨도 원숭이 데리

고 와. 모두 같이 놀자."라고 이야기합니다.

"응, 괜찮겠지. 그렇지만 춤이 시작되었는데? 어디 너랑 한번 추고 나서 하지?"

"나, 마 씨는 싫지만, 어쩔 수 없네. 춰 줄까?"

"그런 말 말고. 이제 막 배운 주제에."

"그럼 조지 씨, 나 한번 추고 올 테니까 보고 있어요. 나중에 당신하고 춰 줄 테니까."

저는 틀림없이 슬픈 듯한 묘한 표정을 짓고 있었겠지요. 그렇지만 나오미는 홱 하고 일어서더니 구마타니하고 팔짱을 끼고 다시 신나게 움직이기 시작한 흐름 속으로 들어가 버렸습니다.

"아, 이번이 일곱 번째 폭스트롯[12]이군요⋯⋯."

하마다는 저와 둘이 되자, 화제가 궁한지 주머니에서 프로그램북을 꺼내 보면서 슬금슬금 일어납니다.

"저, 잠깐 실례하겠습니다. 이번 춤은 기라코 씨하고 추기로 해서⋯⋯."

"예, 그러시죠."

저는 세 명이 사라져 버린 후에 웨이터가 들고 온 위스키소다와 소위 프루트칵테일 네 잔을 앞에 두고 멍하니 댄스플로어 쪽을 보고 있어야만 했습니다. 그러나 원래 저는 제가 추고 싶었던 게 아니라, 이런 곳에서 나오미가 얼마나 돋보이는지 어떻게 춤을 추는지가 보고 싶었으니까 결국 이 편이 마음 편했습니다. 그래서 해방된 기분으로 인파 사이

---

12 1910년대 미국에서 시작한 사교 춤곡으로 빠른 템포가 특징이다.

에서 보였다 안 보였다 하는 나오미의 모습을 눈으로 열심히 좇았습니다.

'음, 제법 잘 추는데! 저 정도면 못 봐 줄 정도는 아니지. 이런 데에는 역시 재주가 있어.'

귀여운 댄스용 조리를 신은 하얀 버선발로 빙글빙글 돌면, 화려한 긴 소매가 하늘하늘 춤춥니다. 한 발짝 내딛을 때마다 옷의 윗자락이 나비처럼 팔랑팔랑 날갯짓을 합니다. 게이샤가 발목을 쓸 때 같은 손놀림으로 구마타니의 어깨를 잡는 새하얀 손가락, 무겁게 동체를 꽉 조인 현란한 띠, 한 송이 꽃처럼 군중 속에서 두드러지는 목, 옆얼굴, 정면, 뒷덜미…… 이러고 보니 일본 전통옷도 나름 괜찮습니다. 그뿐만 아니라 핑크색 드레스를 비롯해서 이상야릇한 옷을 입은 부인들이 있는 탓인지, 제가 남몰래 걱정하던 그녀의 그 천박한 취미도 그다지 두드러져 보이지 않았습니다.

"아, 더워, 더워! 어땠어? 조지 씨. 나 추는 것 봤어?"

춤이 끝나자 그녀는 탁자로 돌아와서 얼른 프루트칵테일 컵을 끌어당겼습니다.

"응, 보고 있었어. 그 정도면 처음이라고는 도저히 생각되지 않던데?"

"그래? 그럼 이번에 원스텝이 나오면 조지 씨하고 춰 줄게. 괜찮지? 원스텝은 쉬우니까."

"그 녀석들은 어떻게 됐어? 하마다 군하고 구마타니 군 말이야?"

"뭐, 곧 올 거야. 기라코 씨하고 원숭이를 끌고. 프루트칵테일을 두 잔 더 주문해야겠네."

"그러고 보니 핑크색은 서양 사람하고 추고 있던데?"

"응, 그래. 그게 우습잖아."

나오미는 컵 바닥을 들여다보면서 꿀꺽꿀꺽 마른입을 축이더니 "그 서양 사람은 친구도 아무도 아니야. 근데 갑자기 원숭이한테 와서 춤춰 달라고 부탁했대. 일본 여자라고 무시하는 거지. 소개도 없이 그런 말을 하다니. 틀림없이 매춘부 같은 걸로 생각한 셈이지."

"그럼 거절하면 되잖아."

"그게 웃기잖아. 그 원숭이가 상대방이 서양 사람이라 차마 거절하지 못하고 췄다니까! 정말 웃기는 바보야. 창피하게!"

"너 그렇게 대놓고 막말하는 게 아니야. 옆에서 듣고 있으면 조마조마하다니까."

"괜찮아. 나한테도 나름 생각이 있거든. 뭐, 저딴 여자한테는 그 정도 얘기는 해 주는 편이 나아. 그러지 않으면 이쪽까지 피해 본다니까. 마 씨도 저래 갖고는 곤란하니까 주의 주겠다더라."

"그야 그 사람이 말하는 건 상관없겠지만……" "봐! 하마 씨가 기라코를 데리고 왔네. 레이디가 오면 바로 의자에서 일어나야 해."

"저, 소개드립니다."

하마다가 저희 앞에 군인의 차렷 자세로 멈춰 섰습니다.

"이쪽은 하루노 기라코 양입니다."

이런 경우 '이 여자가 나오미보다 나은지 못한지' 저는 자연히 나오미의 아름다움을 표준 삼게 되는데, 지금 하마다 뒤에서 다소곳하게 입가에 자신 있는 미소를 띠고 한 발짝 다가온 기라코는 나오미보다 한두 살 나이는 많은 듯했지만 발랄하고 아가씨다운 점에서는 몸집이 작은 덕인지 나오미와 전혀 다르지 않았고, 옷의 호사스러움은 나오미를 압도했습니다.

"처음 뵙겠습니다."

다소곳하게 말하면서 또랑하고 둥글어 영리해 보이는 눈동자를 내리깔고, 살짝 가슴을 뒤로 당기듯이 인사하는 몸짓은 과연 여배우다워서 나오미처럼 거친 구석이 없었습니다.

나오미는 활기가 지나쳐서 하는 짓마다 난폭합니다. 말투도 퉁명스러워서 여성스러운 다소곳함이 결여되어 있고, 자칫하면 천박해집니다. 요컨대 나오미는 야생 짐승이고, 기라코는 말투, 눈초리, 고개를 갸우뚱하는 목놀림, 손짓, 모든 것이 세련되고 주의 깊어 신경질적일 정도로 인공의 극치를 다해 연마한 귀중품이라는 느낌입니다. 예를 들어 그녀가 탁자에 앉아서 칵테일 잔을 잡았을 때의 손과 손목을 보면 정말 가냘픕니다. 축 처진 옷소매 무게조차 견디지 못할 듯이 나긋나긋하고 가늡니다. 윤택하고 요염하며 고운 피부는 나오미와 우열을 가리기 힘들 정도입니다. 제가 얼마나 여러 번 탁자에 놓인 네 손을 교대로 봤는지 모릅니다. 그러나 두 사람의 얼굴은 무척 다릅니다. 나오미가 메리 픽퍼드이고 양키 걸이라면, 기라코 씨는 아무래도 이탈리아나 프랑스의 단아한 가운데 아련한 교태를 지니는 우아한 미인입니다. 같은 꽃이라도 나오미는 들에 피는 야생화,

기라코 씨는 온실에 피는 꽃입니다. 그 탱탱한 둥근 얼굴 가운데 있는 작은 코는 얼마나 살갗이 얇고 비칠 듯 투명한지 모릅니다. 어지간한 장인이 만든 인형이 아니라면, 애기 코라도 이렇게 섬세할 수 없습니다. 그리고 마지막에 알아차린 것이지만 나오미의 자랑거리인 아름다운 이빨과 똑같은 진주알이 새빨간 수박을 자른 것 같은 기라코의 귀여운 입 안에도 가지런히 나 있었습니다.

제가 기가 죽은 것처럼 나오미도 기가 죽었을 것이 틀림없습니다. 기라코가 자리에 온 뒤 나오미는 아까의 오만은 어디로 갔는지 놀리기는커녕 갑자기 조용해져서 자리가 썰렁해졌습니다. 그렇지만 지기 싫어하는 그녀는 자기가 "기라코를 데리고 와."라고 한 이상, 여느 때의 톰보이 기질을 되찾아서 "하마 씨, 잠자코 있지 말고 뭔가 말 좀 해 봐. 저, 기라코 씨는 언제부터 하마 씨하고 알고 지내셨어요?"

그런 식으로 슬슬 시작합니다.

"저요?"라고 기라코는 맑은 눈동자를 반짝이면서 "얼마 안 됐어요."라고 대답합니다.

"제가……"

나오미도 상대의 '제가'라는 말투에 끌려들어가서 "방금 뵈었지만, 정말 잘 추세요. 오래 배우셨나요?"라고 묻습니다.

"아뇨, 하기는 전부터 했지만, 전혀 능숙해지지 않네요. 워낙 재주가 없어서……"

"어머, 안 그래요. 그렇지, 하마 씨? 어떻게 생각해?"

"그야 잘 추시죠. 기라코 씨는 여배우 양성소에서 정식으로 배웠으니까."

"어머, 그런 말씀을 하시다니."

기라코는 얼굴을 살짝 붉히고 부끄러운 듯이 고개를 숙여 버립니다.

"그렇지만 정말 잘 추세요. 둘러봤더니 남자 중에서 제일 잘 추는 건 하마 씨, 여자 중에서는 기라코 씨……."

"어머."

"뭐야, 댄스 품평회야? 남자 중에서 제일 잘 추는 것은 누가 뭐래도 나지." 하며 그때 구마타니가 핑크색 드레스를 데리고 와서 끼어듭니다.

그 핑크색은 구마타니 소개로는, 부촌인 아오야마에 사는 사업가의 따님으로 이노우에 기쿠코라고 합니다. 이미 혼기가 늦은 25, 26세 정도로(이것은 나중에 들은 이야기지만 이삼 년 전에 모 댁으로 시집갔는데 너무 춤을 좋아해서 최근 이혼당했다고 합니다.) 일부러 어깨와 팔을 드러낸 야회복은 아마도 자기의 풍만한 육체미를 나타내기 위해서였겠지만, 막상 이렇게 마주 앉아서 보니 풍만하다기보다 살집 좋은 중년 여성 같은 모습입니다. 하기는 빈약한 체격보다는 이 정도 살집이 있는 편이 드레스에는 어울리겠지요. 그러나 뭐니 뭐니 해도 그 얼굴이 문제입니다. 서양 인형에다가 순수한 일본식 교토 인형의 목을 붙인 것처럼 입고 있는 드레스와 전혀 인연이 없는 생김새, 그것도 그대로 가만히 두면 좋았을 텐데, 가능한 한 서양 사람처럼 보이려고 여기저기 쓸데없이 만져서 모처럼의 얼굴을 엉망으로 만들었습니다. 가만 보니 과연 진짜 눈썹은 머리띠 안에 숨겨져 있음이 틀림없고 눈 위에 그린 것은 분명히 가짜입니다. 그리고 눈가의 파란 아이섀도, 볼 터치, 가짜 까만 사마귀, 입술 라인, 콧날…… 얼굴의 거의 모든 부분을 부자연스럽게 건드렸습니다.

"마 씨, 당신 원숭이 싫어해?"

갑자기 나오미가 그런 말을 꺼냈습니다.

"원숭이?"

그렇게 말한 구마타니는 웃음이 터지려는 것을 참고 "뭐야, 이상한 걸 묻네."라고 대답합니다.

"나 집에 원숭이 두 마리를 키우고 있거든. 그러니까 마 씨가 좋아한다면 한 마리 주려고. 어때? 마 씨 원숭이 안 좋아해?"

"어머나, 원숭이를 기르고 계세요?"

진지한 얼굴로 기쿠코가 그렇게 물었기 때문에 나오미는 점점 더 신이 나서 장난꾸러기같이 눈을 반짝이면서 "네, 키우고 있어요. 기쿠코 씨는 원숭이 좋아하세요?"라 묻습니다.

"저는 동물은 뭐든지 좋아해요. 개든 고양이든."

"그럼 원숭이도?"

"네, 원숭이도."

그 대화가 너무 우스워서 구마타니는 얼굴을 돌리고 낄낄거립니다. 하마다는 손수건을 입에 대고 킥킥 웃습니다. 기라코도 알아차렸는지 실실 웃습니다. 그렇지만 기쿠코는 보기보다 호인인지 자기를 놀리는 것을 알아차리지 못합니다.

"흥, 저 여자 어지간히 바보야. 모자란 거 아니야?"

이윽고 여덟 번째 원스텝이 시작되어 구마타니와 기쿠코가 댄스플로어 쪽에 가자, 나오미는 기라코가 있는 것도 개의치 않고 천박한 말투로 말했습니다.

"그렇죠, 기라코 씨, 그렇게 생각 안 하세요?"

"저, 무슨 말씀인지……."

"아니 저분이 원숭이 같잖아요. 그래서 내가 일부러 원숭이, 원숭이라고 한 거예요."

"어머나."

"모두가 저렇게 웃는데 알아차리지 못하다니 어지간히도 바보야."

기라코는 반은 어이없다는 듯, 반은 경멸하는 듯한 눈초리로 나오미 얼굴을 훔쳐보면서 어디까지나 "어머나."라고만 합니다.

11

"자, 조지 씨, 원스텝이네. 같이 춰 줄 테니까 가요."

나오미의 말로 겨우 그녀와 춤출 영광을 얻었습니다.

저로서는 쑥스럽기는 해도 평상시 연습한 것을 실험해
볼 기회이기도 하고, 더구나 파트너가 귀여운 나오미이니
기쁘지 않을 수 없었습니다. 설혹 너무 못 춰서 남들의 웃음
거리가 된다 해도 제가 못 추면 역으로 나오미가 돋보이겠
지요. 그것이 제 진짜 바람입니다. 게다가 저한테는 묘한 허
영심도 있습니다. "저 사람이 저 여자의 남편인가 봐."라는
말을 듣고 싶은 것입니다. 말하자면 "이 여자는 내 거야. 어
때? 자, 내 보물을 좀 봐."라고 실컷 자랑하고 싶습니다. 그
생각을 하면 쑥스러우면서도 무척 통쾌했습니다. 그녀를 위
해서 지금까지 치러 온 희생과 노고가 한꺼번에 보상받는
것 같았습니다.

아무래도 아까까지의 그녀 모습으로는, 오늘 밤은 나하
고 추고 싶지 않은 거겠지. 내가 좀 더 잘 추기 전까지는 싫은

게지. 싫으면 그만이지. 나도 그렇게까지 해서 꼭 추겠다는 것은 아니야. 이렇게 거의 포기하고 있었는데 "춰 줄게."라니! 그 한마디가 저를 얼마나 기쁘게 했는지 모릅니다.

열병을 앓는 사람처럼 흥분해서 나오미 손을 잡고 처음 원스텝을 내딛은 것까지는 기억나지만, 그 뒤로는 뭐가 뭔지 제정신이 아니었습니다. 그리고 정신이 없어 실누룩 음악이고 뭐고 아무것도 들리지 않고, 스텝은 엉망진창이 됩니다. 눈은 아물거리지, 가슴은 쿵쾅쿵쾅 요동치지, 요시무라 악기점 2층에서 축음기 레코드로 추던 것과 완전히 달라서 수많은 인파 가운데로 나가 보니 앞으로 가려고 해도 뒤로 물러나려고 해도 어떻게 해야 할지 도통 생각이 안 납니다.

"조지 씨, 뭘 그렇게 떨어? 정신 좀 차리라고!"

게다가 나오미는 잠시도 쉬지 않고 제 귓가에서 잔소리를 해 댑니다.

"저 봐, 저 봐, 또 미끄러졌어! 그렇게 급하게 도니까 그렇지! 좀 더 차분하게! 차분하게 추라니까!"

그런 말을 들으면 저는 한층 더 얼어붙습니다. 게다가 그곳의 마루는 오늘 밤의 댄스파티를 위해서 특별히 잘 미끄러지게 해 뒀기 때문에 연습장에서처럼 추다가는 아차 하는 순간에 바로 미끄러지는 것입니다.

"저 봐, 저 봐! 어깨를 올리면 안 된다니까! 좀 더 어깨를 내려! 내리라니까!"

나오미는 제가 죽을 둥 살 둥 붙든 손을 뿌리치고, 가끔 무자비하게 제 어깨를 꾹 누릅니다.

"쳇, 그렇게 손을 꽉 쥐면 어떻게 해! 꼭 나한테 매달린 것 같잖아. 이래서는 이쪽이 답답해서 출 수가 없어! 저 봐, 저 봐, 또 어깨가!"

이건 완전히 그녀한테 야단맞기 위해서 춤추는 것이나 같았지만, 잔소리조차도 제 귀에는 들어오지 않았습니다.

"조지 씨, 나 안 출래."

그러다가 나오미는 화가 나서 아직 사람들이 신나게 앙코르를 부르는 와중에 저를 놔두고 성큼성큼 자리로 돌아가 버렸습니다.

"어유, 기절할 뻔했네. 아직 조지 씨하고는 도저히 출 수가 없어. 좀 더 집에서 연습하라고."

하마다와 기라코가 옵니다. 구마타니가 옵니다. 기쿠코가 옵니다. 탁자 주위는 다시 떠들썩해졌지만, 완전히 환멸의 비애에 빠진 저는 잠자코 나오미의 조롱거리가 됐습니다.

"하하하! 너처럼 잔소리해 대면 마음 약한 사람은 더 못 추게 된다고. 자, 그러지 말고 같이 좀 춰 드려."

저는 구마타니의 말에 더 약이 올랐습니다. '좀 춰 드리라니 무슨 소리야! 나를 뭘로 생각하는 거야? 저 애송이가!'

"아니에요, 나오미 씨 말처럼 못 추지 않으세요. 더 못 추는 사람이 얼마든지 있는데요."라고 하마다가 말하더니 "어때요, 기라코 씨, 이번 폭스트롯은 가와이 씨하고 추시는 게?" 하고 물었습니다.

"네, 그래요……."

기라코는 과연 여배우답게 애교스럽게 고개를 끄덕입니다. 저는 당황해서 손을 저으면서 "아니, 아니에요, 아닙니다. 안 됩니다."라고 우스꽝스러울 정도로 허둥대며 말했습니다.

"안 될 게 뭐가 있어요. 그렇게 사양하니까 더 안 되는 겁니다. 그렇죠, 기라코 씨?"

"네, 정말 같이 추세요."

"아니, 안 됩니다. 도저히 안 됩니다. 제가 잘 추게 되면 부탁드릴게요."

"춰 주신다는데 추면 될 거 아냐."

나오미는 그 권유가 저한테 분에 넘치는 영광이라는 듯이 덮어씌우듯이 말하고 나서, "조지 씨는 나하고만 추려고 하니까 안 되는 거야. 자, 폭스트롯이 시작됐으니까 갔다 와요. 댄스는 모르는 사람하고 추는 게 도움이 된다고."

"월 유 댄스 위드 미?"

그때 그런 소리가 들리더니 성큼성큼 나오미한테 다가온 것은 아까 기쿠코하고 춤추던 몸매가 늘씬하고 얼굴은 여자같이 해사하게 분을 하얗게 바른 서양 남자였습니다. 등을 구부려서 나오미한테 고개를 숙이고 방글방글 웃으면서(아마도 아첨이겠지요.) 빠른 말투로 주절주절 지껄여 댑니다. 그리고 뻔뻔스러운 어조로 "플리스, 플리스."라고 하는 부분만 저는 알아들었습니다. 나오미는 난처한 얼굴로 불난 것처럼 빨개진 주제에 화도 못 내고 실실 웃습니다. 거절은 하고 싶은데 어떻게 해야 가장 완곡하게 말할 수 있는지, 그녀의 영어 가지고는 급할 때 한마디도 안 나오는 것입니다. 서양인은 나오미가 웃으니까 마음이 있다고 생각했는지 '자!'라고 재촉하는 듯한 제스처로 뻔뻔스럽게 그녀의 대답을 요구합니다.

"예스……."

그렇게 말하고 그녀가 내키지 않아하면서 일어섰을 때, 그 볼은 한층 불타듯이 새빨개졌습니다.

"아하하하! 그렇게 잘난 척하더니 서양 놈한테 걸리니까 꼼짝도 못 하네."

구마타니가 깔깔 웃습니다.

"서양 사람은 뻔뻔스러워서 곤란해요. 아까 저도 정말 난처했거든요."

그렇게 말한 것은 기쿠코입니다.

"그러면 어디 부탁드릴까요?"

저는 기라코가 기다리고 있었기 때문에 싫든 좋든 그렇게 말하지 않을 수 없었습니다. 도대체가 오늘만의 이야기는 아니지만 엄밀히 말해 제 눈에는 나오미 외에 여자라고는 없습니다. 그야 물론 미인을 보면 예쁘다고 느낍니다. 그러나 예쁜 것은 예쁠 뿐 그저 멀리에서 손도 대지 않고 가만히 바라보고 싶습니다. 슐램스카야 부인의 경우는 예외지만, 제가 그때 경험했던 황홀은 아마도 일반적인 욕정이 아니었을 겁니다. '욕정'이라고 하기에는 너무나 운치 있고 표표하여 뭐라고 표현하기 어려운 꿈꾸는 기분이었습니다. 그리고 상대방은 우리하고 완전히 동떨어진 외국인이고 댄스 교사니까, 일본인이자 제국극장 여배우인 데다가 눈부시게 화려한 옷을 입은 기라코에 비해 마음이 편했습니다.

그런데 뜻밖에도 기라코와 춤을 추기 시작하고 보니 정말 가뿐했습니다. 몸 전체가 둥실 뜬 것 같이 가벼워 솜처럼 폭신하고, 손은 나뭇잎의 새순처럼 부드러웠습니다. 그리고 무척 이쪽 템포를 잘 맞출 줄 알아서 저같이 잘 못 추는 사람을 상대로 육감이 뛰어난 말처럼 호흡을 꼭 맞춥니다. 그렇게 되고 보니 가볍다는 그 자체에서 뭐라고 할 수 없는 쾌감을 느끼게 됩니다. 제 마음은 갑자기 두둥실 붕 뜨고, 제 발은 자연히 활발하게 스텝을 밟고, 마치 메리고라운드를 탄 것처럼 한없이 슬슬 매끄럽게 돌아갑니다.

'오오, 유쾌하다! 그것참 이상하다! 참 재미있다!'

저는 저도 모르게 그런 마음이 되었습니다.

"어머, 잘 추시네요. 춤추기 어렵지 않은데요?"

빙글빙글! 물레방아처럼 돌고 있을 때, 기라코의 목소리가 귓가를 스쳤습니다.

상냥하고 작고, 정말이지 기라코다운 달콤한 목소리였습니다…….

"아이 그럴 리가 있나요. 그것은 기라코 씨가 잘 추시기 때문입니다"

"아니에요, 정말인걸요……?"

얼마 지나고 나서 다시 그녀가 말했습니다.

"오늘 밤의 밴드는 참 잘하지요?"

"네?"

"음악이 별로면 모처럼 춤춰도 신이 안 나잖아요?"

정신을 차리고 보니까 기라코의 입술이 꼭 제 관자놀이 아래에 있었습니다. 그것이 그녀의 버릇인 것 같아서 아까 하마다하고 추던 때처럼 그 옆머리가 제 볼에 닿아 있었습니다. 부드러운 머리카락이 스치는 감촉(그리고 가끔 새어나오는 나지막한 속삭임)은 오랫동안 사나운 말 같은 나오미의 발굴에 걸어차이던 저한테는 상상할 수도 없는 '여성스러움'의 극치였습니다. 뭐라고 할까요. 가시에 찔린 상처를 상냥한 손으로 쓰다듬어 주는 것 같은…….

"나 웬만하면 거절하려고 했지만 서양 사람에게 친구가 없으니까 가여워서 춰 준 거야"

이윽고 탁자에 돌아오자 나오미가 조금 풀이 죽은 모습으로 변명하고 있었습니다.

열여섯 번째 왈츠가 끝난 것은 이럭저럭 11시 반쯤 되었을 때입니다. "아직 이제부터 엑스트라가 여러 곡 있으니까. 늦으면 택시로 돌아가자."라고 나오미가 말하는 것을 겨우 달래서 마지막 전철에 맞춰서 신바시 역으로 걸어갔습니다. 구마타니도 하마다도 여자들도 다 함께 긴자 거리를 슬슬 걸어서 신바시 부근까지 저희를 바래다주었습니다. 모두의 귀에는 아직도 재즈 밴드 소리가 울리는 것 같아 누군가가 어떤 멜로디를 부르기 시작하면 여자고 남자고 바로 같이 합창을 합니다. 노래를 모르는 저는 그들의 재간과 좋은 기억력 그리고 젊고 밝은 목소리에 그저 질투를 느낄 뿐이었습니다.

"랄, 라, 랄랄라."

나오미는 한층 높은 어조로 박자를 맞추며 걸었습니다.

"하마 씬 뭐가 좋아? 난 「캐러밴」[13]이 제일 좋더라."

"오오, 「캐러밴」!"

기쿠코가 느닷없이 괴상한 목소리로 말했습니다.

---

13   Caravan. 듀크 엘링턴의 히트곡.

"멋있죠! 그거!"

"그렇지만 저는……." 하고 이번에는 기라코가 "「위스퍼링」[14]도 좋은 것 같아요. 춤추기도 좋고……"라고 이어받았습니다.

"「초초 씨」[15] 좋지 않아? 나는 그게 제일 좋던데."

그리고 하마다는 나비 부인을 휘파람으로 붑니다.

개찰구에서 그들과 헤어져 겨울 밤바람이 부는 플랫폼에 서서 전차를 기다리는 동안, 저와 나오미는 말을 별로 안 했습니다. 환락 뒤의 쓸쓸함이라고나 할 심정이 제 마음을 지배했습니다. 하긴 나오미는 그런 것도 못 느끼겠죠.

"오늘 밤 재밌었지? 또 가자."라고 얘기하지만, 저는 흥 깨진 얼굴로 "응." 하고 입안에서 대답했을 뿐입니다.

'뭐야, 이게 댄스라는 거야? 부모를 속이고, 부부 싸움을 하고, 실컷 울다 웃다 한 끝에 내가 맛본 무도회라는 게 이렇게 우스꽝스러운 거였나? 녀석들은 모두 허영과 아첨과 제 잘난 맛에 취한 덜떨어진 집단 아닌가? ……그렇지만 그럼 나는 뭣 때문에 갔지? 나오미를 그 녀석들한테 자랑하기 위해서? 그렇다면 나 또한 허영덩어리 아닌가. 그런데 내가 그렇게까지 자랑하던 보물은 어땠느냐 말이다! ……어때, 자네, 자네가 이 여자를 데리고 다니면 과연 자네가 원했던 대로 세상이 앗! 하고 감탄하던가?'

저는 자기 자신을 비웃는 듯한 마음으로 제 마음에 묻

---

14   Whispering. 폭스트롯 곡.

15   폴 화이트먼(Paul Whiteman)이 연주한 오케스트라 「나비 부인」의 곡.

지 않을 수 없었습니다.

'자네, 자네, 하룻강아지 범 무서운 줄 모른다는 게 바로 자네 이야기야. 그야 자네한테는 이 여자가 세상 제일가는 보물이었겠지. 그런데 그 보물을 화려한 무대에 내보냈더니 어땠지? 허영과 제 잘난 맛에 취한 집단! 자네가 아주 잘 표현했는데, 그 집단의 대표가 이 여자 아니었던가? 저혼자 잘났다고 무턱대며 남을 욕하고, 옆에서 보기에 제일 꼴불견이 도대체 누구였다고 생각해? 서양 놈한테 매춘부로 오해받고, 간단한 영어 하나 못해서, 절절매면서 상대한 것이 기쿠코 양만은 아닌 것 같던데. 게다가 이 여자의 난폭한 말투는 또 뭐야. 스스로는 레이디인 척하면서 말투는 참기 힘들 정도였어. 기쿠코 양이나 기라코 양 쪽이 훨씬 교양이 있지 않던가?'

이러한 불쾌한 회한이랄까 실망이랄까, 그야말로 형언하기 어려운 못마땅한 기분은 그날 밤 집에 도착할 때까지 제 마음에 달라붙어 있었습니다.

전철에서도 저는 일부러 반대편에 앉아서 제 앞에 앉아 있는 나오미라는 존재를 다시 한 번 꼼꼼하게 관찰할 생각이 들었습니다. '도대체 나는 이 여자의 어디가 좋아서 이렇게까지 홀딱 빠졌을까? 저 코야? 저 눈이야?' 그런 식으로 살펴나가자 이상하게도 늘 나한테 그렇게까지 매력적이던 얼굴이 오늘 밤은 정말이지 시시하고 하찮게 보이기 시작합니다. 그러자 제 기억 밑바닥에 있는 제가 처음 이 여자를 만났던 때, 다이아몬드 카페 시절의 나오미 모습이 희미하게 떠오릅니다. '지금에 비해 그때가 훨씬 좋았어. 천진난만하고 귀엽고 내성적이면서 약간 침울한 구석이 있었는데, 이런 천박하고 시건방진 여자하고는 전혀 달랐어. 나는 그 시절의 나오미를 사랑했던 거야. 그 타성이 오늘날까지 이어져 왔지만, 생각해 보면 나도 모르는 사이에 이 여자는 정말이지 견딜 수 없이 기분 나쁜 녀석이 돼 버린 거야. 똑똑한 여자는 바로 자기라는 듯이 새침하게 앉아 있는 꼴이라니. 천하의 미인은 바로 자기라는 듯이, 자신만큼 하이칼라답고 서양인처럼 생긴 여자는 없다고 표내고 싶어 하는 듯한 저 건방진 얼굴은 또 뭐야. 저런 주제에 영어의 A자도 모르고 수동태와 능동태조차 구별 못 하는 것을 남은 몰라도 나는 안다고……?

　저는 혼자 머릿속에서 이런 악담을 했습니다. 그녀는 조금 몸을 뒤로 젖히고 얼굴을 쳐들고 있었기 때문에 제 좌석에서는 그녀가 가장 서양인 비슷하다고 자랑하는 콧구멍이 시커멓게 보입니다. 그 동굴 좌우에는 도톰한 콧방울이 있습니다. 생각해 보면 저는 저 콧구멍하고는 아침저녁으로 무척 친합니다. 매일 밤, 제가 저 여자를 품을 때면 늘 이런 각도에서 저 동굴 속을 들여다보고, 이전번처럼 코를 풀어 주고, 콧방울 주위를 애무하고, 어떤 때는 제 코와 저 코를 쐐기처럼 엇갈리게도 하니까, 즉 저 코, 저 여자 얼굴 한가운데에 붙어 있는 저 작은 살덩어리는, 마치 제 몸의 일부와 같아서 결코 남의 것 같지 않습니다. 그러나 그렇게 생각하면서 보니까 그 코가 더 더럽고 밉살스럽습니다. 왜 사람이 배가 고플 때는 맛없는 것도 정신없이 게걸스럽게 먹지 않습니까? 그렇지만 점점 배가 불러 옴에 따라 갑자기 지금까지 처넣던 것이 얼마나 맛없는지 알아차리고, 그러면 단번에 가슴이 메슥거리며 토할 것 같아지잖아요? 말하자면 그 비슷한 심정이라고 할까요. 오늘 밤에도 여전히 저 코를 상대로 얼굴을 맞대고 잘 것을 생각하니 "아이고, 나는 이제 이 요리는 질렸어."라고 하고 싶고, 갑자기 소화 불량에 걸린 것처럼 지겨워집니다.

'이것도 역시 천벌이야. 부모를 속이고 재미 좀 보려고 해 봤자 변변한 일이 있을 리 없어.' 저는 생각했습니다.

그러나 독자 여러분, 제가 이것으로 나오미한테 싫증이 났다고 생각하시면 곤란합니다. 아니 저 자신도 지금까지 이런 일이 없었기 때문에 일시적으로 싫증이 났나 보다고 생각했을 정도였지만요. 그러나 막상 오모리의 집에 돌아가서 둘만이 되고 보니 전철 속에서의 그 '배불렀던' 마음은 점차 어딘가로 날아가 버리고, 다시 나오미의 온갖 부분이 눈이든 코든 손이든 발이든 고혹에 차 보이고, 그 하나하나가 저한테는 먹어도 먹어도 싫증 나지 않는, 세상에 다시없는 것이 되었습니다.

저는 그 뒤로 나오미하고 맨날 댄스하러 다니게 됐지만, 그때마다 그녀의 결점이 역겨워져서 집에 올 때는 늘 기분이 나빴습니다. 그러나 그 기분이 오래간 일은 없고, 그녀에 대한 애증의 감정은 하룻밤에도 몇 번이나 고양이의 눈처럼 바뀌었습니다.

12

한산했던 오모리 집에는 하마다니 구마타니, 그들의 친구들, 주로 댄스파티에서 가까워진 남자들이 들락거리기 시작했습니다.

대개 저녁나절 제가 회사에서 돌아올 즈음 찾아와서 다 같이 축음기를 틀어 놓고 춤을 춥니다. 나오미가 손님을 좋아하는 데다가 신경 써야 할 도우미나 노인도 없고 우리 집 아틀리에는 댄스하기에 알맞았기 때문에 그들은 시간이 가는 줄 모르고 놀다 갑니다. 처음에는 다소 어려워하면서 식사 때가 되면 돌아갔지만 "이봐! 왜 벌써 가! 밥 먹고 가." 라고 나오미가 억지로 붙잡자 나중에는 오기만 하면 꼭 '오모리정'에서 시킨 양식으로 저녁 식사를 대접받는 것이 상례가 되었습니다.

어느 축축한 장마철 밤이었습니다. 하마다와 구마타니가 놀러 와서 11시 넘도록 떠드는데, 엄청난 비바람이 불어 닥치면서 비가 좍좍 유리창을 때립니다. 두 사람 다 "가야지, 가야지." 하면서 한동안 주저하자 "어머나, 비가 너무 많이 오네. 이래 갖고는 도저히 못 가니까 오늘 밤은 자고 가." 하고 나오미가 갑자기 말했습니다.

"응? 그렇게 해. 자고 가. 마 씨는 물론 괜찮지?"

"응, 나야 상관없지만 하마다가 간다면 나도 가고."

"하마 씨도 괜찮지? 응? 하마 씨."

그렇게 말하고 나오미는 제 안색을 살피더니 "괜찮아, 하마 씨, 사양할 것 없어. 겨울이라면 이불이 모자라지만 요즘 같으면 네 사람 정도는 어떻게 되겠지. 게다가 내일은 일요일이라 조지 씨도 집에 있을 거고. 얼마든지 늦잠 자도 상관없거든."

"그러시죠. 주무시고 가시죠. 이 비를 뚫고는 가기 어려우실 겁니다."라고 저도 어쩔 수 없이 권했습니다.

"그렇게 해요. 그리고 내일은 또 다른 것 하고 놀자. 맞아, 맞아, 저녁부터 가게쓰엔에 가면 되겠다."

결국 두 사람은 자게 됐는데 "그런데 모기장은 어떻게 할까?" 하고 제가 묻자 "모기장이 하나밖에 없으니까 모두 같이 자면 되지, 뭐. 재미있겠다!"라고 나오미는 그 상황이 무척 재미있는지 수학여행이라도 온 것처럼 까르륵까르륵 좋아했습니다.

참 의외였습니다. 모기장은 두 사람한테 제공하고 저하고 나오미는 모기향이라도 피우면서 아틀리에의 소파에서 하룻밤 지내면 되겠다고 생각하고 있었기 때문입니다. 네 사람이 한방에서 뭉쳐서 자리라고는 생각도 못 했습니다. '그렇지만 나오미가 그럴 생각이니까 두 사람한테 싫은 내색을 할 수도 없고⋯⋯' 하고 언제나처럼 제가 우물쭈물 하는 사이에 그녀는 혼자 척척 결정해 버리고 "자, 이불 깔 테니까 셋 다 도와줘." 하면서 앞장서서 호령하면서 다락의 다다미 넉 장 반짜리 방으로 올라갑니다.

이불을 어떤 순서로 까는가 했더니, 모기장이 워낙 작 아서 네 사람이 나란히 잘 수는 없습니다. 그래서 세 사람이 나란히 눕고 한 사람은 세 사람과 직각으로 눕습니다.

"자, 이러면 되지? 남자 셋이 거기 나란히 누워요. 나는 이쪽에 혼자 잘 테니."라고 나오미가 말합니다.

"이야, 이거 좀 심하네."

모기장을 매달고 나자 구마타니가 안을 들여다보고 말 했습니다.

"이거 아무리 봐도 돼지우리네? 모두 뒤죽박죽 뒤섞여 버릴 텐데."

"뒤섞이면 어때. 사치스러운 소리 하는 게 아냐."

"흥! 남의 집에 신세지는 주제에⋯⋯라는 건가?"

"당연하지. 어차피 오늘 밤은 깊은 잠은 못 잘걸?"

"난 잘 거야. 코를 드르렁드르렁 골며 잘 거야."

구마타니가 쾅 하고 마룻바닥을 울리면서 옷을 입은 채 맨 먼저 이불에 기어들어 갑니다.

"자겠다고? 누가 자게 놔두나. 하마 씨, 마 씨를 자게 두면 안 돼. 잠들려고 하면 간지럼을 태워 줘."

"아, 더워. 이래 갖고는 도저히 못 자겠다."

가운데 있는 이불에 누워서 무릎을 세우고 있는 구마 타니 오른쪽에 양복 차림을 한 하마다가 바지와 속셔츠 한 장으로 마른 몸을 배를 납작하게 하고 똑바로 누웠습니다. 그리고 조용하게 문밖의 빗소리를 듣는 것처럼 한쪽 손을 이마에 올려놓고, 다른 손으로는 탁탁 부채를 부치는 소리가 한층 무덥게 들립니다.

"그리고 그 뭐야, 나는 여자가 있으면 아무래도 잠을 잘 못 자거든."

"난 남자지 여자가 아니야. 하마 씨도 여자라는 생각이 안 든다고 했잖아."

모기장 밖의 어두침침한 곳에서 휙 잠옷으로 갈아입을 때 나오미의 허연 등이 보였습니다.

"그야 말은 그렇게 했지만……."

"역시 옆에 누워 있으니까 여자로 느껴져?"

"응, 뭐 그렇지."

"그럼 마 씨는?"

"아무렇지도 않아. 너 따위는 여자 축에도 못 끼거든."

"여자 아니면 뭔데?"

"음, 넌 뭐 바다표범이지."

"아하하하하, 바다표범하고 원숭이, 어느 쪽이 좋아?"

"양쪽 다 싫어."

구마타니는 일부러 졸린 듯한 목소리로 말했습니다. 저는 구마타니 왼쪽에 누워서 세 사람이 계속 지껄이는 소리를 잠자코 듣고 있었지만, 나오미가 여기에 들어오면 하마다 쪽이나 제 쪽으로 얼굴을 돌려야 할 텐데, 어느 쪽으로 돌릴지가 내심 신경 쓰였습니다. 나오미 베개가 어느 쪽인지 모를 애매한 위치에 놓여 있었기 때문입니다. 나오미가 아까 이불을 깔면서 일부러 그런 건지, 나중에 어떻게 돼도 괜찮게 놓은 건가 싶었습니다. 나오미는 뽀글뽀글한 분홍색 옷감의 가운으로 갈아입고는, 모기장 안에 우뚝 서서 "전기 꺼?"라고 묻습니다.

"응, 꺼 줬으면 좋겠어……"라는 구마타니의 목소리가 들립니다.

"그럼 끈다."

"아, 아얏!"이라고 구마타니가 말한 순간, 나오미가 그 가슴에 뛰어올라 남자 몸을 받침대 삼아 모기장 안에서 탁 하고 스위치를 껐습니다.

어두워지기는 했지만 밖의 전신주에 달려 있는 가로등 불빛이 유리창 너머로 비치기 때문에 방 안은 서로의 얼굴과 옷이 구분될 정도로 희미하게 밝아, 나오미가 구마타니 목을 넘어서 자기 이불에 뛰어내린 순간 잠옷 자락이 펄렁 벌어지면서 생긴 바람이 제 코를 농락합니다.

"마 씨, 담배 안 피울래?" 나오미는 바로 자려고 하지 않고 남자처럼 책상다리를 하고 베개 위에 앉아서 위에서 구마타니를 내려다보면서 말합니다.

"이봐, 나 좀 보라고!"

"빌어먹을, 무슨 일이 있어도 안 재울 생각이군."

"우후후후, 봐! 나 좀 보라니까! 안 보면 혼난다!"

"아, 아파! 그만둬, 그만두라니까! 나도 살아 있는 동물인데 좀 정중하게 다뤄 주면 좋겠어. 받침대가 되었다 건 어차였다 하면 아무리 튼튼해도 못 견딘다고."

"우후후후후"

저는 모기장 천장을 보고 있었기 때문에 확실하게는 알 수 없었지만, 나오미가 발가락으로 구마타니 머리를 꾹꾹 누르는지 "할 수 없네."라면서 구마타니가 몸을 뒤척였습니다.

"마 씨, 일어난 거야?" 하는 하마다의 말소리가 났습니다.

"응, 일어났어. 자꾸 구박당해서."

"하마 씨, 당신도 이쪽 봐. 안 그러면 구박할 거야."

하마다가 몸을 뒤쳐서 배를 깔고 누운 것 같습니다.

동시에 구마타니가 부스럭부스럭 소매 속에서 성냥을 찾는 소리가 났습니다. 그리고 성냥을 켜서 제 눈꺼풀에 희미하게 불빛이 비쳤습니다.

"조지 씨, 당신도 이쪽 보면 어때? 혼자 뭐 하는 거야?"

"응, 응……."

"왜? 졸려?"

"응……. 잠이 들락 말락 하고 있었어……."

"우후후후후, 거짓말하네. 일부러 자는 척하는 거 아냐. 그렇지? 걱정되지 않아?"

저는 정곡을 찔려서 눈은 감고 있었지만 얼굴이 달아오르는 것 같았습니다.

"난 괜찮아. 그냥 이렇게 떠드는 것뿐이니까 안심하고 자도 돼. 진짜 신경이 쓰이거든 이쪽으로 돌아누우라고. 그렇게 오기 부리지 말고."

"구박당하고 싶은가 보지."

그렇게 말한 것은 구마타니로 담배에 불을 붙여서 쭉 하고 소리를 내면서 빨기 시작합니다.

"웃겨! 이 사람을 구박해서 뭐 해. 매일 하고 있는데."

"어이구, 닭살 돋네."

하마다가 말했지만 진심으로 말한 것이 아니라 저에 대한 일종의 아첨처럼 들렸습니다.

"이봐, 조지 씨, 그렇지만 구박받고 싶다면 해 줄 수도 있어."

"아니 됐어."

"됐으면 이쪽으로 돌아누워. 그렇게 혼자 외톨이로 있지 말고."

저는 빙 방향을 틀어 베개 위에 턱을 올려놓았습니다. 그러자 한쪽 무릎은 세우고 양쪽 정강이를 팔자로 벌린 나오미의 발 한쪽은 하마다 코앞에, 한쪽은 제 코앞에 있었습니다. 그리고 구마타니는 그 팔자 사이에 목을 집어넣고 유유히 시키시마 담배를 피우고 있습니다.

"어때? 조지 씨, 이 광경이?"

"음……."

"음이 뭐야."

"참 어이가 없네. 정말 바다표범이 틀림없군."

"맞아, 바다표범이야. 지금 바다표범이 얼음 위에서 쉬고 있는 참이야. 앞에 자고 있는 세 마리는 수컷 바다표범이고."

낮고 짙은 먹구름이 드리운 것처럼 머리 위에 늘어져 있는 연둣빛 모기장, 밤눈에도 길게 풀어헤친 시커먼 머리카락 가운데의 하얀 얼굴, 흐트러진 가운 여기저기에서 드러난 가슴과 팔, 장딴지…… 그것은 나오미가 늘 저를 유혹하는 포즈 중 하나로, 그런 모습을 보면 저는 마치 먹이를 앞에 둔 짐승같이 되었습니다. 저는 나오미가 예의 유혹하는 듯한 표정으로 심술궂게 웃으면서 가만히 이쪽을 내려다보는 것을 어둠 속에서 분명히 느꼈습니다.

"어이가 없다니, 거짓말. 내가 가운을 입으면 참을 수가 없다며? 오늘 밤은 모두가 있으니까 참는 거지? 그렇지? 조지 씨, 맞지?"

"웃기지 마."

"우후후후후, 그렇게 잘난 척하면 항복시켜 볼까?"

"이봐, 이봐, 이건 좀 온당치 못하네. 그런 얘기는 내일 밤에 하시면 어때?"

"찬성!"이라고 하마다도 구마타니를 쫓아서 말하고는 "오늘 밤은 모두에게 공평하게 해 주면 좋겠어."라고 했습니다.

"그러니까 공평하게 하고 있잖아. 서로 샘내지 않게. 하마 씨한테는 이쪽 발을 내주고, 조지 씨한테는 이쪽 발을 내주고⋯⋯."

"그럼 난 어떻게 되는데?"

"마 씨가 제일 득보고 있잖아. 제일 가까이 있는 걸로도 모자라 이런 데다 목을 집어넣고 있으면서."

"정말 영광이구먼"

"그렇다니까 마 씨가 제일 우대받는 거라고."

"그렇지만 나오미, 설마하니 그렇게 하고 밤새 깨 있을 건 아니지? 잘 때는 도대체 어떻게 되는 거야?"

"글쎄, 어떻게 할까! 어느 쪽으로 머리를 놀릴까! 하마 씨로 할까, 조지 씨로 할까."

"그런 머리야 어느 쪽으로 돌리든 별문제가 되지 않아."

"아니, 그렇지 않지. 마 씨는 가운데니까 괜찮지만 나한테는 문제야."

"그래? 하마 씨, 그럼 하마 씨 쪽으로 머리를 돌릴까?"

"그러니까 그게 문제라니까. 이쪽으로 머리를 돌려도 걱정이고, 그렇다고 가와이 씨 쪽에 돌려도 역시 뭔가 걱정이고……."

"게다가 이 여자는 잠버릇이 나쁘거든." 하고 또 구마타니가 끼어들어서 "조심하지 않으면 발 쪽의 녀석은 한밤중에 걷어차일지도 몰라."라고 했습니다.

"어떻습니까, 가와이 씨, 나오미 씨는 정말 잠버릇이 나쁜가요?"

"네, 나쁘지요. 그것도 보통 나쁜 게 아닙니다."

"어이, 하마다."

"응?"

"잠결에 발바닥을 핥았다면서?"

그렇게 묻고는 구마타니가 껄껄 웃습니다.

"발바닥을 핥으면 어때서? 조지 씨는 맨날 핥는데. 얼굴보다 발이 예쁘다면서."

"저런, 그건 일종의 페티시즘[16]이네."

"그렇지만 사실인걸, 뭐. 그치 조지 씨? 그렇지 않아? 당신은 발 쪽이 더 좋다면서?"

16   이성의 육체 일부나 옷 등에 성적 집착을 하는 일종의 성도착증.

그러고 나서 나오미는 "공평하지 않으면 안 되지." 하면서 제 쪽으로 발을 돌렸다 하마다 쪽으로 돌렸다 오 분마다 몇 번이고 이불 위를 이쪽저쪽으로 눕습니다.

"자, 그럼 이번에는 하마 씨가 발 담당!"

그렇게 말하면서 누운 채 몸을 컴퍼스처럼 빙글빙글 돌리기도 하고, 돌리면서 양다리를 번쩍 들어서 모기장 천장을 걷어차기도 하고, 저 끝에서 이 끝으로 베개를 탁 던지기도 합니다. 바다표범이 너무 격렬하게 활약해서 그렇지 않아도 이불의 반이 비어져 나가 있는 모기장 자락이 펄럭펄럭 젖혀지고 모기가 여러 마리 들어옵니다. "아, 안 돼 안 돼. 엄청난 모기다!" 하고 구마타니가 벌떡 일어나서 모기를 잡기 시작합니다. 누군가 모기장을 밟아서 모기장 끈이 떨어져 버립니다. 떨어진 모기장 속에서 나오미가 한층 팔딱팔딱 난리를 칩니다. 손잡이를 고쳐서 모기장을 다시 매다는 데 한참 시간이 걸렸습니다. 그렇게 난리치다가 겨우 조금 진정이 된 것은 동쪽 하늘이 훤하게 밝아오기 시작한 때였습니다.

빗소리, 바람소리, 옆에서 자는 구마타니의 코 고는 소리…… 저는 시끄러워서 저도 모르게 깜빡 잠이 들었다가도 툭하면 잠이 깹니다. 도대체 이 방은 둘이 자도 비좁은 데다가 나오미의 살갗과 옷에 밴 달콤한 향내와 땀냄새가 발효된 듯 차 있습니다. 거기에다가 오늘 밤은 성인 남자가 둘이나 늘었으니 한층 견디기 어려울 만큼 사람 훈기가 차서, 밀폐된 공간은 지진이라도 날 것처럼 숨 막히게 무덥습니다. 가끔 구마타니가 몸을 뒤척이면 축축하게 땀이 밴 손이나 누툴이 서로 미끌미끌 닿습니다. 나오미는 베개를 저한테

142

두고 그 베개에 한쪽 다리를 올려놓고, 한쪽 무릎은 세우고 발등은 제 이불 속에 집어넣고, 목은 하마다 쪽으로 기울이고 양손을 활짝 편 채, 아무리 못 말리는 말괄량이라지만 피곤했는지 기분 좋게 잠들어 있습니다.

"나오미……"

저는 모두의 조용한 숨소리를 확인하면서 입안에서 부르고 제 이불 속에 있는 그녀의 발을 쓰다듬었습니다. '아아, 이 발, 이 쌕쌕거리면서 자는 새하얀 아름다운 발, 이것은 확실히 내 것이다. 나는 이 발을 그녀가 꼬마일 때부터 매일 밤 목욕도 시키고 비누로 씻겨 줬지. 이 부드러운 피부라니…… 15세 때부터 그녀는 쑥쑥 자랐지만, 이 발만은 마치 자라지 않은 것처럼 여전히 작고 귀엽다. 맞아, 이 엄지발가락도 그때 그대로야. 새끼발가락도, 동그스름한 발뒤꿈치도, 불룩하게 솟아오른 발등도 모두 그때 그대로 아닌가?' 저는 저도 모르게 그 발등에 살그머니 입술을 갖다 대지 않을 수 없었습니다.

날이 밝고 나서 저는 다시 잠이 들었는지, 와아 하는 웃음소리에 잠이 깨서 보니까 나오미가 제 콧구멍에 꼰 종이 끈을 쑤셔 넣고 있었습니다.

"어머, 조지 씨, 깼어?"

"아아, 지금 몇 시야?"

"벌써 10시 반이야. 그렇지만 일어나 봤자 별수 없으니까 정오의 대포가 울릴 때까지 자요."

비가 그치고 일요일의 하늘은 파랗게 개어 있었지만 방 안에는 아직도 사람의 훈기가 남아 있었습니다.

13

당시 저의 이런 방종한 생활을 회사에서는 아무도 몰랐을 터입니다. 집에 있을 때와 회사에 있을 때, 제 생활은 확연히 구분되어 있었습니다. 물론 사무를 보는 때에도 머릿속에는 나오미의 모습이 계속 어른거렸지만, 일에 방해가 될 정도는 아니었으며 남들이 알아차릴 리가 없습니다. 그래서 동료 눈에 저는 여전히 군자로 보이리라 믿고 있었습니다.

그런데 아직 장마가 다 끝나지 않은 찌무룩한 어느 날 밤, 동료 중 나미카와라는 엔지니어가 회사에서 해외 근무를 발령받아 그 송별회가 쓰키지에 있는 세이요켄에서 열린 일이 있습니다. 저는 늘 그러듯이 인사치레로 참석했을 뿐이니까 회식이 끝나고 디저트 코스의 인사가 끝나 모두가 우르르 식당에서 흡연실로 옮겨 식후의 리큐어를 마시면서 왁자지껄 잡담하기 시작했을 때, 이제는 일어나도 되겠지 싶어 일어섰습니다. 그런데 "이봐, 가와이 군, 잠깐 앉지." 하는 소리가 들렸습니다.

실실 웃으면서 저를 부른 것은 S라는 남자였습니다. S는 약간 취기를 띠고, T와 K, H 등과 소파 하나를 차지하고 앉아 있었는데, 그 가운데에 저를 억지로 집어넣으려는 것이었습니다.

"뭐 그렇게 도망치지 않아도 되잖아. 이제부터 어디 가시려고? 이렇게 비가 오는데."

S는 그렇게 말하면서 엉거주춤하게 선 제 얼굴을 올려다보고 또 실실 웃었습니다.

"아니, 그런 게 아니라……"

"그러면 곧장 돌아가실 건가?"

그렇게 물은 것은 H였습니다.

"응, 미안하지만 실례할게. 우리 집은 오모리라서 이런 날에는 길이 나쁘니까 빨리 안 가면 인력거가 없어지거든."

"하하하하, 거짓말하고 있네."

이번에는 T가 말합니다.

"이봐, 가와이 군, 자네 비밀은 이미 다 밝혀졌다고?"

"뭐가……?"

'비밀'이 무얼 뜻하는지, T의 말이 이해가 안 돼서 저는 조금 당황한 채로 물었습니다.

"정말 놀랐어. 군자라고만 생각했는데 말이야……"

다음에는 K가 무척 감탄한 듯이 고개를 갸우뚱거리면서 "가와이 군이 댄스를 한다니, 세상 참 많이 진보했어."

"이봐, 가와이 군."

S가 주변을 살피면서 제 귀에 입을 갖다 대듯이 물었습니다.

"왜, 그 자네가 데리고 다닌다는 굉장한 미인이 도대체 누구야? 우리한테도 소개 한번 하지."

"아니, 소개할 여자가 아니야."

"그렇지만 제국극장 여배우라던데. 아니야? 영화배우라는 소문도 있고. 혼혈이라는 설도 있던, 그 여자가 어디 사는 누군지 말 좀 해 봐. 말하지 않으면 안 보내 줄 거야."

제가 분명히 불쾌한 얼굴로 말을 더듬는 것도 알아차리지 못하고 S는 열중해서 몸을 앞으로 내밀면서 기를 쓰고 물었습니다.

"이봐, 가와이 군. 그녀는 댄스 아니면 부르지 못하는 거야?"

저는 자칫하면 "멍청하긴!" 하고 소리쳤을지도 모릅니다. 아직 회사에서는 아무도 모를 거라고 생각했는데 알 뿐 아니라, 바람둥이로 유명한 S의 말투로 보건대 우리가 부부라고 생각지 않고 나오미를 아무 데나 부를 수 있는 여자로 생각하는 것 같았습니다.

'바보! 남의 아내를 두고 부를 수 있냐니! 그런 실례가 어디 있어!'

저는 당연히 견딜 수 없는 모욕에 안색이 변해서 그렇게 소리쳤어야 합니다. 아니, 분명히 아주 일순간 저는 안색이 확 바뀌었습니다.

"이봐, 가와이, 가르쳐 달라고, 진짜!"

제가 호인이라는 걸 믿고 어디까지나 뻔뻔스럽게 H가 말했습니다. 그는 K 쪽으로 돌아보면서 "이봐, K, 자네는 어디에서 들었다고 했지?" 하고 물었습니다.

"나는 게이오 대학 학생한테 들었어."

"흐음, 뭐라고?"

"친척 녀석인데 말이야, 댄스에 미쳐 가지고 맨날 댄스 홀에 드나들거든. 그래서 그 미인을 안대."

"이봐, 이름이 뭐래?"라고 T가 옆에서 목을 내밉니다.

"이름은…… 음, 조금 별난 이름이던데. 나오미, 나오미라는 것 같던데?"

"나오미……? 아, 그럼 역시 혼혈이구나."

그렇게 말하고 S가 놀리듯이 제 얼굴을 들여다보고 "혼혈아라면 배우는 아니겠네."라고 이야기했습니다.

"엄청난 바람둥이라던데? 그 여자. 닥치는 대로 게이오 학생들을 집어먹고 다닌대."

저는 묘한 경련 같은 엷은 웃음을 띤 채 입가를 바르르 떨었지만, K의 이야기가 거기에 미치자 그 엷은 웃음은 갑자기 얼어붙은 듯이 볼에서 움직이지 않고, 눈동자는 눈 속으로 푹 들어간 것 같이 느껴졌습니다.

"허어, 그것참 믿음직스럽군!"

S가 완전히 신나서 말합니다.

"자네 친척이라는 학생도 그 여자와 관계가 있었대?"

"아, 그건 모르지만 친구 중에 두세 명이 있다더라."

"관둬, 관둬, 가와이가 걱정하잖아. 저것 봐, 저런 얼굴을 하고 있잖아."

T가 그렇게 말하자 모두가 일제히 저를 올려다보고 웃었습니다.

"뭐, 조금은 걱정해도 괜찮아. 우리 몰래 그런 미인을 독차지하려고 하다니 괘씸하게."

"아하하하, 어때, 가와이 군, 군자가 가끔은 풍류스러운 걱정을 하는 것도 괜찮잖아?"

"아하하하."

저는 이제는 화나기는커녕 누가 뭐라는지 전혀 들리지 않았습니다. 그냥 와 하고 웃는 웃음소리가 양쪽 귀에 시끄럽게 울릴 뿐이었습니다. 순간적으로 저는 어떻게 이 자리를 모면할지, 웃어야 할지 울어야 할지, 자칫 잘못 얘기했다가는 더 조롱거리가 되지 않을까 하는 당혹감에 휩싸였습니다.

어쨌든 저는 뭐가 뭔지 제정신이 아닌 채 흡연실을 뛰쳐 나왔습니다. 그리고 질퍽거리는 거리에 서서 차가운 비를 맞을 때까지는 발이 땅에 닿지 않았습니다. 여전히 뒤에서 누가 쫓아오는 것 같아서 저는 계속 긴자 쪽으로 도망쳤습니다.

오와리초의 또 다른 왼쪽 사거리에 이르러 신바시 쪽으로 걸어갔습니다. 그렇다기보다는 제 발이 그저 무의식적으로 제 머리와 상관없이 그쪽 방향으로 움직였습니다. 제 눈에는 비에 젖은 보도에서 거리의 등불이 반짝반짝 빛나는 것이 비쳤습니다. 이런 날씨에도 거리에는 꽤 많은 사람이 나와 있었습니다. '아, 기생이 우산을 쓰고 지나간다. 젊은 여자가 플란넬을 입고 지나간다. 전철이 달린다. 자동차가 달린다……'

'나오미는 엄청난 바람둥이래. 학생들을 닥치는 대로 집어먹는다지……? 그런 일이 있을 수 있을까? 있을 수 있어. 분명히 있을 수 있어. 최근의 나오미 꼴을 보면 그렇게 생각하지 않는 쪽이 이상하지. 사실 나도 내심 걱정하고는 있었지만, 그녀에게 들러붙는 남자 친구가 너무 많아서 오히려 안심하고 있었던 거야. 나오미는 애야. 그리고 활발해. 자신은 남자라고 그녀 자신이 말한 그대로야. 그러니까 남자들을 잔뜩 모아놓고 천진난만하고 시끌벅적하게 놀기 좋아하는 것뿐이야. 설령 그녀에게 흑심이 있다 하더라도 그렇게 사람 눈이 많으면 숨길 수도 없을 테고, 설마하니 그녀가……라고 생각한 그 설마가 잘못이었던 거야.'

　'그렇지만 설마하니…… 사실은 아니겠지? 나오미는 시건방져지긴 했지만, 품성은 고상한 여자야. 내가 잘 알아. 겉으로는 나를 경멸하는 듯하지만, 15세 때부터 키워 준 은혜는 고마워하고 있어. 절대로 그 은혜를 배반하는 일은 안 한다고 잠자리에서 그녀가 눈물을 흘리면서 하던 말을 의심하지 않아. 저 K의 이야기, 어쩌면 그것은 회사의 어떤 질 나쁜 녀석이 나를 놀리기 위해서 퍼뜨린 게 아닐까? 정말 그랬으면 좋겠는데. 그런데 그 K의 친척 학생이라는 것은 누굴까? 그 학생이 아는 것만 해도 두세 명하고 관계가 있다고? 두세 명……? 하마다? 구마타니? 수상쩍다면 그 두 사람이 제일이지. 그렇지만 그렇다면 어째서 두 사람은 싸우지 않을까? 따로따로 오지 않고 같이 와서 사이좋게 나오미하고 노는 것은 도대체 무슨 속셈일까? 내 눈을 속이기 위한 수단일까? 나오미가 잘 조정하고 있어서 둘이 서로 모르는 걸까? 아니 그보다도, 무엇보다, 나오미가 그렇게까지 타락했을까? 두 사람과 관계가 있다면 지난밤에 여럿이 뒤섞여 자던 그런 몰염치하고 뻔뻔스러운 짓을 할 수 있을까?

만일 그렇다면 그녀는 매춘부보다 못된 게 아닐까……?'

저는 어느 틈엔지 신바시를 건너고, 첨벙첨벙 진흙을 튀기면서 시바구치 거리에서 똑바로 가네스기 다리까지 걸어갔습니다. 비는 하늘과 땅을 빈틈없이 채우고 제 몸을 전후좌우로 포위하여, 우산에서 떨어지는 빗방울이 레인코트 어깨를 적십니다. '아아, 그날, 혼숙하던 밤도 이런 비였지. 저 다이아몬드 카페의 테이블에서 나오미한테 처음 내 마음을 고백한 밤도 봄이긴 했지만 역시 이런 비가 내렸지.' 그런 일들이 생각났습니다. 그러자 오늘 밤 제가 이렇게 흠뻑 젖어서 여기를 걷는 동안에, '오모리 집에 누군가 와 있지 않을까? 또 혼숙하고 있는 게 아닐까?' 하는 의구심이 일었습니다. 나오미를 한가운데 두고 하마다랑 구마타니가 흐트러진 모습으로 재잘재잘 농담을 나누는 음란한 아틀리에 광경이 눈앞에 생생하게 떠올랐습니다.

'맞아, 이런 데서 우물쭈물하고 있을 때가 아니야.'

그렇게 생각한 저는 서둘러서 다마치 정류장으로 뛰어갔습니다. 일 분, 이 분, 삼 분……. 삼 분 만에 전차가 왔지만 저는 그때까지 그렇게 긴 삼 분을 경험해 본 적이 없었습니다.

'나오미, 나오미! 내가 왜 오늘 밤 너를 내버려 두었을까? 나오미가 옆에 없으니까 안되는 거야. 이게 제일 잘못된 거야.' 저는 나오미의 얼굴만 보면 이 초조한 마음이 다소 구원될 것 같았습니다. 그녀의 활달한 목소리를 듣고, 천진난만해 보이는 눈동자를 보고 나서 의심이 잠재워지기를 빌었습니다.

「그래도 혹시 그녀가 또 혼숙을 하자고 하면 나는 뭐라고 해야 하나? 앞으로 나는 그녀에게, 또 그녀에게 들러붙는 하마다랑 구마타니에게, 또 그 밖에 이런저런 놈들한테 어떤 태도를 취해야 할까? 나는 그녀의 화를 돋워서라도 과감히 감독을 엄하게 해야 할까? 그랬을 때 그녀가 얌전하게 내 말을 들으면 좋겠지만, 반항하면 어떡하지? 아니, 그럴 리 없어. '나는 오늘 밤 회사 녀석들한테 엄청난 모욕을 당했어. 그러니까 세상이 오해하지 않게 너도 행동을 조심해 줘.'라고 하면 예사 경우하고는 다르니까 그녀 자신의 명예를 위해서라도 내 말을 듣겠지. 만일 명예건 오해건 개의치 않는다면 정말이지 수상한 것이다. K의 이야기가 사실인 것이다. 만일, 아아, 그런 일이 있으면……'

저는 가능한 한 냉정하게, 가능한 한 마음을 가라앉히고 이 마지막 경우를 상상해 보았습니다. '그녀가 나를 속이고 있다는 것이 밝혀지면 내가 과연 그녀를 용서할 수 있을까?' 솔직히 말해 이미 저는 그녀 없이는 단 하루도 살아갈 수가 없습니다. 그녀가 타락한 죄의 일단은 물론 저에게도 있으니까, 나오미가 순순하게 잘못을 회개하고 사과만 해 준다면 저는 더 이상 그녀를 탓하고 싶지도 않고, 탓할 자격도 없습니다. 그렇지만 제가 걱정인 것은 저 고집 센, 특히 제 앞에서는 한층 더 강해지고 싶어 하는 그녀가 설령 증거를 들이댄다 하더라도 그렇게 쉽게 저한테 고개를 숙일까 하는 점이었습니다. '일단은 고개를 숙인다 해도 실은 전혀 마음을 고쳐먹지 않고, 이쪽을 얕잡아 보고 두 번 세 번 똑같은 잘못을 되풀이하지는 않을까? 그리고 결국 서로의 고집 때문에 헤어지게 되지는 않을까?' 그것이 저한테는 무엇보다도 두려운 일이었습니다. 노골적으로 말하면 그녀의 정조 그 자체보다도 헤어지는 쪽이 훨씬 두통거리였습니다. 그녀를 규명하든 감독하든, 그때 어떻게 대처할지 제 마음을 미리 정해 두어야 합니다. "그럼 나 나갈래."라고 들었을 때 "마음대로 해."라고 말할 각오가 있으면 좋을 텐데…….

그러나 저는 그 점에 있어서는 나오미 쪽에도 똑같이 약점이 있는 것을 압니다. 왜냐하면 그녀는 저랑 같이 사는 한 마음껏 사치를 누릴 수 있지만, 일단 여기서 쫓겨나면 저 누추한 센조쿠초의 집밖에 갈 데가 없습니다. 그렇게 되면 그야말로 진짜 매춘부가 되지 않는 이상, 아무도 그녀에게 잘해 줄 사람은 없겠죠. 전에는 몰랐지만 하고 싶은 대로 다 하면서 지내는 지금, 그녀의 허영심으로는 도저히 못 견딜 일임에 틀림없습니다. 혹은 하마다나 구마타니가 데리고 가겠다고 할지는 모르지만, 학생 신분으로 제가 시킨 것 같은 사치를 누릴 수 없다는 것은 그녀도 뻔히 알 겁니다. 그렇게 생각하면 제가 그녀한테 사치를 맛보게 한 것은 잘한 일이었습니다.

'그렇지, 그러고 보니 언젠가 영어 시간에 나오미가 노트를 찢었을 때, 내가 화가 나서 나가라고 했더니 그녀가 항복하지 않았던가. 그때 그녀가 나가 버렸더라면 꽤 곤란해졌을지 모른다. 그렇지만 내가 곤란한 것보다 그녀가 곤란한 거야. 내가 있어서의 그녀지, 내 곁에서 떨어지면 그만, 다시 밑바닥으로 떨어져서 밑바닥 인생이 되어 버리지. 그게 그녀한테는 어지간히 무서울 것이 틀림없어. 그 두려움은 지금도 그때와 다르지 않을 것이다. 이제 그녀도 올해 널아홉 살이다. 나이를 먹어서 조금 더 분별이 생겼으니만큼, 그녀는 그것을 더 확실히 깨달았을 것이다. 그렇다면 혹시 협박조로 '나갈 테야!'라고 해도 설마하니 진짜로 감행하지는 못할 것이다. 그런 빤한 위협으로 내가 놀랄지 놀라지 않을지 정도는 나오미도 알 거야.'

저는 오모리 역에 도착하기 전에 다소 용기를 되찾았습니다. 무슨 일이 있어도 나오미와 나는 헤어질 운명이 아니라는 것만은 분명하다고 느꼈습니다.

집 앞에 오자 저의 저주스러운 상상은 완전히 빗나가서 아틀리에 안은 캄캄하고 손님 하나 없는지 조용하고 그저 다락의 다다미 네 장 반짜리 방에만 불이 켜져 있었습니다.

'아아, 혼자 집을 지키고 있었구나.'

저는 한숨 돌렸습니다. '그럼 됐어. 정말 행복해.' 하는 마음이 되었습니다.

잠긴 현관문을 열쇠로 열고 안에 들어가자마자 저는 곧장 아틀리에의 전기를 켰습니다. 보니까 방은 여전히 지저분했지만 손님이 온 흔적은 없었습니다.

"나오미, 나 왔어, 돌아왔어"

그렇게 말해도 대답이 없어서 계단을 올라가보니 나오미는 혼자 방에 이불을 깔고 편안하게 자고 있었습니다. 그런 일은 예사라서 심심하면 낮이든 밤이든 시간과 관계없이 이불에 들어가 소설을 읽다가 그대로 쌕쌕 잠들어 버리는 것이 그녀의 버릇이었기 때문에 그 죄 없이 잠자는 얼굴을 보고 저는 점점 더 안심이 되었습니다.

'이 여자가 나를 속인다고? 그런 일이 있겠나? 현재 내

눈앞에서 평화롭게 숨 쉬는 이 여자가……?'

저는 조용히 그녀가 잠을 깨지 않게 베개 맡에 앉아서 한동안 숨을 죽이고 그녀가 자는 모습을 지켜보았습니다. 옛날옛적에 여우가 아름다운 공주님으로 변해서 남자를 속였지만, 자는 동안에 정체가 들통나 원래 모습으로 돌아가 버렸다. 저는 어렸을 때 들었던 그 동화를 떠올렸습니다. 잠버릇이 나쁜 나오미는 잠옷을 완전히 벗어 버리고, 양 가랑이 사이에 잠옷 칼라를 집어넣고, 젖까지 드러난 가슴에 한쪽 팔꿈치를 세우고 그 손끝을 마치 늘어진 가지처럼 올려놓고 있습니다. 그리고 또 한쪽 손은 마침 제가 앉아 있는 무릎 근처까지 나긋하게 뻗어 있습니다. 목은 손을 뻗은 쪽으로 돌려서 금방이라도 베개에서 떨어질 것처럼 기울어져 있습니다. 그 바로 코앞에 책 하나가 페이지가 열린 채 떨어져 있었습니다. 그것은 그녀 말로는 "지금 문단에서 제일 훌륭한 작가"라고 하는 아리시마 다케오의 『카인의 후예』라는 소설이었습니다. 제 눈은 그 표지의 새하얀 서양 종이와 새하얀 그녀의 가슴에 교대로 부어졌습니다.

나오미의 피부는 날에 따라서 누렇게 보이기도 하고 하얗게 보이기도 하지만, 푹 잠들고 있을 때나 막 일어났을 때는 늘 대단히 맑았습니다. 자는 동안 완전히 몸 안의 기름기가 다 빠진 것처럼 예뻐졌습니다. 보통 '밤'과 '암흑'은 같이 붙어다니지만, 저는 늘 '밤'을 생각하면 나오미 피부의 '순백'을 연상하지 않을 수 없습니다. 그것이 대낮의 빈틈 없이 밝은 '백색'하고는 달리 더럽고, 지저분하고, 때투성이 이불 안의, 말하자면 넝마에 감싸인 '백색'이니만큼 더 끌렸습니다. 이렇게 물끄러미 보고 있으면, 등갓의 그늘이 되어 있는 그녀 가슴이 마치 새파란 물 밑바닥에 있는 것처럼 선명하게 떠오릅니다. 일어나 있을 때에는 그렇게도 밝고 변화무쌍하던 얼굴도 지금은 우울하게 눈썹을 모으고 쓴 약을 먹은 것처럼, 목을 누가 조이는 것처럼 신비한 표정을 짓는데, 저는 그렇게 잠든 얼굴이 무척 좋았습니다. "너는 자면 다른 사람같이 되네. 무서운 꿈이라도 꾸는 것처럼." 가끔 그런 말을 하곤 했습니다. '이러면 그녀가 죽었을 때의 얼굴도 틀림없이 아름다울 거야.' 그렇게 생각한 일도 종종 있습니다. 저는 설혹 이 여자가 여우라고 해도 그 정체가 이렇게 요염하다면 기꺼이 매혹당하기를 바랐을 겁니다.

저는 대략 삼십 분 정도 그렇게 잠자코 앉아 있었습니다. 그늘에서 밝은 곳으로 던져진 그녀의 손은 손등을 밑으로, 손바닥을 위로, 막 봉오리를 터트리려는 꽃잎처럼 부드럽게 쥐어져 있고, 그 손목에서 고요하게 맥이 치고 있는 것이 분명히 보였습니다.

"언제 왔어?"

쌕쌕 편안하게 반복되던 숨소리가 다소 흐트러지나 싶더니 그녀가 눈을 떴습니다. 그 우울한 표정을 아직 어딘가에 남긴 채……

"방금. 조금 전에."

"왜 나를 안 깨웠어?"

"불렀는데 안 일어나니까 가만히 뒀지."

"거기 앉아서 뭐 했어? 자는 얼굴을 보고 있던 거야?"

"응."

"흥, 정말 웃기는 사람이네!"

그렇게 말하고 그녀는 어린애처럼 앳되게 웃고, 뻗친
손을 제 무릎에 올려놓았습니다.

"오늘 밤은 혼자라 재미없었어. 누가 안 오는가 했는
데, 아무도 놀러 안 오더라고. 음, 파파, 잘래?"

"자도 되지만……"

"자자, 자자! 아무렇게나 쓰러져 잤더니 사방 모기한
테 물렸어. 이렇게 많이! 여기 좀 긁어 줘!"

시키는 대로 저는 그녀의 팔이니 등을 한동안 긁어 줬
습니다.

"아아, 고마워. 가려워서 죽겠네. 미안하지만 거기 있
는 잠옷 좀 집어 줄래? 그리고 입혀 줄래?"

저는 가운을 갖고 와서 대(大)자로 쓰러져 있는 그녀의
몸을 끌어안았습니다. 그리고 제가 띠를 풀고 옷을 갈아입
히는 동안, 나오미는 일부러 축 늘어져서 시체처럼 손발을
흐느적거리고 있었습니다.

"모기장 달고 나서 파파도 빨리 자자."

14

그날 밤 두 사람이 잠자리에서 나눈 얘기는 특별히 쓸 것도 없습니다. 나오미는 저한테서 세이요켄에서의 이야기를 듣자, "어머, 실례야! 어쩌면 그렇게 사리를 모르는 녀석들일까!"라고 심하게 욕하고 일소했습니다. 요컨대 아직 세상에서는 소셜 댄스라는 것의 의미를 이해하지 못하고 있다. 남자와 여자가 손을 잡고 춤을 같이 추기만 해도 뭔가 안 좋은 관계를 맺은 것처럼 억측하고 바로 소문을 낸다. 신시대의 유행에 반감이 있는 신문 등이 또 엉터리 기사를 써서 중상하니까, 일반 사람들은 댄스라고 하면 불건전한 것으로 정의 내리고 있다. 그러니까 우리는 어차피 그런 얘기는 들을 각오를 하고 있어야 한다…… 하면서 이야기했습니다.

"그리고 나, 조지 씨 아닌 다른 남자하고 둘이 있었던 적은 한 번도 없어. 그렇지 않아?"

댄스에 갈 때도 나와 함께, 집에서 놀 때도 나와 함께, 만일 내가 집을 비워도 손님은 혼자 온 적이 없다. 혼자와도

"오늘은 내가 혼자니까."라고 하면 대개 알아서 돌아간다. 그녀 친구들 중에는 그렇게 예의 없는 남자는 없다. ……나오미는 그렇게 말하고 "내가 아무리 제멋대로라고 해도 좋고 나쁜 건 알아. 그야 조지 씨를 속이려고 들면야 속일 수 있지만, 난 절대 그런 일은 안 해. 정말 떳떳하다니까. 무엇하나 조지 씨한테 숨기는 일은 없어."라는 것이었습니다.

"그야 나도 알지. 다만 그런 소리를 들으니까 기분이 안 좋았다는 거야."

"안 좋았으니까 어쩌겠다는 거야? 이제 댄스 따위 그만두겠다는 거야?"

"그만두지 않아도 되지만 가능한 한 오해받지 않게 조심하는 게 좋겠다는 거지."

"나, 지금 말했듯이 조심해서 사귀고 있잖아."

"그러니까 난 오해 안 한다니까."

"조지 씨만 오해하지 않으면 세상 사람들이 뭐라 하든 무섭지 않아. 어차피 나는 난폭하고, 입도 더럽고, 모두들 미워하는걸."

그리고 그녀는 다만 내가 믿어 주고 사랑해 준다면 자기는 됐다느니 자기는 여자답지 않기 때문에 자연히 남자 친구가 생기고, 남자 쪽이 성격이 시원시원하니까 본인도 좋아서 남자하고만 놀지, 연애니 바람이니 하는 지저분한 마음은 조금도 없다는 등의 이야기를 센티멘털하고 달콤한 어조로 되풀이하고 마지막에는 예의 "15세 때부터 키워 준 은혜를 잊은 적이 없어.", "조지 씨를 부모이자 남편이라고 생각하고 있어요."라고 늘 하는 말을 되풀이하면서 눈물을 하염없이 흘리고, 그 눈물을 나한테 닦게 하기도 하고, 잇따라 키스하는 것이었습니다.

그러나 그렇게 오래 이야기를 하면서 하마다와 구마타니의 이름만은 고의인지 우연인지 이상하게도 꺼내지 않았습니다. 저도 사실은 그 두 이름을 대서 그녀 얼굴에 어떤 표정이 떠오르는지 보고 싶었지만 끝내 대지 못했습니다. 물론 제가 그녀의 말을 하나부터 열까지 전부 믿은 것은 아니지만 의심하려고 들면 어떤 일이라도 의심할 수 있는데, '구태여 지나간 일까지 꼬치꼬치 알아볼 필요는 없다. 앞으로 주의해서 감독하면 된다.' 아니, 처음에는 좀 더 강경하게 나갈 생각이었는데, 점차 그런 애매한 태도가 되어 버렸습니다. 그리고 눈물과 키스 속에서 흐느낌과 함께 속삭이는 목소리를 듣고 있으면, 거짓말인가 망설이면서도 역시 사실처럼 생각되었습니다.

그런 일이 있고 나서 저는 은근히 나오미의 태도에 주의를 기울였지만, 그녀는 조금씩 부자연스럽지 않을 정도로 원래의 태도를 고쳐 가는 것 같았습니다. 댄스에도 가기는 가지만 지금까지처럼 빈번하게가 아니고, 가도 너무 오래 춤추지 않고 적당한 때 그만두고 옵니다. 손님도 별로 안 옵니다. 제가 회사에서 돌아오면 혼자 얌전하게 집을 지키고 소설을 읽거나 뜨개질을 하거나 ㅈ ㅎ ㅣ ㅍ ㅇ ㅣ를 을거나 화단에 꽃을 심거나 합니다.

"오늘도 혼자 집 지켰어?"

"응, 혼자야. 아무도 놀러 안 왔어."

"쓸쓸했겠네?"

"처음부터 혼자인 줄 아니까 쓸쓸할 것도 없지, 뭐. 나, 아무렇지도 않아."

그러고 나서 "시끌벅적한 것도 좋지만 쓸쓸한 것도 싫지 않아. 어릴 때에는 친구가 하나도 없어서 언제나 혼자 놀았는걸."

"아, 그러고 보니까 그랬지. 다이아몬드 카페에 있을 때도 동료하고 별로 말도 안 해서, 침울해 보일 정도였어."

"응, 맞아요. 말괄량이 같아 보여도 진짜 성격은 우울하다니까. 왜, 우울하면 안 돼?"

"얌전한 건 좋지만 우울해도 곤란한데."

"그렇지만 지난번처럼 난리치는 것보다는 좋지 않아?"

"그야 훨씬 낫지."

"나, 착해졌지?"

그리고 갑자기 저한테 덤벼들어 양손으로 제 목을 끌어안고, 현기증이 날 정도로 애절하고 격렬한 키스를 퍼붓곤 합니다.

"어때? 한동안 댄스하러 안 갔으니까 오늘 밤 가 볼까?"라고 제가 권해도 "아무래도 좋아, 조지 씨가 가고 싶다면." 하고 심드렁한 표정으로 건성 대답하고는 "그보다 영화 보러 가자. 오늘 밤은 댄스가 별로 내키지 않네." 하는 일도 자주 있었습니다.

다시 사오 년 전의 순수하고 즐거운 생활이 두 사람 사이에 돌아왔습니다. 저와 나오미는 둘만이 오붓하게 매일 밤처럼 아사쿠사로 나가서 극장에 가기도 하고, 돌아오는 길에 어딘가의 음식점에서 저녁을 먹으면서 "그때는 이랬었지."라든가 "저랬었지."라고 서로 그리운 옛날 얘기를 하며 추억에 잠깁니다. "너는 몸집이 작아서 제국관의 가로목 위에 앉아서 내 어깨를 붙잡고 영화를 봤었어."라고 제가 말하면 "조지 씨가 처음 카페에 왔을 때에는 묘하게 뚱하고 말도 안 하고 멀리서 내 얼굴만 뚫어지게 보길래 무서웠어."라고 나오미가 말합니다.

"그러고 보니까 파파 요새 나 목욕 안 시켜 주네. 그때는 맨날 내 몸을 씻겨 줬잖아."

"아아, 그래, 그래. 그런 일도 있었지."

"있었지가 뭐야. 이제 안 씻겨 줄 거야? 이렇게 내가 커서 씻겨 주는 게 싫어?"

"싫을 리가 있나. 지금도 씻겨 주고 싶지만 사실은 좀 삼가고 있었지."

"그래? 그럼 씻겨 줘. 나 다시 베이비가 될래."

그런 대화를 나누고 나서 마침 몃 감는 계절이 되었기 때문에 저는 다시 광 구석에 처박아 두었던 서양식 욕조를 아틀리에에 가져와서 그녀의 몸을 씻겼습니다. 커다란 베이비라고 전에는 말했지만, 그때부터 사 년의 세월이 지난 지금의 나오미는 그 풍만한 몸을 욕조에 뉘여 놓고 보니 완전히 성숙한 '어른'이 되어 있었습니다. 풀어헤치면 소나기 무리처럼 활짝 펴지는 풍성한 머리카락, 군데군데 관절에 보조개가 있는 둥글둥글한 몸매, 어깨는 한층 두툼해지고, 가슴과 엉덩이는 더더욱 탄력이 생겨 드높이 파도치고, 우아한 다리는 더 길어진 것처럼 느껴졌습니다.

"조지 씨, 나, 조금 키가 커졌어?"

"커지고말고. 요새는 나랑 별로 차이 없는 것 같아."

"이제 좀 있으면 내가 조지 씨보다 커질 거야. 지난번에 몸무게를 쟀더니 54.2킬로그램이더라."

"이야, 놀랬네. 나도 60킬로그램이 안 되는데."

"조지 씨가 나보다 무겁네? 땅꼬마 주제에."

"그야, 무겁지. 아무리 꼬마라도 남자는 뼈대가 단단하니까."

"그럼 지금도 조지 씨가 말이 되어서 나를 태울 용기가 있어? 여기 막 왔을 때는 자주 태워 줬잖아. 왜, 내가 등에 앉아서 수건을 재갈 삼아 이랴 이랴 하면서 방 안을 돌고."

"응, 그때는 가벼웠지. 45킬로그램 정도였을 거야."

"지금 같으면 조지 씨는 찌부러질걸?"

"찌부러질 리가 있나. 거짓말 아닌가 한번 타 봐."

나오미와 농담을 하다가 옛날처럼 또 말놀이를 하기도 했습니다.

"자, 말이 됐어."라고 하면서 제가 엎드리면, 나오미가 쿵 하고 등에 그 54.2킬로그램의 무게로 올라타서 수건 재갈을 제 입에 물리고 "아유, 어쩜 이렇게 작고 시원찮은 말일까! 좀 더 단단하게 해요! 자, 자, 이랴 이랴!" 하고 소리치면서 재미있다는 듯이 다리로 제 배를 꽉 조이고, 수건을 세차게 당깁니다. 저는 찌부러지지 않으려고 기를 쓰고 땀을 뻘뻘 흘리면서 방 안을 돕니다. 그리고 그녀는 제가 지쳐서 쓰러질 때까지 그 장난을 그만두지 않는 것이었습니다.

"조지 씨, 올여름에는 오랜만에 가마쿠라에 안 갈래?"

8월에 들어서자 그녀가 말했습니다.

"나, 그 때 한 번밖에 안 가 봐서 가고 싶어."

"어, 그러고 보니 그때 가고 못 갔네."

"그래요, 그러니까 올해는 가마쿠라에 가요. 우리 기념의 땅이잖아."

나오미의 그 말이 얼마나 저를 기쁘게 했는지 모릅니다. 나오미가 말한 대로 우리가 말하자면 신혼여행을 간 곳이 가마쿠라였습니다. 가마쿠라만큼 우리에게 기념되는 곳은 없습니다. 그 후로도 매년 어딘가에 피서하러 갔지만 가마쿠라는 완전히 잊고 있었는데, 나오미가 말해 준 것은 정말 멋진 생각이었습니다.

"가자, 꼭 가자!"

저는 그렇게 말하고 무조건 찬성했습니다.

얘기가 결정되자 바로 회사에 열흘간 휴가를 내고, 오모리 집은 문단속을 하고, 8월 초에 둘은 가마쿠라에 갔습니다. 숙소는 하세다니 거리에서 천황 별장 쪽으로 가는 길의 우에소라고 하는 정원사네 집 별채를 빌렸습니다.

저는 처음에 이번에는 긴파로에 가지 말고 조금 더 괜찮은 여관에서 묵을 생각이었지만, 생각과 달리 방을 얻게 된 것은 "무척 조건이 좋은 집을 스기사키 여사가 소개하더라." 하면서 정원사네 별채 이야기를 나오미가 전했기 때문입니다. 나오미의 말로는 여관은 비경제적이기도 하고, 주변 사람들 눈치도 보이니까 방을 빌릴 수만 있으면 최선이다. 그런데 다행히도 여사의 친척인 동양석유 중역이 빌린 채 쓰지 않는 셋집이 있어서 양보해 준다니까 그쪽이 좋지 않겠냐. 그 중역은 6, 7, 8월 삼 개월간 500엔으로 빌려 7월

한 달 있었지만, 이제 가마쿠라는 싫증 났으니 아무라도 빌리고 싶은 사람이 있으면 기꺼이 빌려주겠다. 스기사키 여사가 소개한다면 집세 같은 건 안 내도 된다고 합니다.

"이렇게 괜찮은 이야기는 없으니까 그렇게 하자. 그러면 돈도 안 드니까 이번 한 달 내내 있을 수도 있잖아."라고 나오미가 말합니다.

"그렇지만 난 회사 가야 하니까 그렇게 오랜 못 쉬어."

"그래도 가마쿠라라면 매일 기차로 통근할 수도 있잖아. 응? 그렇게 하자."

"그렇지만 거기가 네 마음에 들지 미리 봐야지."

"응, 나, 내일이라도 가서 보고 올게. 내 마음에 들면 결정해도 되는 거지?"

"결정해도 좋지만, 공짜라는 것은 좀 그러니까, 적당히 얘기해 봐."

"알아. 조지 씨는 바쁘니까 내 마음에 들면 스기사키 선생님한테 가서 돈을 받아 달라고 부탁할게. 음, 적어도 100엔이나 150엔은 줘야겠지."

그런 식으로 나오미 혼자 척척 일을 진행해서 집세는 100엔으로 절충하고 돈거래도 전부 그녀가 마쳤습니다.

저는 어떨까 걱정했지만 막상 가 보니 생각보다 좋은 집이었습니다. 셋방이라고는 하지만 안채에서 독립된 단층짜리 한 동으로, 다다미 여덟 장짜리 방과 네 장 반짜리 방 외에 현관과 목욕탕, 부엌이 딸려 있고, 출입문도 따로 있어서 마당에서 바로 길로 나갈 수 있고, 정원사 가족과 부딪힐 일도 없고, 과연 이렇다면 둘이 새살림을 차린 것이나 같았습니다. 저는 오래간만에 순일본식 새 다다미에 앉아서 긴 화로 앞에 책상다리를 하고 느긋하게 앉아 있었습니다.

"이야, 그것참 좋네. 마음이 한적해지네."

"좋지? 오모리하고 어느 쪽이 좋아?"

"이쪽이 훨씬 차분해지는군. 이러면 얼마든지 있을 수 있을 것 같아."

"거봐, 그러니까 내가 여기에 오자고 한 거야."

나오미는 득의양양했습니다.

여기에 오고 나서 사흘 정도 되었을 때였던가 오후부터 해수욕을 하고 한 시간쯤 헤엄친 뒤, 둘이서 모래사장에서 뒹구는데 "나오미 씨!"라는 소리가 들려 돌아다보니 구마타니였습니다. 막 헤엄치다 온 듯 젖은 수영복은 가슴에 찰싹 달라붙어 있고, 털투성이 정강이를 따라 바닷물이 뚝뚝 떨어지고 있었습니다.

"어머, 마 씨 아니야? 언제 왔어?"

"오늘 왔어. 네가 틀림없을 거라고 생각했는데 역시 그렇구나."

구마타니가 바다 쪽으로 손을 들어 "어이." 하고 소리치자 먼바다에서도 "어이." 하고 누군가가 대답합니다.

"누구야? 저기에서 헤엄치고 있는 게?"

"하마다야. 하마하고 세키, 나카무라하고 넷이서 오늘 왔어."

"어머, 무척 소란하겠네. 어느 여관에 묵고 있어?"

"흥, 그렇게 호사스러운 처지가 되나? 너무 더워 견딜 수가 없어서 겨우 당일치기로 온 거야."

나오미와 그가 이야기하는 중에 하마다가 왔습니다.

"이야, 오래간만입니다! 무척 격조했습니다. 어떠세요. 가와이 씨? 최근 도통 춤추러 안 오시네요."

"뭐 그런 건 아닌데, 나오미가 싫증 났다고 해서."

"저런, 그렇대요? 그것참 괘씸하구먼. ……언제 오셨습니까?"

"이삼 일 전입니다. 하세나니의 정원사 댁 별채를 빌리고 있습니다."

"정말 좋은 집이야. 스기사키 선생님이 얘기해 주셔서 이달 한 달 빌리기로 했어."

"그것참 멋지군" 하고 구마타니가 말했습니다.

"그러면 당분간 여기 계실 건가요?"라고 하마다가 물으니, "가마쿠라에도 댄스홀은 있어요. 사실 오늘 밤에도 가이힌 호텔에서 댄스가 있는데, 파트너만 있으면 가고 싶어요."라는 대답이 나왔습니다.

"싫어, 난."

나오미가 쌀쌀맞게 대답했습니다.

"이렇게 더운데 무슨 춤이야. 조금 더 있다가 시원해지면 그때 가지 뭐."

"그것도 그래. 댄스는 여름에 할 것은 아니야."

그렇게 말하고 하마다는 엉거주춤 우물쭈물하면서 "야, 어떻게 할래? 마 씨, 한 번 더 헤엄칠까?"라 묻습니다.

"싫어, 난. 피곤하니까 돌아가자. 이제 가서 한숨 쉬고 도쿄에 가면 날이 저물 거야."

"이제부터 가다니 어디에 가는데?"

나오미가 하마다한테 물었습니다.

"뭐 재미있는 일이라도 있어?"

"아니, 오기야쓰에 세키 아저씨네 별장이 있거든. 오늘은 모두 거기에 끌려온 거야. 그 아저씨가 저녁 내시겠다는데, 어려우니까 안 먹고 도망가려고 생각하는 중이야."

"왜? 뭐가 그렇게 어려워?"

"어렵지, 어려워, 일하는 아주머니가 나와서 공손하게 무릎 꿇고 절하면서 어서 오세요 하지. 그래 갖고는 얻어먹어도 밥이 목을 안 넘어가. 이봐, 하마다, 이제 가자. 도쿄 가서 적당히 먹자."

그렇게 말하면서도 구마타니는 바로 일어서려고 하지 않고 다리를 쭉 뻗고 해변에 앉은 채 모래를 무릎에 끼얹고 있습니다.

"그럼 어떨까요? 저희랑 드시죠. 모처럼 오셨는데."

나오미도 하마다도 구마타니도 한동안 잠자코 있길래, 저는 그렇게 말하지 않으면 체면이 서지 않는 것 같이 느꼈던 것입니다.

15

그날 밤에는 오래간만에 떠들썩한 저녁을 먹었습니다. 하마다에 구마타니, 나중에 세키와 나카무라까지 와서 별채의 다다미 여덟 장짜리 방에 손님 여섯 명과 주인이 밥상을 둘러싸고 앉아 10시경까지 떠들었습니다. 저도 처음에는 이 녀석들한테 이번 숙소가 침범당하는 것이 싫었지만 이렇게 오랜만에 만나고 보니, 생기발랄하고 상큼하고, 아무것에도 구애받지 않는 청년다운 그들의 성품이 유쾌하기도 했습니다. 나오미도 사람들 비위를 잘 맞추고 애교가 넘치면서도 경박하지도 않고, 손님을 대접하는 태도가 이상적이었습니다.

"오늘 밤 참 재밌었어. 저 녀석들하고 가끔 만나는 것도 그다지 나쁘지는 않네."

저와 나오미는 막차로 돌아가는 그들을 정거장까지 바래다주고 나서 밤길을 손을 잡고 걸으면서 이야기를 나누었습니다. 별이 아름답고 바닷바람이 시원한 밤이었습니다.

"그래? 재밌었어?"

나오미도 제가 기분이 좋은 것이 기쁜 듯했습니다. 그리고 잠깐 생각하고 나서 말했습니다.

"저 패거리도 알고 보면 그렇게 나쁜 사람들은 아니야."

"응, 정말 나쁜 사람들은 아닌 것 같아."

"그렇지만 얼마 뒤에 또 오지 않을까? 세키 씨는 아저씨네 별장이 있으니까 앞으로 종종 모두를 데려오겠다던데."

"그렇지만 뭐, 우리한테 오지는 않겠지."

"어쩌다 오는 거야 괜찮지만 너무 자주 오면 곤란하잖아. 이번에 오면 너무 잘해 주지 마. 밥 같은 거 먹이지 말고, 적당히 돌려보내요."

"그렇지만 내쫓을 수도 없고 말이야."

"안 될 것도 없지, 뭐. 방해가 되니까 돌아가라고 내가 냉큼 쫓아낼 거야. 그렇게 말하면 안 될까?"

"음, 또 구마타니가 놀릴 텐데?"

"놀리면 어때. 모처럼 가마쿠라에 왔는데, 방해하는 사람이 나쁜 거지."

우리는 어두침침한 소나무 그늘에 들어섰습니다. 그렇게 말하면서 나오미는 살그머니 멈춰 섰습니다.

"조지 씨."

달콤하고 희미하게 호소하는 듯한 목소리의 의미를 알아챈 저는 말없이 그녀의 몸을 양팔로 감싸안았습니다. 꿀꺽 바닷물을 한 모금 마셨을 때 같은 격렬하고도 강한 입술을 맛보면서⋯⋯.

그러고 나서 열흘간의 휴가는 눈 깜짝할 사이에 지나갔지만, 저희는 여전히 행복했습니다. 그리고 처음 계획대로 저는 매일 가마쿠라에서 회사로 출근했습니다. 가끔 오겠다던 세키네 패거리도 겨우 한 번, 일주일 정도 지나고 나서 들렀을 뿐 거의 모습을 보이지 않았습니다.

그런데 월말에 급하게 조사할 일이 생겨서 제가 돌아가는 시간이 늦는 날이 많아졌습니다. 보통은 대개 7시까지 돌아와서 나오미와 둘이 저녁을 먹을 수 있었는데, 9시까지 회사에 남아서 일하다가 돌아가면 이럭저럭 11시가 지납니다. 그런 밤이 오륙 일 계속될 예정이었는데 꼭 4일째 되던 날의 일이었습니다. 그날 밤 저는 9시까지 매달릴 뻔했던 일이 빨리 끝나서 8시경에 회사를 나섰습니다. 여느 때처럼 오이초에서 전철로 요코하마까지 가서, 기차로 갈아타고 가마쿠라에 내린 때가 아직 10시가 채 되지 않은 시각이었습니다. 매일 밤, 매일 밤 해도 겨우 사나흘이었지만 최근 계속해서 귀가가 늦었기 때문에 저는 빨리 집에 돌아가서 나오미 얼굴을 보고 둘이 오붓하게 저녁을 먹고 싶어서, 여느 때보다 급한 마음으로 정거장 앞부터 황실 별장 옆길을 인력거로 달려갔습니다.

한여름 더위 속에서 하루 종일 회사에서 일하고 다시 기차에 시달려서 돌아오는 몸에 바닷가의 밤공기는 말할 수 없이 부드럽고 상쾌하게 와닿습니다. 이는 그 밤만의 일은 아니었지만, 그날은 저녁나절에 잠깐 소낙비가 내렸기 때문에 젖은 풀잎과 이슬이 뚝뚝 떨어지는 소나무 가지에서 조용하게 피어오르는 수증기에서도 고즈넉한 향기가 살그머니 다가오는 듯했습니다. 군데군데 밤눈에도 하얗게 물웅덩이가 빛나고 있었지만, 모랫바닥인 길은 이미 먼지가 나지 않을 정도로 깨끗이 말라서, 달리는 차부의 발걸음 소리가 벨벳 위를 밟듯이 가볍고 촉촉하게 땅에 떨어져 갑니다. 어딘가 별장 같은 집 산울타리 안에서 축음기 소리가 들리기도 하고 가끔 하얀색 유카타를 입은 사람이 하나둘 부근을 배회하기도 해서 정말이지 피서지다웠습니다.

뒷문에서 인력거를 돌려보내고 저는 정원으로 해서 별채 툇마루 쪽으로 갔습니다. 제 구두 소리를 듣고 나오미가 바로 장지문을 열고 나오겠구나 예상했는데, 장지문 안은 불빛이 환하게 켜져 있으면서도 그녀가 있는 기척 없이 조용했습니다.

"나오미."

제가 두서너 번 불렀지만 대답이 없길래 툇마루에 올라가서 장지문을 열자 방은 텅 비어 있었습니다. 수영복이니 수건이니 유카타 같은 것들이 벽이랑 장지문, 도코노마[17] 사방에 걸려 있고, 찻잔이랑 재떨이, 방석 같은 것이 널브러져 있는 방은 여느 때같이 난잡하고 어질러져 있었지만, 뭔가 조용하고 인적 없는 느낌은 결코 얼마 전에 빈 게 아닌 고요를 느끼게 했습니다. 저는 연인 특유의 감각으로 이를 느꼈습니다.

"어딘가 갔어. 아마도 두세 시간도 전에."

그래도 저는 화장실도 들여다보고, 목욕탕도 조사하고, 또 만일을 위해 부엌에 가서 개수대 쪽 전등도 켜 봤습니다. 그러자 제 눈에 비친 것은 누군가가 신나게 먹고 마시

---

17   바닥을 한 층 높게 해서 족자나 꽃을 꽂아 두는 장식용 공간.

다 남긴 정종 뒷병과 서양 요리 찌꺼기였습니다. '맞아, 그러고 보니 밖의 재떨이에도 담배꽁초가 잔뜩 있었지. 그 녀석들이 왔던 게 틀림없어.'

"아주머니, 나오미가 없는 것 같은데, 어디 갔나요?"

저는 안채에 쫓아가서 우에소 안주인에게 물었습니다.

"아, 아가씨 말이죠?"

안주인은 나오미를 '아가씨'라고 부릅니다. 부부이긴 하지만 세상에는 단순한 동거인이나 약혼자로 보이고 싶었기 때문이기도 하고, 그렇게 불러 주지 않으면 나오미가 기분 나빠해서였습니다.

"아가씨는 저…… 저녁에 한 번 돌아와서 식사를 하시고 나서 다시 여러 분들하고 같이 나가셨어요."

"여러 분들이라니?"

"저……"

안주인은 조금 말을 더듬으면서 "구마타니 댁 도련님이랑 누구인지 여러 분이 같이였어요……"

저는 구마타니의 이름을 아는 우에소의 안주인이 "구마타니 댁 도련님"이라고 부르는 것이 이상했지만, 지금 그런 것을 따질 마음의 여유가 없었습니다.

"저녁에 한 번 돌아왔다면, 낮에도 모두 함께였나요?"

"오후에 혼자 헤엄치고 나서 구마타니 댁 도련님하고 같이 돌아오셔서……"

"구마타니 군하고 둘만?"

"네……"

사실 저는 아직 그때까지는 당황하지 않았지만, 안주인

의 말투가 거북한 것 같고, 그 얼굴에 당황하는 빛이 역력해지자 점차 불안해졌습니다. 안주인에게 속을 간파당하기 싫다고 생각하면서도 제 말투는 빨라지지 않을 수 없었습니다.

"그럼, 그 뭡니까, 여러 명이 아니었다는 겁니까!"

"네, 그때는 두 분뿐이었어요. 오늘은 호텔에서 낮에 댄스가 있다고 말씀하시고 나가셨는데요……."

"그러고 나서?"

"그러고 나서 저녁에 여러 분이 같이 오셨어요."

"저녁밥은 다 같이 안에서 먹은 건가요?"

"네, 뭐랄까요, 무척 시끌벅적하게……."

그렇게 말하고 안주인은 제 눈치를 보면서 쓴웃음을 지었습니다.

"저녁 먹고 나간 게 몇 시경이었죠?"

"네, 8시경 아니었는가 합니다."

"그럼 벌써 두 시간이 됐네."

저는 저도 모르게 말했습니다.

"그러면 호텔에 있을까? 뭔가 아주머니가 들으신 건 없습니까?"

"잘은 모르지만 별장 쪽 아닐까요……."

아, 그러고 보니 세키네 아저씨 별장이라는 게 오기야쓰에 있다는 것이 기억났습니다.

"아, 별장에 갔군요. 그러면 제가 지금부터 데리러 갈 텐데, 어디쯤인지 아주머니 아십니까?"

"네, 바로 저 앞의 하세다니 해안가인데요……."

"에? 하세다니요? 저는 오기야쓰라고 들었는데. 그 뭡니까, 제가 말하는 것은 오늘 밤 여기에 왔는지는 모르지만, 나오미 친구인 세기라는 남자의 아저씨네 별장이라던데.'

그렇게 말하자 안주인 얼굴에서 아차 싶은 기색이 보였습니다.

"그 별장이 아닌가요?"

"아…… 네……."

"하세다니 해안에 있는 것은 도대체 누구 별장입니까?"

"네, 구마타니 군 친척분의……."

"구마타니 군의……?"

저는 새파랗게 질렸습니다.

"정거장 쪽에서 하세다니 거리를 왼쪽으로 꺾어 가이힌 호텔 앞길을 똑바로 질러가면 길이 자연히 해안에 부딪힙니다. 그 튀어나온 끝에 있는 오쿠보 씨 별장이 구마타니 군 친척분의 것입니다."라고 안주인이 말했지만 저는 처음 듣는 이야기였습니다. 나오미도 구마타니도 지금까지 한 번도 그런 얘기는 한 적이 없습니다.

"그 별장에 나오미가 가끔 가나요?"

"글쎄요, 그런지는……."

그렇게 말은 했지만 안주인의 겁먹은 얼굴을 저는 놓치지 않았습니다.

"그야 물론 오늘 밤이 처음은 아니겠지요?"

저는 저절로 호흡이 가팔라지고, 목소리가 떨리는 것을 막을 수가 없었습니다. 제 기세에 겁을 먹었는지 안주인 얼굴도 창백해졌습니다.

"아니 폐는 안 끼칠 테니까 신경 쓰지 말고 말씀해 주세요. 어젯밤은 어땠습니까? 어젯밤에도 나갔습니까?"

"네, 어젯밤에도 나가셨던 것 같아요……"

"그럼 그저께 밤은?"

"네!"

"역시 나갔다 이거죠?"

"네!"

"그 전날 밤은?"

"네, 그 전날 밤도……"

"제가 늦게 들어오기 시작하고 나서 쭉 매일 밤 그랬다 이거죠?"

"네, 확실하지는 않지만……"

"그럼 대개 몇 시경 돌아옵니까?"

"대개 뭐랄까요. 대개 11시 조금 전에……"

그럼 처음부터 둘이 나를 속였던 거야! 그래서 나오미가 가마쿠라에 오고 싶어 했던 거야! ……제 머리는 폭풍처럼 회전하기 시작하고, 제 기억은 엄청난 속도로 최근 나오미의 말과 행동을 하나 남김없이 내면의 바닥에 비춰 봅니다. 한순간에 저를 둘러싼 계략의 실타래가 놀랄 만큼 명료하게 드러났습니다. 거기에는 저같이 단순한 인간은 도저히 상상도 못 할 이중, 삼중의 거짓과 다지고 다진 계략이 있던 데다가 얼마나 수많은 녀석들이 그 음모에 가담했는지 모를 만큼 복잡하게 느껴졌습니다. 저는 갑자기 평평하고 안전한 땅바닥에서 쿵 하고 깊은 함정에 굴러떨어지고, 구멍 밑바닥에서 높은 곳을 왁자지껄 웃으면서 지나가는 나오미와 구마타니, 하마다, 세키, 그 밖의 무수한 그림자를 부러운 듯이 바라보고 있었습니다.

"아주머니, 저 나갔다 오겠는데요, 만일 길이 어긋나도 제가 돌아왔다고는 이야기하지 말아 주세요. 어느 정도 생각이 있으니까."

그렇게 말하고 저는 밖으로 뛰어나갔습니다.

가이힌호텔 앞까지 가서 알려 준 대로 가능한 한 어두운 그늘을 골라 길을 더듬어 갔습니다. 양쪽에 키다란 별장이 늘어선 한적하고 조용한 거리로, 밤에는 인적이 없어 다행히 그다지 밝지 않았습니다. 어떤 집 대문의 등으로 시계를 보았습니다. 10시가 조금 지나 있었습니다. '그 오쿠보 별장이라는 곳에 구마타니하고 단둘이 있는 건지 예의 패거리하고 떠드는 건지 몰라도 현장을 찾아내야 돼. 가능하다면 그들에게 들키지 않게 몰래 증거를 잡아서 나중에 그들이 얼마나 뻔뻔스럽게 거짓말을 하는지 알아보고 싶다, 그리고 꼼짝 못 하게 해 놓고 혼내 주고 싶다고 생각하며 저는 발걸음을 재촉했습니다.

목적하던 집은 바로 알 수 있었습니다. 저는 한동안 그 집 앞을 왔다 갔다 하면서 집안을 살폈습니다. 훌륭한 돌문 안의 울창한 정원수 사이를 누비고 자갈을 깔아 놓은 길이 깊숙이 현관 쪽으로 나 있었습니다. '오쿠보 별장'이라고 쓰인 문패 글씨의 예스러움이나 넓은 정원을 둘러싼 이끼 낀 돌담이나 별장이라기보다는 오래된 저택이라는 인상으로 이런 곳에 이렇게 큰 저택을 가진 구마타니 친척이 있다니 생각하면 할수록 의외였습니다.

저는 가능한 한 자갈 소리가 울리지 않게 조심하면서

문 안으로 살그머니 들어갔습니다. 다행히 나무가 울창해서 밖에서는 안채의 모습이 잘 안 보였지만, 가까이 가 보니 이상하게도 현관도 뒷문도 2층도 아래층도, 보이는 방이란 방은 전부 조용하고 문이 잠긴 채 캄캄했습니다.

'뒤쪽에 구마타니 방이 따로 있나?'

그렇게 생각하고 또 발소리를 죽이고 안채를 따라 뒤쪽으로 돌아갔습니다. 그러자 과연 2층의 방 하나와 그 아래에 있는 부엌문에 불이 켜져 있었습니다.

그 2층이 구마타니 방임은 한눈에도 알 수 있었습니다. 왜냐하면 툇마루 난간에 예의 플랫만돌린이 기대 있을 뿐 아니라 방 안 기둥에 제가 본 기억이 있는 이탈리아 토스카나 지방의 중절모가 걸려 있었기 때문입니다. 그렇지만 장지문이 활짝 열려 있는데도 말소리 하나 안 나는 걸 보면 지금 그 방에는 아무도 없는 것이 분명했습니다.

그러고 보니 부엌 쪽 장지문도 방금 누가 지났는지 활짝 열려 있었습니다. 저는 부엌문에서 땅바닥을 비추는 희미한 불빛을 따라 바로 두서너 칸 앞에 뒷문이 있는 것을 발견했습니다. 뒷문은 문짝이 없는 오래된 나무 기둥 두 개인데, 기둥과 기둥 사이로 유이가 해안의 부서지는 파도가 밤눈에도 선명하게 하얗게 보이고 강렬한 바닷내가 풍깁니다.

'틀림없이 여기로 나갔군.'

이윽고 제가 뒷문에서 해안가로 나가자 거의 동시에 틀림없는 나오미 목소리가 바로 근처에서 들렸습니다. 지금까지 안 들린 것은 아마 풍향 때문이었겠죠.

"잠깐! 구두에 모래가 들어가서 못 걷겠어. 누구 이 모래 좀 털어 줘! 마 군, 네가 내 구두 좀 벗겨 봐!"

"싫어. 난 네 노예가 아니라고."

"그런 소리 하면 더 이상 귀여워해 주지 않는다. 어머, 하마 씨는 친절도 하지. 고마워, 하마 씨가 제일이야. 나는 하마 씨가 제일 좋더라."

"빌어먹을! 사람 좋다고 우습게 보지 말라고."

"어머, 싫어, 하마 씨, 그렇게 발바닥을 간지럽히면!"

"간지럼 태우는 게 아니야. 모래가 이렇게 묻어 있으니까 털어 주는 거지."

"그 김에 핥아 봐? 그럼 파파 씨가 될 텐데."

그렇게 말한 것은 세키였습니다. 이어서 와아 하는 네다섯 명의 남자들 웃음소리가 났습니다.

제가 서 있는 곳에서 모래언덕이 완만하게 내리막을 형성한 곳에 갈대발로 엮은 찻집이 있었는데 목소리는 그곳에서 들려왔습니다. 저와 찻집의 간격은 9미터도 되지 않았습니다. 회사에서 돌아온 채 아직 갈색 알파카 양복을 입고 있던 저는 윗도리 칼라를 세우고 앞단추를 완전히 채워 칼라와 와이셔츠가 눈에 띄지 않게 하고, 맥고모자를 겨드랑이 밑에 숨겼습니다. 그리고 몸을 구부리고 기듯이 찻집 뒤편 우물가로 다가갔지만, 그 순간 그들이 "자, 됐어. 이번엔 저리로 가 보자." 하며 나오미 선두로 줄줄이 나왔습니다.

그들은 저는 못 보고 찻집에서 바닷가로 내려갔습니다. 하마다, 구마타니, 세키, 나카무라…… 네 남자는 여름 홑겹 옷인 유카타 차림이고, 그 한가운데에 낀 나오미는 까만 망토를 걸치고 굽이 높은 구두를 신은 것만 분간되었습니다. 그녀는 가마쿠라에 망토나 구두는 안 갖고 왔으니까 남한테 빌린 것이 틀림없습니다. 바람이 불어서 망토 자락이 펄럭펄럭 젖혀지려고 합니다. 그것을 안쪽에서 양손으로 꼭 몸에 둘렀는지 걸을 때마다 망토 안에서 커다란 엉덩이가 뭉실뭉실 움직입니다. 그녀는 주정뱅이 같은 걸음걸이로 양쪽 어깨를 좌우 남자들한테 부딪히면서 일부러 비틀비틀 걸었습니다.

그때까지 숨죽이고 가만있던 저는 그들과의 거리가 50미터 정도 떨어지고 하얀 유카타가 먼 곳에서 희끗희끗 보이기 시작했을 쯤에 비로소 일어나서 살그머니 뒤를 쫓았습니다. 처음에 그들이 해안가를 곧장 가길래 가마쿠라 서쪽 자이모쿠 쪽에 가는가 보다 생각했지만, 도중에 조금씩 왼쪽으로 꺾어서 시내로 나가는 모래 산을 넘은 것 같았습니다. 그들의 모습이 모래 산 너머로 사라지자 저는 서둘러 전속력으로 모래 산 위로 뛰어 올라갔습니다. 저는 그들이 가는 길에 소나무 숲이 많고, 몸을 숨기기 좋은 으슥한 데가 많은 어두운 별장 거리임을 알기 때문에, 거기에서라면 좀 더 가까이 가도 발견되지 않겠다고 판단한 겁니다.

그런데 모래 사면을 내려가자마자 그들의 명랑한 노랫소리가 제 귀를 때렸습니다. 그도 그럴 것이 그들은 겨우 대여섯 발자국 안 떨어진 데로 손뼉을 치며 힙힙 외치면서 나아가고 있던 것입니다.

저스트 비포 더 배틀, 마더,
아이 앰 씽킹 모스트 오브 유…….

나오미가 입버릇처럼 부르는 노래였습니다. 구마타니는 잆시시 지휘봉을 흔드는 흉내를 냅니다. 나오미는 여전히 이쪽으로 비틀, 저쪽으로 비틀, 어깨를 부딪히면서 걸어갑니다. 그러면 어깨를 부딪힌 남자도 보트라도 젓듯이 이쪽 끝에서 저쪽 끝으로 비틀거리면서 갑니다.

"영차! 영차! 영차! 영차!"

"아유, 뭐야! 그렇게 밀면 담벼락에 부딪히잖아."

탁탁…… 누군가가 담을 스틱으로 때린 것 같습니다. 나오미가 깔깔 웃습니다.

"자, 이번에는 호니카, 우와, 우이키, 우이키다!"

"알았어! 이건 하와이의 훌라댄스니까 모두 부르면서 엉덩이를 흔드는 거야!"

호니카, 우와, 우이키, 우이키! 스위트, 브라운, 메이든, 세드, 투 미…… 그리고 그들은 일제히 엉덩이를 흔들기 시작했습니다.

"아하하하핫, 엉덩이는 세키 군이 제일 잘 흔드네."

"그야 그럴 테지. 이래 봬도 많이 연구했거든."

"어디에서?"

"우에노의 평화박람회에서 말이야. 왜, 만국관 앞에서 토인이 춤추고 있었잖아? 거길 열흘 동안 찾았거든."

"모자란 자식."

"자네도 숫제 만국관에 출연할 걸 그랬어. 네 얼굴이면 틀림없이 토인이라고 믿어 줄 텐데."

"이봐, 마, 지금 몇 시지?"

그렇게 말한 이는 하마다였습니다. 하마다는 술을 마

시지 않기 때문에 제일 멀쩡한 것 같았습니다.

"글쎄, 몇 시지? 누구 시계 있어?"

"응, 있어, 있어."

나카무라가 말하고 성냥을 그었습니다.

"어, 벌써 10시 20분이야?"

"괜찮아, 11시 반이 되지 않으면 파파는 안 와. 이제부터 하세다니 거리를 빙 한 바퀴 돌고 가자. 나 이 모습으로 번화가를 걸어 보고 싶어."

"찬성, 찬성!"

세키가 큰소리로 소리쳤습니다.

"그렇지만 이런 모습으로 걸으면 도대체 어떻게 볼까?"

"음, 어떻게 봐도 여자 단장이지."

"내가 여자 단장이면 모두 내 부하네."

"시라나미 사인조[18]가 아닌가?"

"그러면 나는 벤텐 고조[19]야."

"에헴, 여자 단장 가와이 나오미는." 하고 구마타니가 영화 변사[20] 같은 어조로 말합니다.

"야음을 타 까만 망토에 몸을 감싸고⋯⋯."

"하하, 관둬, 그런 야비한 목소리는!"

"⋯⋯악한 네 명을 인솔하고 유이가하마 해안에서⋯⋯."

"그만두라니까, 마 군! 안 관둘래?"

---

18 白浪 四人男. 다섯 명의 도적떼 이야기를 네 명으로 바꾼 것.

19 시라나미 오인조의 두목.

20 쇼와 초년까지 무성 영화 시대에 배우 대사를 읊던 사람.

찰싹 나오미가 손바닥으로 구마타니 뺨을 때렸습니다.

"아, 아야, 타고난 목소리가 야비한 걸 어떡해! 나는 나니와부시시[21]가 되지 못한 게 천추의 한이야."

"그렇지만 메리 픽퍼드는 여자 단장은 안 할걸."

"그럼 누구야? 프리실라 딘인가?"

"응, 맞아, 프리실라 딘이야."

"라랄라라."

하마다가 다시 댄스곡을 부르면서 춤을 추기 시작했을 때였습니다. 저는 그가 스텝을 밟다가 갑자기 뒤돌아보기에 얼른 나무그늘에 숨었지만, 동시에 하마다의 "어?"라는 소리가 들렸습니다.

"누구세요? 가와이 씨 아닌가요?"

모두 갑자기 조용해져서 멈춰 선 채 어둠 속에서 제 쪽을 돌아봤습니다. 아차 했지만 이미 늦었습니다.

"파파? 파파 아니야? 뭐 하고 있어, 그런 곳에서? 이리 와서 같이 놀아."

나오미가 갑자기 성큼성큼 제 앞으로 와 활짝 망토를 벌리고 팔을 뻗어서 제 어깨에 올려놓았습니다. 보니까 그녀는 망토 아래 실오라기 하나 걸치고 있지 않았습니다.

"뭐야, 넌! 나한테 망신을 시키고! 매춘부! 화냥! 창녀!"

"오호호호호."

그 웃음소리에는 술내가 진동했습니다. 저는 지금까지 그녀가 술을 마시는 것을 한 번도 본 적이 없었습니다.

---

21   浪花節士. 샤미센 반주에 맞춰 대중적인 오락물을 이야기하는 사람.

　나를 속이던 계략의 일단을 그날 밤과 그다음 날, 이틀
에 걸쳐서 겨우 고집 센 그녀한테서 알아낼 수 있었습니다.
　제 짐작대로 그녀가 가마쿠라에 오고 싶어 했던 것은
역시 구마타니하고 놀고 싶었기 때문입니다. 오기야쓰에 세
키네 친척이 있다는 것도 새빨간 거짓말로, 하세다니의 오
쿠보 별장이야말로 구마타니 숙부의 집이었던 것입니다. 아
니 그럴뿐더러 제가 지금 빌린 이 별채도 사실은 구마타니
가 주선했습니다. 이 정원사는 오오쿠보 저택의 정원을 손
질하던 사람이라서 구마타니 쪽에서 얘기를 해서 어떻게 정
리했는지 먼저 있던 사람을 내보내고 거기에 우리가 들어가
게 된 것입니다. 말할 것도 없이 나오미와 구마타니가 짠 계
획으로, 스기사키 여사의 소개라느니 동양석유 중역 운운은
완전히 나오미의 조작에 지나지 않았습니다. 그리고 그녀
자신이 일을 착착 진행했습니다. 우에소 안주인 말로는, 그
녀가 처음 집을 보러 왔을 때에는 구마타니 '도련님'과 함께

와서 마치 '도련님'의 집안 식구같이 행동했을뿐더러, 오기 전부터 그렇게 사정을 이야기해 놨기 때문에 어쩔 수 없이 먼저 있던 손님을 내보내고 방을 우리한테 넘겼답니다.

"아주머니, 정말 엉뚱하게 엉켜들어서 죄송하기 짝이 없지만, 제발 아주머니가 아시는 것을 저한테 다 이야기해 주시지 않겠습니까? 어떤 경우라도 아주머니 이야기는 하지 않을 테니까. 저는 절대로 이 일에 대해서 구마타니 쪽에 따질 생각은 없습니다. 사실을 알고 싶을 뿐입니다."

저는 다음 날, 지금까지 결근한 적이 없는 회사를 쉬어 버렸습니다. 그리고 나오미를 엄중하게 감시하면서 "한 발짝도 방에서 나가면 안 돼."라고 단단히 단속해 두고, 그녀의 옷, 신발, 핸드백 같은 것을 몽땅 정리해서 안채에 보내 놓고, 그 안채의 한 방에서 아주머니를 심문했습니다.

"그럼 뭡니까, 아주 그 전부터 제가 없을 때는 두 사람은 오갔던 겁니까?"

"네, 뭐 일상이었죠. 도련님이 오시기도 하고 아가씨가 나가기도 하고……"

"오쿠보 씨네 별장에는 도대체 누가 있습니까?"

"올해는 모두가 본가로 가셔서 가끔 오시긴 해도 대개 구마타니 댁 도련님 혼자입니다."

"그러면 저, 구마타니의 친구들은 어때요? 그 친구들도 가끔 왔나요?"

"네, 종종 오셨습니다."

"그렇다면 구마타니가 데리고 옵니까? 아니면 각자 옵니까?"

"글쎄요." 하면서, 나중에야 생각난 것이지만 그때 아주머니는 대단히 난처해했습니다.

"각각 오시기도 하고, 도련님과 같이 오시기도 하고, 뭐, 여러 가지였던 것 같은데요……"

"누구 구마타니 말고 혼자 온 사람이 있었나요?"

"그 하마다라는 분이랑 다른 분들도 혼자 온 일이 있던 것 같은데요……"

"그럼 그런 때는 같이 어딘가 갑니까?"

"아니오, 대개 집안에서 이야기하고 계세요."

제가 제일 이해하기 어려운 것이 그 점이었습니다. '나오미와 구마타니가 수상한 관계라면 왜 방해가 될 녀석들을 끌고 오는 걸까? 그들 중 누군가가 찾아오기도 하고 나오미가 그 녀석하고 이야기를 나누기도 하는 건 무슨 영문인가? 그들이 모두 나오미를 노린다면 왜 싸움이 일어나지 않을까? 어젯밤에도 그 네 사내가 그렇게 사이좋게 장난치지 않았나.' 그렇게 생각하자 다시 뭐가 뭔지 알 수가 없어져서 과연 나오미하고 구마타니가 수상한지조차 불확실하게 느껴졌습니다.

그러나 나오미는 그 이야기가 되면 좀처럼 입을 열지 않습니다. 특별히 깊은 계략이 있었던 것이 아니다, 그냥 많은 친구들하고 놀고 싶었을 뿐이었다 하고 언제까지나 주장하는 것입니다. 그러면 무엇 때문에 그렇게까지 음험하게 나를 속였는가 묻자, "파파가 그 사람들을 의심해서 쓸데없는 걱정을 할까 봐 그런 거야."라는 겁니다.

"그러면 세키네 친척 별장이 있다고 한 것은 어떻게 된 거야? 세키와 구마타니가 뭐가 다른데?”

그렇게 묻자 나오미는 갑자기 대답이 궁색해진 것 같
았습니다. 그녀는 고개를 푹 숙이고 잠자코 입술을 씹으면
서 눈을 치뜨고 제 얼굴을 뚫어져라 노려봅니다.

“마 군을 제일 의심하니까 그런 거지 뭐. 그나마 세키
군으로 해 두는 편이 낫지 않을까 한 거야.”

“마 군이라고 부르지 마! 구마타니라는 성이 있잖아!”

참고 참던 저는 그 지점에서 드디어 폭발했습니다. 그
녀가 ‘마 군’이라고 부르는 것이 소름이 돋을 만큼 역겨웠습
니다.

“이봐, 너 구마타니하고 관계가 있지? 솔직히 말해!”

“관계 같은 거 없어. 그렇게 의심한다면 증거라도 대!”

“증거가 없어도 나는 다 알아.”

“어떻게? 어떻게 알 수 있는데?”

나오미의 태도는 무서울 만큼 침착했습니다. 그 입가
에는 얄미운 엷은 웃음조차 떠올랐습니다.

“어젯밤의 그 꼴이 뭐야? 너는 그 꼴을 하고도 결백하
다고 할 생각이야?”

“모두가 나를 억지로 취하게 해서 그렇게 입힌 거라고.
그냥 그런 모습으로 바깥을 걸었을 뿐인데, 왜?”

“좋아! 그러면 끝까지 결백하다는 거군?”

“네, 결백해.”

“너, 맹세하지!”

“네, 맹세해.”

“좋아, 그 말 잊지 말아! 나는 네가 하는 말 따위 이제

186

한마디도 믿지 않으니까."

그것을 끝으로 저는 그녀와 말을 안 했습니다.

저는 그녀가 구마타니한테 연락할까 봐 편지지, 봉투, 잉크, 연필, 만년필, 우표 등 모든 것을 빼앗아 그녀의 집과 함께 우에소의 아주머니한테 맡겼습니다. 그리고 제가 집을 비웠을 때도 절대로 외출할 수 없게 빨간 가운 한 장만 입혀 두었습니다. 저는 사흘째 되는 날 아침, 회사에 가는 척하고 가마쿠라를 나왔지만 어떻게 하면 증거를 잡을지 기차 안에서 생각하고 생각한 끝에 어쨌든 먼저 이미 한 달째 비워 둔 오모리 집에 가 보기로 했습니다. '만일 구마타니와 관계가 있다면 물론 올여름에 시작된 것은 아니다. 오모리에 가서 나오미의 물건들을 조사해 보면 편지 같은 게 나오지 않을까?' 생각했기 때문입니다.

그날은 여느 때보다 한 시간 늦은 기차로 집을 나섰기 때문에 오모리 집에 도착하니 이럭저럭 10시가 가까이 되어 있었습니다. 저는 정면의 포치로 올라가서 숨겨 둔 열쇠로 문을 열고 아틀리에를 가로질러 그녀의 방을 조사하기 위해서 다락에 올라갔습니다. 그리고 다락방 문을 열고 한 발짝 발을 들여놓은 순간, 저는 저도 모르게 "앗!" 하는 비명과 함께 얼어붙은 듯이 섰습니다.

거기 하마다가 혼자 오도카니 누워 있는 게 아니겠습니까!

하마다는 제가 들어가자 갑자기 얼굴이 새빨개져서 "야아." 하면서 일어났습니다.

"야아." 그렇게 말한 채 둘은 잠시 상대방의 뱃속을 살피듯이 서로 노려보았습니다.

"하마다 군…… 자네가 왜 이런 곳에……?"

하마다는 우물우물하면서 뭔가 말할 듯했지만 잠자코 제 앞에 용서를 구하듯이 고개를 떨구었습니다.

"이봐, 하마다 군……. 당신, 언제부터 여기 있었어요?"

"이제 막, 이제 막 왔어요."

이젠 도저히 도망칠 수 없다고 각오를 했는지 이번에는 분명하게 대답했습니다.

"그렇지만 이 집은 문이 잠겨 있었잖아요. 어디로 들어왔어요?"

"뒷문으로……."

"뒷문도 자물쇠로 잠가 놨는데."

"저한테 열쇠가 있어요."

그렇게 말하는 하마다의 목소리는 들리지 않을 정도로 작았습니다.

"열쇠를? 어째서 자네가?"

"나오미가 줬어요. 이제 그렇게 말씀드리니 제가 왜 여기에 있는지 대강 짐작이 가셨을 겁니다……."

하마다는 조용하게 얼굴을 들고 아연실색한 제 얼굴을 똑바로, 그리고 눈부신 듯이 물끄러미 보았습니다. 다급해진 그 얼굴에는 정직하고 귀공자다운 기품이 보여 여느 때의 불량소년 같은 그가 아니었습니다.

"가와이 씨, 저는 당신이 오늘 갑자기 여기에 오신 이유를 대강 짐작합니다. 저는 당신을 속이고 있었습니다. 거기에 대해서는 어떤 벌이라도 감수할 생각입니다. 이제 와서 이런 말씀을 드리니 이상하지만 저는 전부터, 언젠가 당신한테 이런 장면을 들키지 않더라도 죄를 고백하려고 생각했습니다."

그렇게 말하는 도중 하마다의 눈에 눈물이 가득 고이더니 주루룩 볼을 따라 흘러내렸습니다. 모두가 전부 제 예상 밖이었습니다. 저는 잠자코 눈을 깜빡거리면서 그 광경을 바라보았지만, 그의 고백을 일단 믿는다고 해도 아직도 납득 가지 않는 것 투성이었습니다.

"가와이 씨, 제발 저를 용서한다고 말해 주시지 않겠습니까……?"

"그렇지만 하마다 군, 나는 아직 잘 이해가 안 돼요. 자네는 나오미한테 열쇠를 받고 여기에 무얼 하러 온 겁니까?"

"여기에서, 여기에서 오늘…… 저, 나오미와 만나기로 되어 있었어요."

"네? 나오미하고 여기에서 만날 약속이었다고요?"

"네, 그렇습니다. 오늘만이 아닙니다. 지금까지 여러 번 만나 왔습니다……"

차차 들어 보니까 우리가 가마쿠라에 옮기고 나서 하마다와 나오미는 오모리 집에서 세 번이나 밀회를 했다는 것입니다. 즉 나오미는 제가 회사에 간 뒤에 한 시간이나 두 시간 늦은 기차로 오모리에 온다고 합니다. 언제나 대개 아침 10시 전후에 와서 11시 반에는 돌아갑니다. 가마쿠라에 돌아가면 늦어 봤자 오후 1시경이기 때문에 그녀가 설마하니 그동안에 오모리에 갔다 왔으리라고는 우에소 사람들도 알아차리지 못합니다. 그리고 하마다는 오늘 아침에도 10

시에 만나기로 했기 때문에, 아까 올라오던 절 틀림없는 나오미로 착각했다고 합니다.

이 놀라운 고백을 듣고 맨 처음 제 마음을 가득 채운 것은 그저 망연자실뿐이었습니다. 열린 입이 안 닫힌다는, 정말 말도 안 된다는 표현대로의 기분이었습니다. 양해를 구합니다만 저는 그때 32세, 나오미는 19세였습니다. 19세밖에 안 된 계집아이가 이다지도 대담하고 이다지도 교활하게 저를 속여 왔다니! 나오미가 그런 끔찍한 소녀라고는 지금까지, 아니 지금에 와서도 저는 도저히 믿을 수가 없습니다.

"당신과 나오미는 도대체 언제부터 그런 관계가 된 건가요?"

하마다를 용서하네, 용서하지 않네라는 것은 부차적인 문제로, 저는 샅샅이 진상을 알고 싶다는 욕망에 불타올랐습니다.

"한참 됐습니다. 가와이 씨가 저를 모르셨을 때부터……."

"그럼 언젠가 자네를 처음 봤을 때가 있었지요? 그게 작년 가을이었죠? 내가 회사에서 돌아오니까 화단에서 나오미하고 서서 얘기하고 있었던 것이."

"네, 그렇습니다. 그럭저럭 꼭 일 년쯤 됩니다."

"그러면 그때부터 벌써?"

"아니 그보다 훨씬 전입니다. 사실 저는 작년 3월부터 피아노를 배우러 스기사키 여사 댁에 다니기 시작했는데 거기에서 처음 나오미를 알았습니다. 그러고 나서 아마 석 달 정도 지나고 나서……."

"그때는 어디에서 만났어요?"

"역시 여기 오모리의 댁입니다. 나오미가 오전에는 레슨을 받으러 가지 않으니까 혼자 쓸쓸하다고 놀러와 달라고 해서 처음에는 그런 생각으로 왔던 겁니다."

"흠, 그러면 나오미가 놀러오라고 했다는 말이지요?"

"네, 그렇습니다. 그리고 저는 가와이 씨라는 분이 계시다는 것을 전혀 몰랐습니다. 자기 고향은 시골이라서 오모리에 있는 친척 집에 와 있다고 하면서 당신하고는 사촌간이라고 말했지요. 그런데 그렇지 않다는 것을 알게 된 것은 가와이 씨가 처음 엘도라도의 댄스파티에 오셨을 때입니다. 그렇지만 그때 저는 이미 어떻게도 할 수 없게 되어 있었습니다."

"나오미가 이번 여름에 가마쿠라에 가고 싶어 한 것은 당신과 의논한 결과인가요?"

"아니에요, 그건 저 때문이 아닙니다. 나오미한테 가마쿠라에 오라고 권한 사람은 구마타니입니다."

하마다는 그렇게 말하더니 갑자기 말투를 한층 강하게 바꾸며 "가와이 씨, 속은 건 당신뿐이 아닙니다! 저 역시 속고 있었습니다!"라고 이야기합니다.

"그러면 나오미는 구마타니와도……?"

"그렇습니다. 지금 나오미를 제일 마음대로 다루는 놈은 구마타니입니다. 저는 나오미가 구마타니를 좋아한다는 사실을 진작 알았지만, 저와 관계가 있으면서 설마 구마타니하고도 그러리라고는 꿈에도 생각지 못했습니다. 게다가 나오미는 자기는 그냥 남자 친구들하고 재미있게 떠드는 것을 좋아하지 그 이상은 아무 일도 없다고 하니까, 그러려니 생각하고……"

저는 한숨을 쉬면서 말했습니다.

"그게 나오미의 상투적인 수단입니다. 저도 그렇게 하는 말을 믿었거든요. 그럼 당신은 구마타니와의 관계를 언제 아셨어요?"

"그것은 저, 왜, 비가 내린 밤 댁에서 다 같이 잔 일이 있지 않습니까? 그날 밤 알아차린 것입니다. 그날 밤, 저는 당신이 정말 불쌍하더라고요. 그때 그 두 사람의 뻔뻔스러운 태도는 아무리 봐도 예사 사이가 아니라고 생각되었죠. 저는 질투가 나면 날수록 당신 마음을 헤아릴 수가 있었습니다."

"그럼 그날 밤 눈치챘다는 것은 두 사람의 태도로 봐서 추측했다는 얘기인가요……."

"아니에요. 아닙니다. 그 추측을 확인할 일이 있었습니다. 새벽녘에 가와이 씨는 주무시고 계셔서 모르셨던 것 같은데, 저는 잠이 안 와서 둘이 키스하는 장면을 잠이 들락말락 하면서 봤습니다."

"나오미는 자네가 보고 있다는 사실을 알았을까요?"

"네, 알고 있었습니다. 제가 그 후에 나오미한테 말했거든요. 제발 구마타니하고 헤어져 달라고 말입니다. 나는 노리갯감이 되는 건 싫다, 이렇게 된 이상 당신을 데려가겠다……."

"데려가겠다고……?"

"아아, 그렇죠. 저는 당신한테 두 사람의 사랑을 털어놓고 나오미를 아내로 삼을 생각이었습니다. 당신은 사리 판단이 있는 분이니까 우리의 괴로운 심정을 말씀드리면 틀림없이 승낙해 주실 거라고 나오미가 말했어요. 사실은 어떤지 모르지만 나오미 말로는, 당신이 나오미한테 공부를 시켜 줄 생각으로 양육했을 뿐으로, 동거는 하고 있지만 부부가 된다는 약속이 있는 것도 아니고, 당신과 나오미는 나이 차이도 상당히 나니까 결혼해도 행복하게 살지 모르겠다고……."

"그런 말을…… 그런 말을 나오미가 했다고요?"

"네, 했습니다. 가까운 시일에 당신께 말씀드려서 저와 부부가 되게끔 할 테니까 조금만 더 기다려 달라고, 여러 번 저한테 굳게 약속했습니다. 그리고 구마타니와도 관계를 끊겠다고 했습니다. 그렇지만 전부 엉터리였어요. 나오미는 처음부터 나하고 결혼할 생각 따윈 전혀 없었던 겁니다."

"그럼 나오미는 구마타니와도 그런 약속을 했을까요?"

"글쎄요, 잘 모르겠지만 아마 그렇지 않을 겁니다. 나오미는 싫증을 잘 내는 성격이고 구마타니 쪽도 어차피 진심이 아니거든요. 그 녀석은 저보다 훨씬 교활하니까……."

이상하게도 처음부터 하마다가 밉지 않았지만, 그런 얘기를 듣고 보니 오히려 동병상련이라고나 할 마음이 들었습니다. 그리고 그러니만큼 한층 구마타니가 미워졌습니다. 구마타니야말로 우리 둘에게 공동의 적이라는 생각을 강하게 품게 되었습니다.

"하마다 군, 어쨌든 간에 이런 곳에서 얘기하고 있을 수도 없으니까 어디 가서 밥이라도 먹으면서 천천히 대화합시다. 아직도 듣고 싶은 얘기가 많으니까."

제가 권해서 양식집에서는 남들도 이야기를 듣게 되니까 오모리 해안의 일식집 마쓰아사에 그를 데리고 갔습니다.

"그러면 가와이 씨도 오늘 회사를 쉬신 겁니까?"

하마다도 아까의 흥분한 어조가 아니라 다소 짐을 내려놓은 듯한 친근한 어조로 가는 도중 말을 걸어 왔습니다.

"예, 어제도 쉬었어요. 회사 쪽도 최근 이상하게 바빠져서 출근하지 않으면 안 되는데 그저께부터 머리가 엉망진창이 되어서 회사에 갈 마음이 잡히지 않아서……."

"나오미는 당신이 오늘 오모리에 오신 사실을 알까요?"

"저는 어저께는 하루 종일 집에 있었지만 오늘은 회사 간다고 하고 나왔습니다. 그 여자라면 내심 알아차렸을지도 모르지만, 설마 오모리 집에 가리라고는 생각지 못했겠죠. 저는 그 녀석 방을 뒤지면 러브레터라도 있을까 싶어서, 갑자기 들른 거거든요."

"아, 그러셨군요. 저는 가와이 씨가 저를 붙잡으러 왔다고 생각했어요. 그렇다면 나중에 나오미도 오지 않을까요?"

"아니요, 괜찮아요. 제가 집에 없는 동안은 옷이고 지갑이고 다 뺏어서 한 발짝도 밖에 못 나가게 했습니다. 그런 꼴로는 문간에도 못 나갑니다."

"예? 어떤 차림인데요?"

"왜 자네도 아는 잔주름 진 분홍 가운 있잖아요?"

"아, 그거 말입니까?"

"그거 한 장인 데다가 가는 띠 하나 없으니까 괜찮습니다. 말하자면 맹수가 우리에 갇힌 셈이죠."

"그렇지만 아까 댁에 나오미가 왔더라면 어떻게 됐을까요? 정말이지 무슨 소동이 났을지 모르겠네요."

"그런데 도대체 나오미가 하마다 군과 오늘 만나기로 약속한 것은 언제입니까?"

"그저께, 당신한테 들킨 그날 밤입니다. 나오미는 제가 그날 밤 삐쳐 있으니까 기분을 풀어 줄 생각으로 모레 오모리로 오란 겁니다. 물론 저도 나쁩니다. 저는 나오미와 절교하거나 구마타니와 싸워야 도리일 텐데, 그러지 못했지요. 저 자신도 비겁하다고 생각하지만 마음이 약해서 자꾸 우물쭈물 그 녀석들과 어울렸던 겁니다. 그러니까 나오미에게 속았다고는 하지만, 제가 바보였던 겁니다."

어쩐지 제 이야기를 듣는 것 같이 느껴졌습니다. 그리고 마쓰아사의 방에 안내받아 마주 앉고 보니 하마다가 귀엽게 느껴지기조차 했습니다.

17

"하마다 군이 솔직히 말해 줘서 무척 기분이 좋습니다. 어쨌거나 한잔합시다."

그렇게 말하고 제가 잔을 내밀었습니다.

"그럼 가와이 씨는 저를 용서해 주는 겁니까?"

"용서고 뭐고 없지요. 하마다 군이 나오미한테 속은 거니까요. 나하고 나오미 사이를 몰랐다니까 죄는 전혀 없습니다. 이제 아무렇게도 생각하지 않습니다."

"어유, 감사합니다. 그렇게 말씀해 주시니 저도 마음이 놓입니다."

하마다는 그러나 역시 겸연쩍은 듯 술을 권해도 잘 마시지 않고 눈을 내리깔고 조심조심 띄엄띄엄 말합니다.

"그, 그러면 말이죠, 실례지만 가와이 씨와 나오미는 친척이나 그런 관계가 아니십니까?"

한참 지나고 나서 하마다가 골똘히 생각한 끝에 결심한 것처럼 묻고는 희미하게 한숨을 쉬었습니다.

"네, 친척도 누구도 아닙니다. 저는 우쓰노미야 태생이고 나오미는 도쿄 토박이로 친정은 지금도 도쿄에 있습니다. 본인은 학교에 가고 싶었지만 가정 형편상 못 갔는데, 그게 불쌍해서 15세 때 제가 거둔 거죠."

"그러고 지금은 결혼하신 거죠?"

"네, 그렇습니다. 양가 부모의 허락을 받고 정식으로 수속을 밟았습니다. 하긴 그게 나오미가 16세 때여서 나이도 어린데 '부인' 취급받는 것도 이상하고, 본인도 싫겠거니 싶어서, 당분간은 친구처럼 지내자는 약속은 했지만 말이죠."

"아아, 그랬군요. 그게 오해의 원인이군요. 나오미 모습을 보면 부인처럼 보이지 않고, 자기도 그렇다고 말하지 않으니까 저희도 그만 속은 겁니다."

"나오미도 못됐지만 저한테도 책임이 있어요. 저는 세상에서 소위 '부부'라고 하는 것이 싫어서 가능한 한 부부답지 않게 살려는 주의였거든요. 그게 엉뚱하게 잘못의 원인이 되었으니 앞으로는 개선하겠습니다. 아아, 정말이지 넌더리가 납니다."

"그러시는 편이 좋겠습니다. 그리고 가와이 씨, 제 얘기를 제쳐 두고 이런 말씀 드리기는 뭣하지만, 구마타니는 나쁜 녀석이니까 주의하셔야 합니다. 절대로 원한이 있어서 말씀드리는 것이 아닙니다. 구마타니든 세키든 나카무라든, 그 녀석들은 전부 질이 안 좋아요. 나오미는 그렇게 나쁜 사람이 아닙니다. 모두 그 녀석들이 나쁘게 만든 겁니다……"

하마다는 감정이 격해진 목소리로 말하는 동시에 그 두 눈에는 다시 눈물이 번쩍였습니다. 아, 이 청년은 이토록 나오미를 진정으로 사랑했구나 싶자 저는 고맙기도 미안하기도 했습니다. 만일 저하고 나오미가 이미 완벽하게 부부가 아니었더라면, 하마다는 자진해서 그녀를 양보해 달라고 부탁할 심산이었겠죠. 아니 그뿐 아니라 지금이라도 제가 그녀를 포기하겠다고만 하면, 바로 그녀를 받아들이겠다고 하겠죠. 이 청년의 미간에 넘치는 애처로울 정도의 정열이 그 결심을 드러내 보였습니다.

"하마다 군, 저는 당신의 충고대로 앞으로 이삼 일 안에 어떻게든 조치하겠습니다. 그리고 나오미가 구마타니와 정말 관계를 끊어 주면 좋고, 그러지 않으면 더 이상 하루라도 함께할 수는 없겠지요……"

"그렇지만, 그렇지만, 가와이 씨, 제발 나오미 씨를 버리지는 말아 주세요."

하마다가 급하게 제 말을 가로막았습니다.

"만일 가와이 씨가 버리면 나오미 씨는 틀림없이 타락합니다. 나오미 씨한테는 죄가 없으니까요……"

"고마워요. 정말로요! 나는 하마다 군의 호의가 얼마나 기쁜지 모릅니다. 그야 나도 15세 때부터 키워 왔으니까 온 세상이 다 나를 비웃어도 절대로 나오미를 버릴 생각은 없습니다. 다만 나오미가 워낙 고집이 세니까 어떻게 나쁜 친구들하고 손을 끊게 할지 걱정입니다."

"나오미는 대단한 고집쟁이니까요. 별것 아닌 일로 자칫 다투게 되면 되돌릴 수 없을 겁니다. 그러니 그런 것을 잘 생각하셔야 합니다. 건방진 소리로 들리시겠지만……"

저는 하마다한테 여러 번 "고마워요, 고마워."를 되풀이했습니다. 두 사람 사이에 연령의 차이, 지위의 차이라는 것이 없었다면, 그리고 우리가 전부터 좀 더 친했더라면, 저는 아마도 그의 손을 잡고 서로 끌어안고 울었을지도 모릅니다. 적어도 제 마음은 그 정도까지 진전해 있었습니다.

"하마다 군, 당신만은 앞으로도 놀러와 줘요. 사양하지 말고."

저는 헤어질 때 그렇게 말했습니다.

"네, 그렇지만 당분간은 찾아뵐 수 없을지도 몰라요."

하마다는 조금 주저하더니 얼굴이 안 보이게 아래를 내려다보고 말했습니다.

"왜요?"

"당분간…… 나오미를 잊을 때까지는……?"

그렇게 말한 그는 눈물을 감추고 모자를 쓰더니 "안녕히 계세요."라는 말을 마치자마자, 마쓰아사 앞에서 시나가와 쪽으로 전차도 타지 않고 타박타박 걸어갔습니다.

저는 그러고 나서 일단 회사에 갔지만, 물론 일이 손에 잡힐 리가 없습니다. '나오미 녀석, 지금쯤 어쩌고 있을까. 잠옷 한 장으로 내버려 뒀으니 설마 아무 데도 못 나갔겠지.' 그렇게 생각하면서도 역시 신경이 쓰입니다. 그도 그럴 것이 정말이지 예상도 못 한 일이 잇따라 일어나서, 속은 데 더하여 훨씬 크게 속았다는 것을 알게 됨에 따라, 제 신경은 이상하게 날카롭고 병적이 되어 이런저런 장면을 상상했다가 억측했다가 합니다. 그러기 시작하면 나오미라는 존재가 도저히 제 머리로는 가늠할 수 없는 불가사의한 신통력을 지니고 있어, 언제 무슨 짓을 할지 전혀 안심할 수 없는 존재처럼 생각되었습니다. '이러고 있으면 안 되지. 집 비운 사이에 무슨 일이 일어났을지 몰라.' 저는 회사 일을 대충 정리하고 서둘러서 가마쿠라로 돌아왔습니다.

"아, 다녀왔습니다."

문가에 서 있는 아주머니 얼굴을 보자마자 인사했습니다.

"안에 있나요?"

"네, 계시는 것 같습니다."

안심하면서 "누구 온 사람 없었습니까?"라고 물었습니다.

"네, 아무도."

"어때요? 어떻게 시간을 보내던가요?"

저는 턱으로 별채 쪽을 가리키면서 아주머니한테 눈짓했습니다. 그리고 그때서야 알아차렸는데 나오미가 있어야 할 방은 문이 닫혀 있고, 유리창 안은 어둡고 조용하여 인기척이 없었습니다.

"글쎄요, 어떻게 계셨는지. 오늘은 하루 종일 저기 있으셨지만……"

'흥, 드디어 하루 종일 처박혀 있었군, 그렇지만 묘하게 방이 조용한 건 왜지? 어떤 얼굴일까? 다소 불길한 예감에 쫓기며 저는 살그머니 툇마루에 올라가서 장지문을 열었습니다. 그러자 이미 저녁 6시가 지나 햇빛이 안 닿는 방 안쪽 귀퉁이에 나오미는 칠칠치 못한 모습으로 쿨쿨 자빠져 자고 있었습니다. 모기가 무니까 이쪽으로 굴러갔다 저쪽으로 굴러갔다 한 거겠죠. 제 크래버넷 외투를 꺼내서 허리 주위를 감싸고는 있었지만, 그걸로 감춰진 것은 겨우 아랫배 부근뿐,

빨간 가운에서 새하얀 손발이 막 찐 양배추 줄기처럼 나와 있는 것이, 하필 이럴 때 운 사납게도 묘한 고혹으로 제 마음을 긁는 것이었습니다. 저는 잠자코 전깃불을 켜고 혼자 재빨리 실내복으로 갈아입고, 이불장 문을 일부러 덜커덕거렸지만, 아는지 모르는지 나오미의 숨소리는 여전히 쌕쌕 들립니다.

"이봐, 일어나, 밤이잖아."

삼십 분 정도 일도 없는데 책상에 기대서 편지를 쓰는 척하던 저는 드디어 기 싸움에 져서 말을 걸었습니다.

"흐음……." 나오미가 마지못해 졸린 듯이 대답한 것은 제가 두서너 번 소리치고 나서였습니다.

"이봐! 안 일어나?"

"흐음……."

그렇게 대꾸한 채 또 한동안 일어나려고 안 합니다.

"이봐! 뭐하는 거야! 이봐!"

저는 일어나서 발로 그녀 허리 부근을 난폭하게 마구 흔들었습니다.

"아아." 하면서 먼저 그 나긋나긋한 두 팔을 쭉 뻗고, 작고 빨간 주먹을 꽉 쥐어서 앞으로 내밀고, 하품을 눌러 참으면서 서서히 몸을 일으킨 나오미는 제 얼굴을 힐끗 보고 나서 바로 고개를 돌리더니, 발등이며 정강이 부근, 등줄기 등 모기한테 물린 델 벅벅 긁기 시작합니다. 너무 자서인지 혼자 울었는지 눈은 충혈되어 있고, 머리는 귀신처럼 헝클어져서 양쪽 어깨에 늘어져 있었습니다.

"자, 옷 갈아입어. 그런 꼴로 있지 말고."

안채에서 옷 보따리를 가지고 와서 그 앞에 던지자 그

녀는 한마디도 하지 않고 쌀쌀맞은 얼굴로 갈아입었습니다. 그러고 나서 저녁밥이 오고 식사를 마칠 때까지 두 사람은 끝내 어느 쪽도 입을 열지 않았습니다.

　서로 노려보면서 그 시무룩하고 긴 전투 내내 어떻게 하면 그녀를 실토시킬지, 어떻게 이 고집 센 여자를 순순하게 사과시킬지만을 생각했습니다. 하마다가 충고한 말(물론 나오미는 고집이 세니까 사소한 일로 싸움이 되면 되돌릴 수 없게 된다는 얘기)도 머릿속에 있었습니다. 하마다의 충고는 아마도 그의 체험에서 나왔겠지만, 저한테도 그런 경험이 종종 있었습니다. '무엇보다도 그녀를 화나게 해서는 절대 안 된다, 그녀가 삐치지 않게, 절대로 싸움이 되지 않게, 그렇지만 이쪽을 무시하지 못하게 잘 말해야 한다. 그러려면 이쪽이 재판관같이 다그치는 태도는 가장 위험하다. '너는 구마타니와 이러고 이랬지?' '하마다와고도 이런 관계였지?' 그렇게 정면으로 따진다고 '네, 그렇습니다.' 하고 기죽을 여자가 아니다. 틀림없이 그녀는 반항할 것이다. 어디까지나 아니다, 모른다, 기억이 없다 하고 주장할 것이다. 그러면 이쪽도 참다 참다 못해 폭발하리라. 그렇게 되면 끝장이니까 어쨌든 승강이하는 것은 좋지 않다. 그녀를 실토시킬 생각은 그만두고, 이쪽에서 먼저 오늘의 일을 이야기해 버리면 어떨까. 그러면 아무리 완강한 그녀라도 모른다고는 못 하겠지. 그래, 그렇게 하자.'라고 생각하고 "오늘 아침 10시경에 오모리에 들렀다가 하마다를 만났어."라고 슬쩍 운을 띄었습니다.

　"흥." 나오미는 역시 철렁했는지 제 시선을 피하면서

코끝으로 대꾸했습니다.

"그리고 이럭저럭하는 동안에 식사 시간이 돼서 하마다를 데리고 마쓰아사에 가서 같이 밥을 먹었지."

그 뒤로 나오미는 대답을 하지 않았습니다. 저는 그녀 안색을 계속 살피면서 빈정거리는 것처럼 들리지 않게 순순하게 타일렀지만, 이야기가 끝날 때까지 나오미는 가만히 아래를 내려다본 채 듣고만 있었습니다. 그러나 주눅이 든 것 같지는 않았고 안색이 다소 창백해졌을 뿐입니다.

"하마다가 말해 줘서 나는 너한테 들을 것도 없이 다 알게 되었어. 그러니까 너도 고집 피울 필요 없어. 잘못했으면 잘못했다고만 말해 주면 되는 거야. 어때, 너 잘못했지? 잘못했다는 사실은 인정하니?"

나오미가 좀처럼 대답을 하지 않아서 제가 걱정하던 승강이 형세가 시작되려고 했지만 "어때? 나오미." 저는 가능한 한 다정한 어조로 "잘못을 인정만 하면 나는 지나간 과거는 탓하지 않겠어. 나한테 무릎 꿇고 빌라는 게 아니야. 앞으로는 같은 잘못을 저지르지 않겠다고 맹세만 해 주면 되는 거야. 응? 알겠어? 잘못한 것은 인정해?"

그러자 나오미가 턱으로 "응." 하고 끄덕였습니다.

"그럼, 앞으로는 절대로 구마타니 같은 놈들하고 안 놀 거지?"

"응."

"틀림없지? 약속하지?"

"응." 이 "응."으로 서로 체면이 깎이지 않고 간신히 절충됐습니다.

18

  그날 밤 저와 나오미는 아무 일도 없었던 것처럼 잠자리에서 이야기를 나누었지만, 솔직하게 말씀드려 제가 마음속부터 잊은 것은 절대로 아닙니다. 이 여자는 이미 청렴결백하지 않다는 생각은 제 마음을 암울하게 했을 뿐 아니라, 제 보물이었던 나오미의 가치를 절반 이하로 떨어뜨렸습니다. 왜냐하면 그녀의 가치라는 것은 제가 제 손으로 키우고, 제가 이만한 여자로 만들고, 저만이 그 육체의 모든 부분을 안다는 것이 태반이었으니까, 즉 나오미는 제가 재배한 하나의 과실이나 같은 존재였습니다. 저는 그 과실이 지금처럼 훌륭하게 익을 때까지 정말이지 갖은 노력을 다했고, 고생했고, 정성을 다해 키웠습니다. 그러니까 이를 맛보는 것은 재배자인 저의 당연한 보수이며, 다른 그 누구도 그럴 권리는 없습니다. 그런데 어느 틈에 생판 남이 껍질을 벗기고 이빨 자국을 냈습니다. 그리고 일단 더럽혀진 이상, 아무리 그녀가 잘못했다고 사과해도 돌이킬 수 없어졌습니다. '그녀의 살갗'이라는 성스러운 성지에 두 도둑놈의 진흙투성이 발자국이 영원히 흔적을 남긴 셈입니다. 생각하면 할수록 분하기 짝이 없었습니다. 나오미가 밉다는 게 아니고, 그 증오스러운 사실을 참을 수가 없었습니다.

"조지 씨, 용서해 줘……."

나오미는 제가 잠자코 우는 것을 보자, 낮의 태도에서 돌변하여 말해 줬지만, 저는 울면서 고개를 끄덕일 뿐이었습니다. "응, 용서할게." 입으로는 그렇게 말했지만 돌이킬 수 없다는 억울함은 지워지지 않았습니다.

가마쿠라에서의 여름은 이런 사정으로 처참하게 끝나고 우리는 오모리의 집으로 돌아왔지만, 말씀드렸다시피 제 마음에 무언가 맺혔기에 자연히 경우에 따라서 그것이 드러나 그 일이 있고 난 뒤 두 사람 사이는 아무래도 원만하지 못했습니다. 표면적으로는 화해했지만, 저는 결코 아직 진심으로 나오미를 용서하지 못했습니다. 회사에 가도 여전히 구마타니 일이 걱정됩니다. 집을 비웠을 때 그녀 행동이 신경 쓰이는 나머지, 매일 아침 집을 나가는 척하고 살그머니 뒷문으로 돌아가기도 하고, 그녀가 영어나 음악 레슨을 가는 날에는 몰래 뒤를 쫓아가거나, 가끔 그녀 몰래 그녀한테 온 편지 내용을 조사하고, 그렇게 제가 사립 탐정같이 되면 될수록 나오미는 나오미대로 마음속으로 집요한 제 행동을 비웃듯 언급은 않더라도 묘하게 심술궂어졌습니다.

"이봐, 나오미!"

저는 어느 날 밤, 묘하게 차가운 얼굴로 자는 척하고 있는 그녀 몸을 흔들면서 불렀습니다.(양해를 구합니다만 그때

쯤에는 저는 그녀를 '나오미'라고 막 부르고 있었습니다.)

"왜 그렇게……. 그렇게 자는 척을 해? 내가 싫어……?"

"자는 척 안 했어. 자려고 눈 감고 있었을 뿐이지."

"그럼 눈 떠. 사람이 말을 하는데 눈을 감고 있다니 실례 아니야?"

그렇게 말하자 나오미는 어쩔 수 없이 조금 눈꺼풀을 열었지만, 속눈썹 사이에서 희미하게 이쪽을 보는 눈은 그 표정을 한층 더 냉혹하게 만들었습니다.

"응? 너, 내가 싫은 거야? 그러면 그렇다고 말해."

"왜 그런 걸 묻지……?"

"나는 네 행동으로 대충 알 수 있거든. 요즘 우리는 싸우지는 않지만, 마음속에서는 서로 칼을 갈고 있어. 이래도 우리가 부부라고 할 수 있을까?"

"나는 칼 갈고 있지 않아. 당신이 갈고 있지."

"그거야 피장파장이라고 생각해. 안심할 수 없는 태도를 보이니까 나도 자꾸 의심의 눈으로……."

"흥."

나오미는 코끝으로 하는 그 빈정대는 웃음으로 제 말을 끊어 버리고 "그럼 여쭙겠는데요, 내 태도 어디에 수상한 점이 있죠? 있다면 증거를 대 봐."라고 말했습니다.

"그야 증거라고 하면야 없지만……."

"증거도 없는데 의심하다니 당신의 억지 아니야? 당신이 나를 믿지 않고, 아내로서의 자유도 권리도 안 주면서 부부답게 살자니 어렵지. 이봐요, 조지 씨, 당신은 내가 아무 것도 모른다고 생각하는 거야? 남의 편지를 몰래 읽어 보지를 않나, 탐정처럼 뒤를 쫓지 않나……. 다 안다고."

"그건 내가 잘못했어. 그렇지만 나도 예전 일이 있으니까 신경과민이 된 거지. 그 점은 이해해야지."

솔직히 저는 아직 그녀를 믿을 수 없습니다. 그럼에도 저의 수성(獸性)이 맹목적으로 그녀한테 항복하라고 강요하고, 모든 것을 포기하고 타협하게 만듭니다. 즉 저한테 나오미는 더 이상 귀중한 보석도 고귀한 우상도 아닌 대신 한갓 창부가 되었습니다. 거기에는 애인으로서의 순결도, 부부로서의 애정도 없습니다. 그런 것은 이미 옛날의 꿈으로 사라졌습니다! 그러면 어째서 이렇게 정숙하지 못한 더러운 여자한테 미련이 있는가 묻는다면, 온전히 그녀의 육체적 매력, 다만 그것에 끌려다니고 있는 것입니다. 이는 나오미의 타락이면서 동시에 저의 타락이기도 합니다. 왜냐하면 저는 남자로서의 지조, 결벽, 순정을 다 버리고, 과거의 금지도 팽개치고, 창부 앞에 무릎 꿇은 것을 부끄럽게 여기지도 않으니까요. 아니 오히려 때로는 그 경멸해야 할 창부를 마치 여신을 우러러보듯이 숭배하기조차 했으니 말입니다.

나오미는 이런 제 약점을 얄미울 만큼 꿰뚫고 있습니다. 자기 육체가 남자한테 저항하기 어려운 고혹이라는 것, 밤만 되면 남자를 완패시킬 수 있다는 것, 그런 것을 의식하기 시작한 그녀는 낮에는 이상할 정도로 퉁명스럽게 굴었습니다. 자기는 여기에 있는 한 남자한테 자기의 '여성성'을 팔고 있는 것이다. 그 외에는 이 남자한테 흥미도 없고 인연도 없다. 그런 티를 노골적으로 나타내 보이고, 생판 남을 대하듯 부루퉁한 얼굴로 쌀쌀맞게 굽니다. 어쩌다 제가 말을 걸어도 제대로 대답도 않습니다. 꼭 필요할 때만 네, 아니요로 대답할 뿐입니다. 그런 그녀의 태도는 저에 대한 소극적인 반항과 극도의 경멸을 보이려는 걸로밖에는 보이지 않습니다. "조지 씨, 내가 아무리 냉담하게 굴어도 당신은 화낼 권리가 없어. 당신은 나한테서 뺏을 수 있는 것을 다 뺏고 있잖아. 그걸로 만족 못 해?" 그녀 앞에 서면 그런 눈초리로 그녀가 노려보는 것 같이 느껴졌습니다. 그리고 그 눈은 툭하면, '어휴, 그 얼마나 징그러운 녀석인가! 이놈은 개처럼 게걸스러운 남자야. 어쩔 수 없어서 참고 있지만.' 하는 표정을 노골적으로 드러내 보입니다.

그렇지만 그런 상태가 오래갈 리 없습니다. 둘은 서로 상대방 마음을 탐색하면서 험악한 암투를 계속하였고, 언젠가 그것이 폭발하겠거니 내심 각오하고 있었습니다. 어느 날 밤, 제가 "이봐, 나오미." 하고 특별히 여느 때보다 다정한 어조로 이름을 불렀습니다.

"이봐, 나오미, 이제 서로 쓸데없는 고집은 부리지 말자. 너는 어떤지 모르지만 나는 정말 견디기 힘들어. 요즘 같은 이런 냉랭한 생활은……?"

"그럼 어쩌자는 거야?"

"어떻게든 다시 한 번 진짜 부부가 되자. 너나 나나 홧김에 자포자기한 게 잘못인 거야. 진정으로 옛날의 행복을 되돌리려고 노력하지 않는 게 잘못이지."

"노력해도 마음이라는 건 바뀌지 않는다고 생각해."

"그야 그럴지도 모르지. 그렇지만 나는 우리 둘이 행복해질 방법이 있다고 생각해. 네가 승낙만 해 주면 되는 거야……?”

"어떤 방법?"

"아이를 낳아 주지 않을래? 어머니가 되어 주지 않을 래? 아이가 하나라도 생기면 우리는 진정한 의미에서 부부가 될 수 있어. 행복해질 수 있어. 부탁이니까 내 소원을 들어 주지 않겠어?”

"싫어, 난.”

나오미는 즉각 단호하게 거절했습니다.

"당신은 나한테 아이를 낳지 말아 줘, 언제까지나 젊고 아가씨 같이 있어 줘, 부부 사이에 아이가 생기는 것이 무엇보다도 끔찍해, 이렇게 말해 왔잖아?”

"그야 그렇게 생각한 때도 있었지만……”

"그렇다면 당신은 예전처럼 나를 사랑하는 게 아니잖아? 내가 아무리 나이를 먹어도 추해져도 상관없는 거 아니야? 아냐, 맞아, 당신이야말로 나를 사랑하지 않는 거야.”

"너는 오해하고 있어. 나는 너를 친구처럼 사랑했어. 그렇지만 앞으로는 진정한 아내로서 사랑하겠다는 거야.”

"당신은 그렇게 하면 옛날 같은 행복이 돌아올 거라고 생각해?”

"옛날 같지는 않겠지. 그래도 진정한 행복이……”

"아니, 싫어. 그렇다면 나는 됐어.”

그렇게 말하고 그녀는 제 말이 끝나기도 전에 격렬하게 고개를 저었습니다.

"나, 옛날 같은 행복이 갖고 싶어. 그 외엔 아무것도 필요 없어. 그 약속을 믿고 당신한테 온 거잖아.”

"그럼 도대체 어쩌란 말이야? 옛날 얘기는 더 이상 하지 않기로 했잖아."

"내 신경이 정말로 편안할 수 있게 네가 진심으로 마음을 허락하고 나를 사랑해 주면 돼."

"그렇지만 그러려면 당신 쪽에서 믿어 줘야지……."

"믿을게. 앞으로 꼭 믿을게."

저는 여기에서 남자라는 것의 천박함을 고백하지 않을 수 없습니다. 낮에는 어쨌든 밤이 되면 저는 언제나 그녀한테 졌습니다. 제가 졌다기보다 제 안에 있는 짐승성이 그녀한테 정복당합니다.

19

나오미가 무슨 일이 있어도 아이를 안 낳겠다면, 저한
테는 또 한 방법이 있었습니다. 그것은 오모리에 있는 '동화
의 집'을 정리하고 제대로 된 상식적인 가정을 꾸리는 것입
니다. 도대체가 저는 심플 라이프라는 환상을 동경해서 이
런 괴상하고 전혀 실용적이지 못한 화가의 아틀리에에 살
지만, 우리 생활을 타락시킨 데에는 이 집 탓도 분명히 있습
니다. 이런 집에 젊은 부부가 도우미도 두지 않고 살다 보면
오히려 서로 방자해져서 심플 라이프가 심플하지 않아지고,
불가피하게 방종해지는 거지요. 그래서 저는 제가 집을 비
울 동안 나오미를 감시하기 위해서라도 잔심부름을 할 여자
아이 하나와 밥 차릴 사람을 한 사람 두기로 했습니다. 주인
부부와 도우미 둘, 그 정도 인원이 살 수 있는, 중류층 신사
들이 살 만한 순일본식 집으로 이사 간다. 지금까지 쓰던 서
양 가구는 팔아 치우고 전부 일본식 가구로 바꾼다. 나오미
를 위해서는 특별히 피아노를 한 대 사 준다. 그러면 그녀의

음악 레슨 때도 스기사키 여사한테 와 달라고 하면 되고, 영어도 해리슨 양한테 출장 와 달라고 할 경우 자연히 그녀가 외출할 기회가 없어진다. 이 계획을 실천하기 위한 목돈은 고향에 부탁하기로 하고 완전히 준비가 다 될 때까지는 나오미 모르게 하려고 혼자 집도 구해 보고, 가재도구의 견적도 알아보는 고생을 했습니다.

어머니는 우선 이것만 보내겠다시며 1500엔짜리 수표를 보내 주셨습니다. 그리고 부탁드린 도우미도 "잔심부름 해 줄 참한 애가 있다. 집에서 일하던 센타로의 딸 오하나인데, 올해 15세다. 그 애라면 너도 속도 잘 알고 안심일 거다. 요리할 사람도 여기저기 알아보고 있으니까 이사할 때까지는 보내겠다."라는 어머니의 말이 동봉한 편지에 적혀 있었습니다.

나오미는 제가 뭔가 꾸미고 있다는 것은 어렴풋이 알아차렸겠지만 '어디, 무슨 짓을 하는지 두고 보자.'라는 식으로 처음에는 무서울 만큼 침착했습니다. 그러나 어머니한테서 편지가 오고 나서 이삼 일 지난 어떤 날 밤, "이봐, 조지 씨, 나 새옷이 필요한데 맞춰 줄래?" 하고 그녀가 갑자기 어리광을 부리듯이, 동시에 묘하게 놀리는 듯이 간사한 목소리로 말했습니다.

"옷?"

저는 어이가 없어서 한동안 그녀의 얼굴을 뚫어져라 쳐다보면서 '어허, 이 녀석, 수표가 온 걸 알았구나. 그래서 슬쩍 떠보는군.' 하고 느꼈습니다.

"응? 맞춰 줘. 양복이 안 되면 일본 옷이라도 괜찮아.

겨울용 외출복을 맞춰 줘."

"당분간은 그런 것은 못 사 줘."

"왜?"

"옷이라면 썩을 만큼 있잖아?"

"썩을 만큼 있어도 다 싫증 났으니까 새것 만들어 줘."

"그런 사치는 더 이상 허락하지 않을 거야."

"흐응? 그럼 저 돈은 어디에다 쓸 건데?"

올 게 왔구나! 저는 그렇게 생각하면서 시치미를 떼고 "돈이라니 어디에 있는데?" 물었습니다.

"조지 씨, 나, 저 책장 밑에 있는 등기 봤어. 조지 씨도 남의 편지 마음대로 보니까 그 정도는 나도 괜찮잖아?"

뜻밖이었습니다. 나오미가 돈 얘기를 꺼낸 것은 등기가 왔으니까 수표가 들어 있으려니 짐작한 줄만 알았지 제가 책장 아래 숨겨 둔 편지를 봤으리라고는 생각하지 못했습니다. 그렇지만 나오미는 어떻게든 제 비밀을 알아내려고 편지가 있는 곳을 찾아다녔음에 틀림없고, 그것을 읽은 이상 수표 액수는 물론, 이사 가는 것도, 도우미 얘기도 전부 알 것입니다.

"그렇게 돈이 많은데 나한테 옷 하나 정도 만들어 주면 어때서? 당신이 언젠가 말했잖아? 너를 위해서라면 아무리 좁은 집이라도 어떤 불편이라도 감수하게 그리고 그 돈으로 너를 가능한 한 사치를 시켜 줄게, 그 말을 잊었어? 당신, 그때랑 완전히 달라졌어."

"내가 너를 사랑하는 마음에는 변함없어. 다만 사랑하는 방법이 바뀌었을 뿐이야."

"그럼 이사 갈 것은 왜 나한테 숨겼는데? 나한테 아무 것두 의논하지 않고 명령 내릴 생각이었어?"

"그야 적당한 집을 발견하면 물론 너한테 이야기할 생각이었지……."

그러다 말고 저는 어조를 부드럽게 해서 타이르듯이 말했습니다.

"이봐, 나오미, 내 진심을 이야기한다면, 지금도 역시 너한테 사치를 시키고 싶어. 옷사치뿐 아니라 집도 괜찮은 데 살고, 네 생활 전체를 좀 더 훌륭한 가정의 부인답게 향상시켜 주고 싶은 거야. 그러니까 불평할 필요 없어."

"아, 그래요? 그것참 고맙군요……."

"어때? 내일 나랑 같이 집 보러 갈까? 여기보다 좀 더 방이 많고 네 마음에 드는 집이면 어디라도 괜찮아."

"그렇다면 나는 양옥으로 해 줘. 일본 집은 절대 싫어."

제가 대답을 못 하고 난처해하고 있으려니까 '거봐라.' 하는 얼굴로 나오미가 씹어 내뱉듯이 말했습니다.

"도우미도 내가 아사쿠사 집에 부탁할 테니까, 그런 촌 뜨기는 거절해 줘. 내가 쓸 도우미인데."

이런 싸움이 여러 번 쌓여 가면서 둘 사이의 저기압은 짙어져 갔습니다. 하루 종일 한마디도 안 하는 날이 종종 있었습니다. 그것이 드디어 폭발한 것은 가마쿠라에서 오모리에 돌아오고 나서 두 달 지난 11월 초순이었습니다. 나오미가 아직도 구마타니와 관계를 안 끊었다는 확실한 증거를 제가 발견한 때였습니다.

그것을 발견하기까지의 경위는 딱히 여기에 자세히 쓸

필요가 없습니다. 저는 진작부터 이사 준비에 골머리를 앓는 한편, 직감적으로 나오미가 수상하다고 느꼈기 때문에 예의 사립 탐정 같은 행동을 조금도 느슨히 하지 않고 있었습니다. 그러던 어느 날 그녀와 구마타니가 대담하게도 오모리 집 근처의 아케보노로에서 밀회하다가 돌아가는 것을 드디어 붙잡은 것입니다.

그날 아침 나오미의 화장이 여느 때보다 화려한 것이 수상쩍어서 저는 집을 나오자마자 바로 되돌아가서 뒷문 쪽에 있는 광의 숯가마 뒤에 숨었습니다.(이런저런 일로 그 당시 저는 맨날 회사를 빠지고 있었습니다.) 그러자 과연 9시경에 오늘은 레슨이 있는 날도 아닌데 나오미가 한껏 차려입고 나오더니 정거장 쪽으로 안 가고 반대쪽을 향해 빠른 걸음으로 걸어가는 것이었습니다. 저는 그녀를 15, 16미터 먼저 보내고 나서 얼른 집에 뛰쳐 들어가 학생 시절에 쓰던 모자와 망토를 끄집어내서 양복 위에 뒤집어쓰고, 맨발에 나막신을 신고 밖으로 뛰어 나가서 먼발치에서 나오미를 쫓아갔습니다. 그리고 그녀가 아케보노로에 들어가고 나서 십 분 정도 있다가 구마타니가 온 것을 확인하고 나서 그들이 나오기를 기다렸습니다.

돌아가는 것 역시 따로따로, 이번에는 구마타니가 남았는지 한 발짝 먼저 나오미가 나온 것은 이럭저럭 11시경이었습니다. 저는 거의 한 시간 반이나 아케보노로 근처를 왔다 갔다 하던 셈입니다. 그녀는 왔을 때와 똑같이 거기에서 1100미터 정도 떨어진 집까지 곁눈질도 안 하고 걸어갑니다. 저도 점차 발걸음을 빨리해서 그녀가 뒷문을 열고 안으로 들어가고 오 분도 채 되지 않아 들어간 것입니다.

들어간 순간 제가 본 것은 공포에 질린, 어딘지 처절한 것이 담긴 나오미의 눈이었습니다. 그녀는 막대기처럼 그 자리에 우뚝 선 채 저를 날카롭게 노려보았습니다. 그 발밑에는 제가 아까 벗어던지고 간 모자랑 코트, 구두랑 양말이 아까 그대로 흩어져 있었습니다. 그녀는 그것을 보고 모두 알아차렸겠지요. 화창하게 갠 가을 아침의 아틀리에 내 광선에 반사된 그녀의 얼굴은 잔잔하게 창백했고, 모든 것을 체념한 듯 깊은 고요가 깃들어 있었습니다.

"나가!"

꼭 한마디, 제 귀가 쾅 울릴 정도로 소리친 채, 저도 다음 말이 안 나오고 나오미도 아무 소리도 안 합니다. 둘은 마치 진검을 빼들고 싸우다가 칼끝이 상대방의 눈을 향한 정단(正段) 자세를 취한 것처럼 상대방의 허점을 노렸습니다. 그 순간, 저는 나오미의 얼굴이 정말 아름답다고 느꼈습니다. 여자의 얼굴은 남자의 증오가 부어질수록 아름다워진다는 사실을 알았습니다. 카르멘을 죽인 돈 호세는 미워하면 미워할수록 그녀가 아름다워지기 때문에 죽였다는데 그 심정을 저는 확실히 알았습니다. 나오미가 시선을 고정한 채, 얼굴 근육은 미동도 하지 않고, 핏기 없는 입술을 꼭 다물고, 서 있는 사악의 화신 같은 모습. 아아, 그것이야말로 음탕한 여자, 불굴의 영혼을 유감없이 드러낸 얼굴이었습니다.

"나가!"

저는 다시 한 번 소리치고는 뭐라고 표현할 길 없는 증오와 두려움과 아름다움에 쫓겨서 정신없이 그녀의 어깨를 잡아서 문 쪽으로 밀쳤습니다.

"나가! 어서! 나가라니까!"

"용서해 줘, 조지 씨! 다시는 앞으로는⋯⋯."

나오미의 표정이 갑자기 바뀌더니, 목소리는 애소에 떨고, 눈가에는 눈물이 맺히면서 그 자리에 무릎을 꿇고 앉아 애원하듯이 제 얼굴을 올려다봅니다.

"조지 씨, 잘못했어. 용서해 줘! 용서해 줘, 용서해 줘⋯⋯."

이렇게 쉽게 그녀가 사과하리라고는 예상하지 못했기에 순간 허를 찔린 저는 한층 격분했습니다. 저는 양주먹을 꽉 쥐고 그녀를 계속 때렸습니다.

"짐승 같은 년! 개! 너는 사람도 아니야! 이제 너 따위한테는 볼일 없어! 나가라면 나가!"

그러자 나오미가 순간적으로 아차 실수했다 싶었는지 금방 태도가 바뀌면서 쓱 일어서더니 "그래? 그럼 나갈게." 라고 평상시대로의 말투로 말합니다.

"좋아! 당장 나가!"

"응, 바로 나갈 거야. 2층에 가서 갈아입을 옷 좀 갖고 가면 안 돼?"

"바로 나가서 심부름꾼을 보내! 짐은 전부 보낼 테니!"

"그렇지만 그러면 내가 곤란하지. 지금 바로 필요한 것이 있어서."

"그럼 맘대로 해. 꾸물대면 용서하지 않을 거야!"

저는 나오미가 지금 바로 짐을 갖고 가겠다는 것이 일종의 위협이라고 생각했기 때문에 지지 않을 생각으로 말했습니다. 그녀는 2층에 올라가서 사방을 덜커덕, 쿵쾅 뒤집더니 바스켓이며 보자기며 짊어질 수 없을 만큼 짐을 싸들고 내려와서 냉큼 택시를 불러 실었습니다.

"그럼 안녕히 계세요. 오랫동안 신세졌습니다."

나갈 때 그녀의 인사는 지극히 간단했습니다.

20

택시가 떠나자 저는 무슨 생각이었는지 바로 회중시계를 꺼내서 시간을 확인했습니다. 꼭 오후 0시 36분, 아아, 그렇구나, 아까 나오미가 아케보노로에서 나온 것이 11시, 그리고 그렇게 크게 다투고 눈 깜짝할 사이에 형세가 바뀌고 지금까지 여기 서 있던 그녀가 이제는 없어진 것이다. 그 시간이 겨우 한 시간 삼십육 분. 사람은 종종 간호하던 병자가 마지막 숨을 거둘 때라든가, 대지진에 맞닥뜨렸을 때, 자기도 모르게 시계를 보는 버릇이 있다는데, 제가 그때 불쑥 시계를 꺼내 본 것도 아마 그 비슷한 심정이었겠지요. 다이쇼 모년 11월 모일 오후 0시 36분, 저는 그날 그 시각에 끝내 나오미와 헤어졌습니다. 그녀와 제 관계는 그때 종언을 고했는지도 모릅니다.

'우선 한숨 돌렸어! 무거운 짐을 내린 것 같아!'

뭐니 뭐니 해도 저는 그동안의 암투에 지쳐 있었기 때문에 그렇게 생각한 동시에 축 늘어져서 멍하니 의자에 앉

아 있었습니다. 순간적인 감정은 '아아, 고맙습니다. 겨우
해방되었구나.' 싶은 시원한 기분이었습니다. 그도 그럴 것
이 저는 단순히 정신적으로 피로했을 뿐 아니라 생리적으로
도 피로가 극에 달했기 때문에, 한번 푹 쉬고 싶다고 제 몸
쪽에서 간절하게 요구했습니다. 예컨대 나오미라는 존재는
무척 강한 독주(毒酒)여서 그 술을 과음하면 몸에 해로움을
알면서도 매일 그 짙은 향기를 맡고, 가득 채운 술잔을 보면
마시지 않고는 못 배깁니다. 마시면서 점차 주독(酒毒)이 몸
구석구석에 침투해서 나른하고, 뒤통수가 납처럼 무겁고,
갑자기 일어서면 현기증이 나는 것 같고, 뒤로 자빠지려고
합니다. 그리고 늘 술에 취한 듯 속이 안 좋고, 기억력이 쇠
퇴하고, 만사에 흥미가 없고, 병자처럼 기운이 없습니다. 머
릿속에는 기묘한 나오미의 환영만 떠올라 그것이 가끔 트림
처럼 가슴을 울렁거리게 하고, 그녀의 냄새, 땀, 지방(脂肪)
이 늘 역겹게 느껴집니다. 그러니까 '독'인 나오미가 없어진
일은 장마철에 하늘이 갑자기 활짝 갠 거나 마찬가집니다.

　　그러나 말씀드렸듯이 이는 한순간의 느낌이었고, 솔직
히 말해 그 시원했던 마음이 지속된 것은 한 시간 정도였을
겁니다. 제 몸이 아무리 건강하다고 해도 겨우 한 시간 만에
피로가 회복된 것은 아닙니다. 그러나 의자에 앉아서 한숨
돌리자마자 이윽고 떠오른 것은 싸움을 하던 때 나오미의
이상할 정도로 처절한 용모였습니다. "남자의 증오가 부어
질수록 아름다워진다."랄 만한 그 순간의 그녀 얼굴이었습
니다. 그것은 제가 찔러 죽여도 성이 안 찰 만큼 밉고 미운
음란한 여자의 얼굴이었지만, 머릿속에 영원히 새겨져서 지

우려고 해도 절대로 지워지지 않고 어떻게 된 셈인지 시간이 지날수록 선명하게 눈앞에 나타나고, 여전히 시선을 고정해서 저를 노려보는 것처럼 느껴지는 데다가 점점 그 증오가 바닥 모를 아름다움으로 변해 갔습니다. 생각해 보면 그녀 얼굴에 그렇게 요염한 표정이 넘치던 모습을 저는 오늘날까지 한 번도 본 적이 없습니다. 틀림없는 '사악의 화신'인 동시에 그녀의 몸과 영혼이 지닌 모든 아름다움이 최고의 형태로 발현되었던 것입니다. 저는 아까도 한창 싸우는 도중에 저도 모르게 그 아름다움에 흔들렸을 뿐 아니라 아름답다고 마음속에서 부르짖었습니다. 어떻게 그때 그녀 발밑에 꿇어 엎드리지 않았을까? 늘 우유부단하고 패기 없는 제가 아무리 화가 났기로서니 그 무섭고 숭고한 여신에게 어떻게 그렇게까지 욕을 퍼붓고 손찌검을 할 수 있었을까? 내 어디에서 그런 무모한 용기가 나왔을까? 그것이 저는 새삼스럽고 이상하게 느껴졌고, 그 용기와 그 무모를 원망하는 마음조차 생겼습니다.

'너는 바보야. 큰 사고를 저질렀어. 이런저런 잘못이 있었다 해도, 그것과 '그 얼굴'을 바꿀 수 있다고 생각하는 거야? 저런 아름다움은 이 뒤로도 두 번 다시 세상에 안 나타날 거야.' 저에게 누가 그렇게 말하는 것 같이 느껴졌습니다. '아아, 맞아! 나는 정말이지 쓸데없는 짓을 했어! 그녀를 화나게 만들지 않으려고 늘 그렇게 조심했는데 이런 결말이 되다니 마가 낀 것이 틀림없어.' 그런 생각이 어디에선가 고개를 들었습니다.

'바로 한 시간 전까지 그녀를 그렇게 거추장스러워하

고, 그 존재를 저주하던 내가 지금은 반대로 나 자신을 저주하고, 경솔하게 군 것을 후회하다니. 그렇게 미웠던 여자가 이다지도 그립다니.' 이 급격한 마음의 변화는 저 자신도 실명할 길 없습니다. 아마도 사랑의 신만이 아는 수수께끼겠지요. 저는 어느 틈엔지 일어서서 방 안을 왔다 갔다 하면서 어떻게 하면 이 연모의 정을 치유할지 오랜 시간 생각했습니다. 아무리 생각해도 고칠 방법은 찾을 수 없고 그저 그녀가 아름다웠던 것만이 생각납니다. 과거 오 년간 같이 지낸 생활의 장면 장면이 '아아, 그땐 이렇게 말했지. 저런 얼굴이었지. 저런 옷을 입고 있었지.' 하는 식으로 계속 떠오르는데 그중 하나하나 미련의 씨가 아닌 게 없었습니다. 특히 제가 잊을 수 없는 것은 그녀가 15, 16세였을 때, 매일 밤 제가 욕조에 집어넣고 몸을 씻겨 줬던 일, 그리고 제가 말이 되어 그녀를 등에 태우고 이랴, 이랴 하면서 온 방을 기어 다니면서 놀았던 일. 어떻게 그런 시시한 일이 이렇게까지 그리운지, 정말 우스꽝스럽지만 그녀가 다시 나한테 돌아와 준다면, 저는 무엇보다도 먼저 그때의 그 놀이를 다시 해 보고 싶습니다. '다시 그녀를 등에 걸터앉히고 이 방을 기어 다녀 보자. 그럴 수만 있다면 얼마나 기쁠까.' 다시없는 행복처럼 공상됩니다. 아니 단순히 공상했을 뿐 아니라 그녀가 너무 그리워서 저도 모르게 바닥을 네 발로 기면서 지금도 그녀의 몸이 등에 묵직하게 올라탄 것처럼 온 방 안을 빙글빙글 돌아봤습니다. 그러고 나서 저는(여기에 쓰기도 부끄럽습니다만) 2층에 올라가서 그녀가 입던 옷을 끄집어내서 그것을 여러 벌 등에 올려놓고 그녀의 버선을 양 손에 끼고 그 방도

네 발로 기어 다녔습니다.

　이 이야기를 처음부터 읽으신 독자께서는 아마 기억하실 겁니다. 저는 "나오미의 성장"이라고 제목 붙인 일기장을 갖고 있습니다. 그것은 제가 그녀를 목욕통에 집어넣고 몸을 씻겨 주던 시절, 그녀의 사지가 나날이 발달하는 모습을 자세히 써 둔 것으로, 즉 소녀 나오미가 점차 어른이 되어 가는 과정만을 전문가처럼 기록한 일종의 일기입니다. 저는 일기 여기저기에 당시 나오미의 여러 표정, 온갖 자태의 변화를 사진으로 찍어서 붙여 둔 것이 생각나서, 오로지 그녀를 추억하기 위해 오랫동안 먼지를 뒤집어쓰고 처박아 둔 그 일기장을 책장 밑바닥에서 끄집어내서 차례차례 페이지를 넘겼습니다. 그 사진들은 저 외의 다른 사람한테는 절대로 보이지 않을 것이었기에, 제가 직접 현상하고 인화했는데 세척이 완전하지 않았던지 여기저기 주근깨 같은 반점이 생기고, 사진에 따라서는 완전히 낡아 오래전 그림처럼 몽롱해진 것도 있었습니다. 그렇지만 그 때문에 오히려 그리움이 더합니다. 벌써 십 년, 이십 년 전의 이야기, 어렸을 때의 먼 꿈을 더듬는 기분이었습니다. 그리고 거기에는 그녀가 당시 좋아하던 여러 가지 옷과 포즈가 기발한 것도, 경쾌한 것도, 사치스러운 것도, 우스꽝스러운 것도 거의 남김없이 있습니다. 어떤 페이지에는 벨벳 양복을 입은 남장 사진이 있습니다. 그 페이지를 넘기면 얇은 코튼 보일 옷감을 몸에 두르고 조각처럼 선 모습이 있습니다. 그다음에는 번쩍번쩍 번들거리는 공단 윗도리에 공단 기모노를 입고, 폭이 좁은 띠를 높이 매고, 리본 반동정을 단 기모노 차림이 나타납니다. 그리고 다양한 표정과 동작, 영화배우 흉내를 낸 것들(메리 픽퍼드의 웃는 얼굴, 글로리아 스완슨의 눈동자, 폴라 네그리의 화난 표정, 베브 다니엘스의 묘하게 새침한 표정), 화난 얼굴, 요염한 표정, 기죽은 얼굴, 황홀한 얼굴, 보기에 따라 그녀의 몸과 얼굴 표정이 낱낱이 변화하는 걸 보니 이 방면에 그녀가 얼마나 예민하고 재능 있고 영리했는지 증명되는 듯했습니다.

'아아, 엄청난 실수를 저질렀어! 나는 정말이지 굉장한 여자를 놓친 거야.'

저는 미칠 듯 분한 나머지 발을 동동 구르며, 계속 일기를 넘겼고, 사진은 여전히 많이 나왔습니다. 찍는 방법도 점점 섬세해져 부분을 확대하기도 하고, 코의 형태, 눈의 형태, 입술 모습, 손가락 모습, 팔의 곡선, 어깨의 곡선, 등줄기의 선, 다리 곡선, 손목, 발목, 팔꿈치, 무릎, 발바닥까지 찍어서 마치 그리스 조각이나 나라[奈良]의 불상을 다룬 듯 보였습니다. 이쯤 되자 나오미의 몸은 완전히 예술품이 되어, 제 눈에는 실제로 나라의 불상 이상으로 완벽하게 여겨졌습니다. 그것을 물끄러미 보고 있으면 종교적인 감격조차 솟구쳤습니다. 아아, 전 도대체 무슨 생각으로 이렇게 정밀한 사진을 찍어 둔 걸까요? 이것이 언젠가는 슬픈 기념품이 되리라 예감했던 걸까요?

제가 나오미를 그리워하는 마음은 가속도가 붙어서 치달았습니다. 이미 날이 저물어 창밖에는 저녁별이 깜빡거리기 시작하고 썰렁해졌지만, 저는 아침 11시부터 밥도 안 먹고, 불도 안 피우고, 전깃불을 켤 기력도 없이 어두워 가는 집 안을 2층으로 갔다 아래층으로 왔다 "바보!"라면서 스스로 자기 머리를 때리고, 빈집같이 조용한 아틀리에 벽을 향해 "나오미, 나오미." 하고 소리쳐 보다 끝내 그녀의 이름을 부르면서 마룻바닥에 이마를 문질러 댔습니다. 무슨 일이 있어도, 무슨 수를 써서라도 그녀를 되찾아야 한다. 무조건적으로 그녀 앞에 항복하리라. 그녀가 말하는 것, 원하는 것, 모든 것에 복종하리라. 그런데 지금쯤 그녀는 무얼 하고 있을까? 그렇게 많은 짐을 들고 갔으니까 도쿄 역에서 틀림없이 택시로 갔을 텐데. 그렇다면 아사쿠사의 친정에 도착하고 나서 대여섯 시간은 지났을 텐데. 그녀가 친정 식구한테 쫓겨난 이유를 솔직하게 말했을까? 아니면 예의 지기 싫어하는 성격에서 미봉책 삼아 엉뚱한 핑계로 언니랑 오빠를 얼떨떨하게 만들었을까? 센조쿠초에서 천한 장사를 하고 있는 친정, 그 집 딸임을 남이 아는 것을 무척 싫어해서 부모 형제를 무지몽매한 인종처럼 다루고, 좀처럼 친정에 가지 않던 그녀. ……그 조화가 안 되는 가족들이 지금쯤 어떤 선후책을 강구할까? 언니나 오빠는 물론 사과하러 가라겠지. "나는 절대로 사과 같은 거 안 해. 누가 가서 짐만 갖다 줘." 나오미는 어디까지나 강경하게 나올 것이다. 그리고 걱정 같은 건 전혀 없이 태연한 얼굴로 농담하기도 하고, 기염을 토하기도 하고, 영어를 섞어 가면서 떠들어 대고, 세련된 옷이랑 소지품을 자랑하고, 마치 귀족댁 아가씨가 빈민굴을 방문한 것처럼 잘난 척하고 있지 않을까?

그렇지만 나오미가 뭐라든 일이 일인 만큼 누군가가 바로 쫓아와야 하는데……. 만일 나오미가 "사과하러 절대 안 가."라고 한다면 언니나 오빠가 대신 와야 하는 것 아닌가?

아니면 나오미의 부모 형제는 아무도 육친으로서 나오미 걱정 따위 없는 것일까? 나오미가 그들에 대해 냉담하듯이 그들도 예전부터 나오미에 대해서는 전혀 책임을 지지 않았다. "그 애를 잘 부탁드리겠습니다."라고 열다섯 살짜리 딸을 이쪽에 맡겨 놓은 채, 구워 먹든 삶아 먹든 마음대로 하라는 태도였다. 그러니까 이번에도 나오미 하고 싶은 대로 하게 내버려 둘 생각인가? 그렇더라도 짐만이라도 가지러 와야 하는 것 아닌가? "돌아가거든 바로 사람 보내. 짐을 전부 보낼 테니."라고 말했는데 아직도 아무도 안 오다니 무슨 영문일까? 갈아입을 옷과 필요한 것은 대충 갖고 갔지만, 그녀가 "목숨 다음으로 중요"하다고 여기는 외출복이 아직 여러 벌 남아 있다. 어차피 그녀가 그 지저분한 센조쿠초에 하루 종일 처박혀 있지는 않을 테니까 매일 이웃들을 놀래는 화려한 옷차림으로 돌아다닐 것이다. 그렇다면 더더욱 옷이 필요할 테고 옷이 없어서는 그 성격에 못 견딜 텐데……

　그렇지만 그날 밤, 아무리 눈이 빠지게 기다려도 나오미 집에서 심부름꾼은 안 왔습니다. 저는 주변이 캄캄해질 때까지 불도 켜지 않고 있다가 혹시 빈집으로 오해하면 큰일이겠다 싶어서 얼른 방이란 방의 전깃불을 전부 켜고, 대문의 명패가 떨어지지는 않았을까 재차 확인하고, 문 근처에 의자를 갖다 놓고 몇 시간이고 바깥에서 나는 발소리를 들었습니다. 그러나 8시가 9시가 되고, 10시가 되고, 11시가 되어도…… 드디어 아침부터 하루가 꼬박 지나 버렸어도 소식이 없었습니다. 그리고 비탄의 나락에 떨어진 제 가슴에는 다시 두서없는 억측들이 떠오릅니다. 나오미가 사람을 안 보내는 것은 어쩌면 이번 사건을 가볍게 여긴다는 증거로 이삼 일 지나면 해결되리라고 얕보았기 때문이 아닐까. '뭐, 상관없어. 저쪽은 나한테 홀딱 빠져 있는걸. 나 없이는 단 하루도 못 살 테니 데리러 올 게 뻔해.'라는 셈인 게 아닐까. 그녀도 여태까지 사치를 누리다가 그런 사회의 사람들 가운데서 못 산다는 것은 알고 있다. 그렇다고 해서 다른 남자한테 가도 나만큼 그녀한테 잘하고, 멋대로 놔둘 놈은 없으리라. 나오미도 그 사실은 알고도 남음이 있어서 입으로는 큰소리치지만, 데리러 올 것을 내심 기다리지 않을까. 아니면 내일 아침쯤 해서 언니나 오빠가 중재해서 오려나. 밤에 바쁜 장사니까 아침 아니면 못 올 사정인지도 모르고. 어쨌든 심부름꾼이 안 온 것은 오히려 일말의 희망이 있다는 얘기다. 내일이 돼도 소식이 없으면 내가 데리러 가지, 뭐. 이렇게 된 이상 오기고 체면이고 있을 게 뭐냐. 애당초 나는 오기 때문에 실수한 거야. 친정 식구들한테 비웃음을 사든, 그녀한테 내심을 들키든, 가서 그저 빌고 빌어서 언니랑 오빠한테도 도와달라고 부탁해서 "일생일대의 부탁이니까 돌아와 줘."라고 백만 번이라도 되풀이한다. 그러면 그녀도 체면이 설 테니 당당하게 돌아올 수 있으리라.

저는 잠도 거의 못 자고 그날 밤을 꼴딱 새우고 다음 날 오후 6시경까지 기다렸지만, 그래도 소식이 없어서 도저히 못 참고 집을 뛰쳐나가 서둘러 아사쿠사로 쫓아갔습니다. '한시라도 빨리 그녀를 만나고 싶다. 얼굴만이라도 보면 안심될 것이다!' 그리워서 죽도록 애가 탄다는 말은 그때의 저를 두고 하는 이야기일 겁니다. 제 마음에는 '보고 싶다.

만나고 싶다.'라는 생각밖에는 아무것도 없었습니다.

꽃 정원 뒤쪽의 복잡한 골목 안에 있는 센조쿠초의 친정집에 도착한 것은 대략 7시였습니다. 저는 아무래도 쑥스러워 살그머니 격자문을 열고, "저, 오모리에서 왔는데요. 나오미 와 있습니까?"라고 현관에 선 채 작게 물었습니다.

"어머, 가와이 씨."

나오미의 언니가 제 목소리를 듣고 옆방에서 고개를 내밀더니 이상하다는 얼굴로 대답했습니다.

"나오미요? 아니 안 왔는데요."

"거 이상하네요. 안 왔을 리가 없는데. 어젯밤에 이쪽으로 간다고 나갔는데……."

21

처음에 저는 언니가 나오미 말을 듣고 숨기는 것이라고 오해해서 이래저래 부탁해 봤지만, 들어 보니 진짜로 안 온 것 같았습니다.

"이상하네, 참……. 짐도 잔뜩 들고 갔고, 그래 갖고는 어디 다른 데 갈 수도 없을 텐데……."

"네? 짐을 갖고요?"

"바스켓이니 트렁크니 보따리니, 꽤 들고 갔어요. 사실은 어제 사소한 일로 좀 싸워서……."

"그래서 본인이 여기로 온다고 하고 나갔습니까?"

"본인이 아니라 제가 그렇게 말했죠. 곧장 아사쿠사로 돌아가서 사람을 보내라고. 누구든 와 주시면 얘기가 통할 거라고 생각했거든요."

"네, 그랬군요……. 그렇지만 어쨌든 저희한테는 안 왔어요. 사정이 그렇다면 나중에 올지도 모르지만."

"그렇지만 어젯밤부터라면 알 수 없는 일이지."

이럭저럭하는 동안에 나오미의 오빠도 나와서 참견했습니다.

"어디 짐작 가는 다른 곳을 찾아보시죠. 지금까시 인 왔으니 여기에는 안 돌아올 겁니다."

"그리고 나오미는 최근 도통 집에 안 왔어요. 언제더라? 벌써 두 달이나 얼굴을 본 적이 없어요."

"그러면 죄송하지만 만일 이쪽으로 오면 본인이 뭐라든 바로 저한테 알려 주셨으면 합니다."

"아, 그야 뭐, 우리가 이제 와서 새삼스럽게 나오미를 어쩌겠다는 마음은 없으니까요. 오기만 하면 바로 연락드리겠습니다."

현관 툇마루에 앉아서 내온 싸구려 차를 홀짝이면서 저는 한동안 막막했습니다. 그렇지만 누이동생이 가출을 했대도 별로 걱정 않는 언니나 오빠를 상대로 아무리 제 진정을 호소해 봤자 별 볼 일 없습니다. 저는 거듭 만일 그녀가 오거든 지체 말고 낮이면 회사로 전화해 달라, 하긴 최근에는 종종 회사에 안 나가기도 하니까 회사에 없을 경우에는 바로 오모리에 전보를 쳐 달라, 그러면 내가 데리러 올 테니까 그때까지는 절대로 아무 데도 못 가게 해 달라고 장황하게 부탁하고, 그래도 왠지 이 패들이 흐리터분한 게 믿음직스럽지 않아서 다시 한 번 회사 전화번호를 알려 주고, 이 꼴로는 오모리의 주소도 모르는 것이 아닌가 싶어서 자세히 적어 주고 나서야 그 집을 나왔습니다.

'자, 이제 어쩌지? 어디로 가 버린 거야?'

저는 거의 울고 싶은 심정으로, 아니 실제로 울상이었는지도 모릅니다. 센조쿠초의 골목을 나서고는 이렇다 할 목적도 없이 공원을 슬슬 걸으면서 생각했습니다. 친정에 돌아오지 않은 걸 보니 사태는 예상보다 분명히 중차대했습니다.

'틀림없이 구마타니네야. 그 녀석한테 도망친 거야.' 거기로 생각이 미치자 어저께 나오미가 집을 나갈 때, "그렇지만 그러면 내가 곤란하지. 지금 바로 필요한 게 있는데."라고 한 것도, 아아 하고 납득이 갔습니다. '그래, 역시 그랬구나. 구마타니한테 갈 생각으로 그렇게 짐을 들고 간 거야. 아니면 전부터 이런 경우에는 이렇게 하자고 둘이 짜 뒀는지도 모른다. 그렇다면은 좀 어려울지도 모르겠다. 첫째, 나는 구마타니네 집이 어디 있는지도 모른다. 조사하면 안다고 해도 설마 그 녀석이 부모 집에 나오미를 숨길 수는 없겠지. 구마타니는 불량소년이지만 부모는 상당히 지체 높은 사람들 같으니까 자기 아들이 그런 짓을 하게 놔두지 않을 터다. 녀석도 집을 뛰쳐 나와서 둘이 어딘가에 숨은 게 아닐까? 부모 돈이라도 훔쳐서 놀러 다니는 게 아닐까? 그렇다면 그렇다고 확실히 아는 게 낫다. 그러면 나는 구마타니네 부모한테 담판하러 가서 엄격하게 감독해 달라고 부탁한다. 설혹 그 녀석이 부모 말을 듣지 않더라도 돈이 떨어지면 둘이 살 수 없을 테니까, 결국 녀석은 자기 집으로 돌아갈 테고 나오미는 이쪽으로 돌아올 것이다. 결국은 그렇게 되겠지만 그동안의 내 마음고생은? 그것이 한 달로 끝날지, 두 달, 석 달 혹은 반년이 걸릴지? ……아니야, 그리되면 큰일이다. 그러는 동안에 점점 돌아오기 어려워지고, 또 어쩌면 제2, 제3의 남자가 생길 수도 있지 않겠는가. 그렇다면 지금 우물쭈물할 상황이 아니다. 이렇게 떨어져 있으면 있을수록 그녀와의 인연이 엷어진다. 매순간 그녀는 멀리 사라져 가고 있다. 나 자신이 가면 된다! 도망치려고 한다고 내가 놔둘 세뭐야! 나는 무슨 일이 있어도 너를 되찾아 올 테다!' 힘들 때 신에게 매달린다고 하는 말이(저는 이때까지 신앙심 같은 걸 품은 적이 없었지만) 그때 문득 생각나서 관음보살님께 참배했습니다. 그리고 '나오미가 어디 있는지 한시라도 빨리 알 수 있게, 내일이라도 돌아오게 해 주십사' 마음을 다해서 기도했습니다. 그러고 나서 어디를 어떻게 걸었는지 바 두서너 군데에 들르고 엉망진창으로 취해 밤 12시가 넘어서 오모리 집에 돌아왔습니다. 그렇지만 취했어도 나오미 일이 계속 머릿속에 있어서 자려고 해도 좀처럼 잠이 안 오고, 그러는 중에 술이 깨 버리고, 그러면 다시 한 가지 일만 갖고 끙끙 앓습니다. '어떡하면 어디에 있는지 알 수 있을까. 정말로 구마타니와 도망쳤을까? 그 녀석 집에 담판하러 갈래도 미리 확인하지 않고는 너무 경솔하고, 그렇다고 사립 탐정이라도 고용하지 않으면 쉽게 알아낼 수도 없고.' 실컷 걱정에 걱정을 하다가 문득 떠오른 것이 예의 하마다였습니다. '맞아, 하마다라는 녀석이 있었지. 깜빡했네. 그 녀석이라면 내 편이 되어 줄 거야. 내가 마쓰아사에서 헤어질 때, 주소를 적어 두었으니까 내일이라도 바로 편지를 보내자. 편지는 답답하니까 전보를 칠까? 그것도 너무 호들갑스럽지. 아마 전화가 있을 테니까 전화로 부를까? 아니 와 달랄 것까지는 없지. 그럴 시간이 있으면 구마타니 쪽을 알아봐 달라는 게 낫지. 지금 무엇보다 중요한 것은 구마타니의 동정을 알아보는 일이다. 하마다라면 연줄이 있으니까 바로 알아봐 줄 거야. 지금의 내 괴로움을 이해하고 나를 구해 줄 놈은 그 녀석밖에 없어. 힘들 때 지푸라기라도 잡는 마음인지는 모르지만…….'

다음 날 아침, 저는 7시에 일어나 근처 공중전화로 달려가서 전화번호부를 뒤졌는데, 거기 마침 하마다네 집이 나와 있었습니다.

"아, 도련님 말이죠. 아직 주무시고 계시는데요……."

도우미가 받아서 그렇게 말하는 것을 "정말 죄송하지만 급한 일이니까, 제발 바꿔 주세요……."라고 부탁하자, 얼마쯤 뒤에 전화를 받은 하마다가 "가와이 씨세요? 오모리의?"라고 졸린 목소리로 물었습니다.

"네, 그렇습니다. 오모리의 가와이입니다. 지난번에는 실례가 많았습니다. 갑자기 이런 시각에 전화를 걸어서 정말 죄송하지만, 사실은 저, 나오미가 도망쳐 버려서요."

이 "도망쳐 버려서요."라고 할 때, 저는 저도 모르게 울먹였습니다. 무척 추운 겨울 같은 아침에, 잠옷 위에 방한용 가운 하나를 걸친 채 서둘러 뛰어 나왔기 때문에 수화기를 쥔 온 몸이 덜덜 떨렸습니다.

"아, 나오미가……. 역시 그랬군요."

그러자 하마다가 뜻밖에도 무척 침착하게 대답했습니다.

"그럼 벌써 알고 있었어요?"

"아, 어젯밤에 만났거든요."

"예? 나오미를? 나오미와 어제 만났다고요?"

이번에는 제가 아까하고는 다른 떨림으로 온몸이 부들부들 떨렸습니다. 너무 심하게 떨어서 앞니가 탁하고 수화기에 부딪혔습니다.

　"어젯밤 엘도라도에 댄스하러 갔더니 나오미가 와 있던데요. 딱히 사정을 들은 건 아니지만 뭔가 좀 이상하길래 대강 짐작했지요."

　"누구랑 같이 왔었어요? 구마타니와 같이 왔나요?"

　"구마타니뿐이 아니던데요. 남자 대여섯 명이 같이 있었는데 그중에는 서양 사람도 있었어요."

　"서양 사람이……?"

　"네, 그렇습니다. 그리고 무척 근사한 드레스를 입었더라고요."

　"집에서 나갈 때, 드레스 따윈 안 갖고 갔는데요……"

　"어쨌든 드레스였어요. 심지어 무척 당당한 정식 파티 드레스더라고요."

　저는 여우에 홀린 듯이 멍해져서 뭐라 물어야 좋을지 도통 생각이 나질 않았습니다.

22

"아, 여보세요, 왜 그러세요. 가와이 씨, 여보세요……"

제가 너무 오래 잠자코 있으니까 하마다가 재촉했습니다.

"아, 여보세요……"

"아……"

"가와이 씨 맞죠……?"

"아……"

"왜 그러세요……?"

"아…… 어떻게 해야 좋을지 모르겠어서요……"

"그렇지만 전화를 붙잡고 생각해 봤자 별수 없지 않습니까."

"별수 없는 것은 알지만……. 그러나 하마다 군, 정말 난처합니다. 어떻게 해야 좋을지 모르겠어요. 나오미가 없어지고 나서는 밤에도 제대로 자지 못할 만큼 괴로워요……"

그 시점에서 저는 하마다의 동정을 구하기 위해서 가능한 한 서글프게 말했습니다.

"하마다 군, 나는 지금 당신밖에 믿을 사람이 없으니까, 정말 엉뚱하게 폐를 끼치게 됐지만, 나는, 나는, 어떻게든 나오미가 있는 곳을 알고 싶어요. 구마타니한테 있는 건지, 아니면 누구 다른 남자하고 있는 건지를 분명히 알고 싶어요. 그래서 정말 어려운 부탁이지만 하마다 군이 좀 조사해 줄 수는 없을까요? 내가 조사하기보다도 하마다 군 쪽이 연줄이 있을까 싶어서……"

"아, 그야 제가 알아보면 바로 알지도 모르죠."

하마다는 쉽게 말하고는 묻습니다. "그런데 가와이 씨는 대충이라도 짐작 가는 곳이 없으세요?"

"나는 틀림없이 구마타니에게 갔다고 생각했거든요. 사실 하마다 군이니까 털어놓는 건데, 나오미는 여태껏 나 몰래 구마타니와 관계를 갖고 있었어요. 그게 이번에 들통나서 결국 저하고 싸우고 집을 뛰쳐나간 겁니다……"

"흠……"

"그런데 이야기를 들으니 서양인이며 여러 남자가 같이 있었다고 하고, 드레스 같은 걸 입고 있었다니까 나로서는 뭐가 어떻게 된 건지 영문을 알 수 없게 됐어요. 그래도 구마타니를 만나면 대강의 상황은 알 수 있을 것 같은데……"

"아, 알았어요, 알았어요."

하마다는 저의 징징거리는 푸념을 자르듯이 말했습니다.

"그럼 어쨌든 조사해 볼게요."

"가능한 한 빨리 부탁드리고 싶어요……. 만일 가능하다면 오늘 중으로라도 결과를 알려 주면 무척 좋겠는데요……"

"아, 그러세요? 오늘 중으로 파악하게 된다면, 어디로 연락할까요? 역시 오이초의 회사로 할까요?"

"아닙니다. 이 일이 터지고 나서 회사는 쭉 쉬고 있어요. 어쩌면 나오미가 돌아올지 모른다고 생각되어서 웬만하면 집을 비우지 않으려고요. 그래서 참 제멋대로이지만 전화로는 좀 그러니까 직접 뵙고 말씀을 들을 수 있다면 참 좋겠는데…… 어떠세요? 뭔가 아시거든 오모리 쪽으로 와 주실 수 있을까요?"

"예, 괜찮습니다. 어차피 노는데요, 뭘."

"아아, 고맙습니다. 그래 주시면 정말 고맙겠습니다!"

그리되자 하마다가 오는 것이 일각이 여삼추 같아서 저는 여전히 초조하게 "그러면 오시는 게 대개 몇 시쯤이 될까요? 늦어도 2시나 3시면 알 수 있을까요?"

"글쎄요. 그럴 것 같기는 해도, 어쨌든 일단 알아보지 않고는 분명한 말씀은 못 드립니다. 최선의 방법으로 노력해 보겠지만 경우에 따라서는 이삼 일 걸릴지도 모르니까요……"

"그건 어쩔 수 없죠. 내일이든 모레든 하마다 군이 오실 때까지 꼼짝 않고 집에서 기다리겠습니다."

"알았습니다. 자세한 얘기는 나중에 뵙고 나누기로 하지요. 그럼 안녕히."

"아, 여보세요. 여보세요."

전화를 끊으려고 해서 저는 당황해서 다시 한 번 하마다를 불렀습니다.

"여보세요. 저, 그리고……. 이것은 그때 사정에 따라 아무래도 상관없지만, 만일 하마다 군이 직접 나오미를 보게 되면, 그리고 이야기할 기회가 있으면 이렇게 말해 주었으면 합니다. 나는 절대로 그녀의 잘못을 추궁하려는 게 아니다, 그녀의 타락에는 내 책임도 있음을 잘 안다. 그러니까 제 잘못은 얼마든지 사과할 거고, 어떤 조건이라도 들어줄 테니까 과거의 일은 전부 잊고 꼭 다시 돌아와 달라고. 그것도 싫으면 하다못해 한 번만 만나 달라고……"

어떤 조건이라도 듣겠다고 하는 말 뒤에 좀 더 솔직한 제 심정을 덧붙인다면, "그녀가 무릎을 꿇으라면 기꺼이 무릎을 꿇겠다. 땅에 이마를 문지르라고 하면 문지르겠다. 어떤 방법으로라도 사과하겠다."라고 말하고 싶었지만 차마 그 말까지 할 수는 없었습니다.

"제가 그녀를 그토록 생각한다는 것을 가능하면 전해 주셨으면 합니다……"

"아, 그렇군요. 기회가 되면 충분히 전하겠습니다."

"그리고 저, 그 녀석은 그런 성질이니까 돌아오고 싶어도 오기를 부리는 게 아닌가 생각되기도 하거든요. 그렇다면 제가 무척 풀이 죽어 있다고 말씀해 주시고, 억지로라도 본인을 끌고 와 주시면 좋겠습니다……"

"알았습니다. 알았어요. 그렇게까지 제가 장담하기는 어렵지만, 가능한 한 노력해 보겠습니다."

제가 지나치게 집요하니까 하마다도 다소 지겨운 어조였지만, 저는 그 공중전화로 동전 지갑의 5전짜리 동전이 다 떨어질 때까지 세 통화나 계속 떠들어 댔습니다. 제가 우는 소리를 하기도 하고, 떨리는 소리를 내기도 하고, 이렇게 뻔뻔스럽게, 이렇게 웅변조로 떠든 것은 아마도 태어나서 처음이었습니다. 그렇지만 전화가 끝나자 한숨 돌리기는 커녕 이제는 하마다가 오는 것을 기다리기 어려웠습니다. '오늘 중이라고는 했지만 오늘 못 오면 어떡하지? 아니 어떡한다기보다 나는 어떻게 되어 버릴까? 나는 지금 온 마음과 영혼을 다해 나오미를 그리워하는 것 외에는 아무것도 할 게 없다. 아무것도 할 수 없다. 자지도, 먹지도, 밖에 나가지도 못하고 집 안에 꼼짝 않고 틀어박혀서 생판 남인 하마다가 나를 위해서 동분서주해 주고, 소식을 들려주기를 손놓고 기다려야 한다.' 실제로 사람이 아무것도 안 하는 것만큼 힘든 일은 없는 데다가, 저는 죽을 만큼 나오미가 그립습니다. 그 그리움에 온몸을 애태우면서 자기 운명을 남한테 내맡기고 시곗바늘을 쳐다보는 것은 생각만 해도 못 견딜 일이었습니다. 겨우 일 분간도 얼마나 늦게 가는지 무한히 길게 느껴집니다. 그 일 분이 60번이 되어야 겨우 한 시간, 120번이면 겨우 두 시간, 설령 세 시간 기다린대도 이 할 일 없고 어쩔 수 없는 '일 분'을 초바늘이 똑딱똑딱, 똑딱똑딱 원을 일주하기를 180번 참아야 합니다! 그것이 세 시간이 아니라 네 시간이 되고, 다섯 시간이 되고, 반나절, 하루가 되고, 이틀, 사흘이 된다면, 기다림과 그리움이 지나쳐 저는 틀림없이 미쳐 버릴 겁니다.

　　그러나 아무리 빨라도 하마다가 오는 것은 저녁이겠다고 각오했는데, 전화를 걸고 나서 네 시간 지난 12시경에 대문의 초인종이 요란하게 울리고, 이어서 하마다의 "안녕하세요."라는 뜻밖의 목소리가 들렸을 때, 저는 저도 모르게 너무 기뻐서 펄쩍 뛰어 일어나서 얼른 문을 열러 나갔습니다. 그리고 들뜬 목소리로 "아, 안녕하세요. 지금 바로 열게요. 열쇠가 걸려 있어서."라고 말하면서도 '이렇게 빨리 오리라고는 생각도 못 했는데 어쩌면 쉽게 나오미를 만난 건가? 만나서 바로 얘기가 잘되어서 그녀를 데리고 온 건가?'하는 생각을 문득 하면서 한층 커진 기쁨에 가슴이 두근거렸습니다.

문을 연 저는 하마다 뒤에 나오미가 있나 두리번거렸지만 아무도 없었습니다. 하마다가 혼자 포치에 서 있을 뿐이었습니다.

"아까는 실례했습니다. 어땠어요? 좀 알아냈나요?"

제가 갑자기 물어뜯을 것 같은 어조로 묻자, 하마다가 아주 침착하게 제 얼굴을 가엾다는 듯이 쳐다보면서 "네, 알아보긴 했습니다만……. 가와이 씨, 이제 그 사람은 구제 불능입니다. 단념하시는 쪽이 좋겠습니다."라고 단호하게 말하고 고개를 절레절레 흔들었습니다.

"아니 그게 무슨 말입니까?"

"무슨 말이냐니, 도대체가 이건 말이 안 됩니다. 저는 당신을 위해서 말하는 겁니다. 이제 나오미 따위는 깨끗이 잊는 게 어떻겠습니까?"

"그렇다면 하마다 군은 나오미를 만난 겁니까? 만나서 얘기는 해 봤지만 도저히 희망이 없다는 겁니까?"

"아뇨, 나오미는 안 만났습니다. 구마타니에게 가서 상황을 다 들었는데요. 정말이지 해도 너무해서 정말로 놀랐습니다."

"그렇지만 하마다 군, 나오미는 어디에 있는 겁니까?

저는 무엇보다도 먼저 그것이 알고 싶습니다."

"어디라고 정해져 있는 것이 아니라 여기저기 자고 다닌대요."

"그렇게 사방에 잘 수 있는 집이 없을 텐데요."

"나오미한테는 당신이 모르는 남자 친구가 여러 명 있습니다. 하긴 처음에 당신하고 싸운 날에는 구마타니 집에 왔다고 합니다. 그것도 미리 전화라도 걸고 살그머니 왔으면 좋았을 텐데, 짐을 싣고 택시로 갑자기 현관으로 들이닥친 탓에 온 집안 식구가 도대체 저게 누구냐고 난리가 나서 들어오라고 할 수도 없고, 그 대단한 구마타니도 무척 난처했답니다."

"그래서요?"

"그래서 어쩔 수 없이 짐만 구마타니 방에 숨겨 놓고 둘이서 일단 밖에 나가서 수상쩍은 여관으로 갔다고 합니다. 그런데 그 여관이 오모리 댁 근처의 무슨 무슨 로라는 집이래요. 그날 아침에 밀회하다가 당신한테 들켰던 곳이라니까 정말 대담하지 않습니까?"

"그럼, 그날 또 그 여관에 갔단 말입니까?"

"네, 그렇답니다. 그것을 구마타니가 득의양양해서 나오미와의 정사 얘기를 섞어 가면서 주책없이 떠들어 대는 걸 듣고 있자니 무척 불쾌했습니다."

"그럼 그날 밤은 둘이 거기에서 잤다 이거죠?"

"근데 그게 아니에요. 저녁까지는 거기에 있었지만, 저녁에 같이 긴자로 나가 산책하고 오와리초 사거리에서 헤어졌다더군요."

"그렇다면 이상하네. 구마타니 녀석이 거짓말하는 건 아닐까?"

"아니 제 말 좀 들어 보세요. 헤어질 때 구마타니는 나오미가 가여워서 '오늘 밤 어디에서 잘 생각이야?'라고 물었더니, '잘 데는 얼마든지 있어. 나 이제 요코하마에 가.'라고 전혀 기죽지 않고 성큼성큼 신바시 쪽으로 갔다고 합니다."

"요코하마라니 누구네인가요?"

"그게 참 이상해요. 아무리 나오미가 아는 사람이 많다고 해도 요코하마에 잘 만한 곳은 없을 테니까, 말은 저렇게 했지만 아마도 오모리에 돌아갔겠지 하고 구마타니는 생각했답니다. 그런데 다음 날 저녁에 전화가 와서 '엘도라도에서 기다리고 있으니까 빨리 와.'라고 하더래요. 그래서 가 보니까 나오미 씨가 눈이 번쩍 뜨일 만큼 아름다운 파티 드레스에다 공작 날개 부채를 들고 목걸이니 팔찌 같은 걸 번쩍이며 서양인을 비롯한 여러 남자한테 둘러싸여서 신나게 떠들고 있더랍니다."

하마다의 이야기를 듣는데 마치 깜짝 상자를 열기라도 한 듯 설마라고 생각되는 사실들이 깡충깡충 튀어나왔습니다. 즉 나오미는 첫날밤은 서양인네서 잔 모양인데, 그 서양인은 윌리엄 매커넬로, 언젠가 제가 처음에 나오미랑 엘도라도에 춤추러 갔을 때, 소개도 없는데 곁에 와서 억지로 그녀하고 춤췄던 그 뻔뻔스러운 기생오라비같이 분칠한 남자입니다. 그런데 더 놀랄 일은(이는 구마타니의 관찰인데) 나오미가 그날 밤 자러 갈 때까지 그 매커넬이라는 남자와는 그다지 친밀한 관계가 아니었답니다. 하긴 나오미도 전부터 내심 그 남자한테 생각이 있던 것 같습니다. 여자들이 좋아하는 생김새인 데다가 늘씬하고 배우 같은 구석이 있어서 댄스 패거리 사이에서는 '서양 색마'라는 소문이 있을 뿐 아니라, 나오미도 "저 서양 사람은 옆얼굴이 멋있어. 어딘지 존 베리 비슷하지 않아?"(존 베리는 미국 배우로 영화에서 자주 보는 존 베리모어를 말합니다.)라고 말할 정도였으니까 분명히 그 녀석한테 눈독 들이고 있던 게지요. 가끔 추파를 던졌을지도 모릅니다. 그래서 매커넬 쪽도 '저 여자는 나한테 마음이 있는가 보다.'라고 생각해서 놀리기도 했겠지요. 그러니까 친구라고 할 것도 못되고, 겨우 그 정도 연고로 들이닥쳤음에 틀림없습니다. 그리고 들이닥치니까 매커넬 쪽도 재미있는 새가 날아들었다고 생각하고, "오늘 밤 우리 집에서 주무시죠?" "응, 자도 상관없어." 뭐 그렇게 된 게 아닐까 한다는 것입니다.

"아무리 그건 믿기지가 않네요. 남자네 집에 처음 가서 그날 밤 바로 자다니."

"그렇지만 가와이 씨, 나오미는 그런 일은 아무렇지도 않게 저지를 겁니다. 매커넬도 다소 의아했는지 '저 아가씨는 도대체 어느 댁의 어떤 분입니까?'라고 어젯밤에 구마타니한테 묻더래요."

"어디의 누군지도 모르는 여자를 재우는 놈도 재우는 놈이지."

"재우기만 한 게 아니라 드레스를 입히고, 팔찌랑 목걸이를 달아 주었다니 황당하지 않습니까? 그리고 말이죠, 하룻밤밖에 안 됐는데 완전 친해져서 나오미는 그 녀석을 '윌리, 윌리.'라고 부르더래요.”

"그러면 드레스나 목걸이도 그 녀석이 사 준 걸까요?”

"사 준 것도 있겠지만 서양 사람이니까 여자 친구한테서 옷을 빌려서 임시변통으로 입힌 게 아닐까 합니다. 나오미 씨가 '나 파티 드레스가 입고 싶어.' 하고 어리광을 피우니까 결국 남자가 비위를 맞춰 준 게 아닐까요. 드레스도 기성품이 아니라 몸에 딱 맞고, 구두도 프렌치 힐에 굽이 높은 칼 힐로, 에나멜인데 구두 앞부분에는 인조 다이아몬드 같은 자잘한 보석이 반짝였습니다. 어젯밤의 나오미는 마치 동화 속 신데렐라 공주 같았어요.”

저는 하마다가 그렇게 말하자, 신데렐라 같던 나오미가 얼마나 아름다웠을까 생각하고 저도 모르게 가슴이 두근댔지만, 다음 순간에는 방탕한 행실이 황당하기도 추잡스럽기도 한심하기도 분하기도 해서 뭐라고 할 수 없이 불쾌해졌습니다. '구마타니라면 또 모르지만 어느 개뼈다귀 줄도 모를 서양 놈한테 가서 그대로 어름어름 자고 옷까지 얻어입다니 그게 어제까지 남편이 있던 여자가 할 짓이냐 말이다. 오랫동안 같이 산 나오미라는 이가 그토록 더러운 매춘부 같은 여자였던가? 나는 그녀의 정체를 지금까지 알아차리지 못하고 어리석은 꿈을 꿨던 걸까? 아아, 과연 하마다가 말하듯이 아무리 그리워도 이제 그 여자는 단념해야 한다. 나는 완전히 창피를 당했다. 남자의 면목을 잃었다…….'

"하마다 군, 집요한 것 같지만 다시 한 번 확인할게요, 지금 이야기는 전부 틀림없는 사실이지요? 구마타니가 증명할 뿐 아니라 하마다 군도 증명하는 거지요?”

하마다는 제 눈에 솟구치는 눈물을 보고 딱한 듯이 끄덕이면서 "그리 말씀하는 당신의 심정을 생각하면 말하기 어렵지만, 실제로 저도 어젯밤에 그 자리에 있었고, 구마타니의 말은 대체로 사실이라고 생각합니다. 이 밖에도 말씀드리려면 여러 이야기가 있습니다. 들으시면 그렇겠군 하고 납득하시겠지만, 제발 그것까지는 듣지 마시고 저를 믿어 주세요. 제가 절대로 장난으로 과장하는 게 아님을……"

"네, 고맙습니다. 그만큼 들은 걸로 충분합니다. 이제 더 이상 들을 필요는……"

어떻게 된 셈인지 그렇게 말한 순간 목이 메고 갑자기 눈물이 떨어져서 '아, 이거 안 되겠다.'라고 생각한 저는 갑자기 하마다를 꼭 끌어안고 그 어깨에 얼굴을 묻었습니다. 그리고 으앙 울면서 터무니없는 목소리로 소리쳤습니다.

"하마다 군! 나는, 나는……. 이제 그 여자를 깨끗이 단념하겠습니다!"

"그럼요, 그러셔야죠! 그리 말씀하시는 게 당연합니다!"

하마다도 나한테 감염되었는지 역시 눈물 머금은 목소리로 말했습니다.

"사실 저는 나오미는 이제 도저히 구제 불능임을 당신한테 통고할 생각으로 오늘 온 겁니다. 그야 나오미라면 또 언제 당신한테 뻔뻔스럽게 나타날지 모르지만, 요즘 진지하게 나오미를 상대하는 사람은 아무도 없습니다. 구마타니 말을 빌리자면, 모두가 철저하게 노리개로 삼는답니다. 도저히 입에 담을 수조차 없는 끔찍한 별명조차 붙었어요. 당신은 지금까지 이 사실을 모르고 얼마나 창피를 당하고 있었는지 모릅니다……"

　예전에 저와 똑같이 열렬하게 나오미를 사랑하던 하마
다, 그리고 저와 똑같이 그녀한테 배신당한 하마다…… 이
청년이 비분에 찬 이 말 한마디 한마디에는 날카로운 메스
로 썩은 살을 도려내는 효과가 있었습니다. 모두가 노리개
로 삼고 있다, 입에 차마 담을 수 없는 지독한 별명이 붙어
있다…… 그 끔찍한 폭로는 오히려 마음을 후련하게 해 주
었고, 저는 학질이 떨어진 것처럼 단숨에 어깨가 가벼워지
고 눈물도 그쳤습니다.

23

"자, 가와이 씨, 그렇게 틀어박혀 계시지만 말고 기분 전환 삼아 산책이라도 나가시죠?"라고 하마다가 권해서 "그럼 잠깐만 기다려 주세요."하고 이틀 동안 양치질도 안 하고, 수염도 안 깎은 저는 면도를 하고, 얼굴을 씻고, 이럭저럭 2시 반경이 되어 시원한 마음으로 하마다와 교외로 나갔습니다.

"이런 때에는 오히려 교외를 걷는 것이 기분 전환이 됩니다." 하마다가 말해서 저도 동의했지만 "그럼 이쪽으로 가 볼까요?"라고 그가 물었습니다.

하마다가 이케가미 쪽으로 걷기 시작하자 제가 왠지 꺼림칙해져서 멈춰 섰습니다.

"아, 그쪽은 안 돼요. 그쪽은 재수가 옴 붙는 살기가 도사린 방향입니다."

"예? 왜 그렇지요?"

"아까 얘기하던 아케보노로라는 여관이 그쪽에 있거든요."

"아, 그러면 안 되죠! 그럼 어떻게 할까요? 여기에서 헤안가로 나가 가와사키 쪽으로 가 볼까요?"

"네, 그럽시다. 그게 제일 안전합니다."

그러자 하마다가 빙글 뒤로 돌아서서 정거장 쪽으로 걷기 시작합니다. 그러나 생각해 보니 그쪽도 나름으로 위험합니다. 나오미가 여전히 아케보노로에 드나든다면 언제 구마타니랑 나올지 모르고, 예의 서양 놈과 도쿄 요코하마 간을 왕복할 수도 있으니 쇼센[22] 정거장이 있는 곳은 금물이라고 생각해서 "오늘은 하마다 군께 폐를 많이 끼쳤습니다."라고 슬쩍 말하면서, 앞장서서 골목에서 꺾여 논길에 있는 건널목을 건넜습니다.

"아, 괜찮습니다. 언젠가 한번은 이런 일이 있지 않을까 생각했거든요."

"흠, 하마다 군 눈에 나란 사람은 정말 바보였겠죠."

"그렇지만 저도 한때는 미쳐 있었으니 댁을 비웃을 자격이 없어요. 다만 제가 열이 식고 보니 당신이 참 딱합니다."

"하마다 군은 젊으니까 그나마 괜찮습니다. 나처럼 서른몇 살이나 되어서 이런 꼴을 당하다니, 이거야 얘깃거리도 안 됩니다. 그것도 하마다 군이 말해 주지 않았다면 언제까지 이 짓을 계속했을지 모르고……"

논으로 나서자 늦가을의 하늘은 마치 저를 위로해 주듯이 높고 상쾌하게 개어 있었지만, 바람이 쌩쌩 불어서 울어서 퉁퉁 부은 눈가가 뜨끔뜨끔했습니다. 먼 선로에서는

22 省線. 국철.

우리의 터부인 쇼센 전철이 밭 가운데를, 요란한 폭음을 내면서 달리고 있었습니다.

"하마다 군, 점심은 먹었어요?"

한동안 말없이 걷다가 제가 물었습니다.

"아니요, 실은 아직인데요, 가와이 씨는?"

"나는 그저께부터 술은 마셨지만 밥은 거의 안 먹었더니 이제야 배가 무척 고프네요."

"아, 그야 그러시겠죠. 그렇게 무리하지 않는 편이 좋습니다. 몸을 망가뜨리면 안 되잖아요?"

"아니 괜찮아요. 하마다 군 덕분에 득도했으니까 더 이상 무리는 하지 않겠습니다. 나는 내일부터 새로 태어난 인간이 되겠습니다. 그리고 회사에도 나갈 생각입니다."

"아, 그러시는 편이 기분 전환이 될 겁니다. 저도 실연했을 때, 어떻게든 잊으려고 필사적으로 음악을 했어요."

"음악을 할 줄 알면 그럴 때는 좋겠네요. 그러나 저는 그런 재주가 없으니까 회사 일이나 열심히 하는 수밖에……어쨌든 배가 고프네요. 어디 가서 밥이라도 먹읍시다."

둘은 이야기하면서 로쿠고 쪽까지 슬슬 걸어가다가 가와사키초의 어떤 쇠고기집에 들어가서 지글지글 끓는 쇠고기 전골을 사이에 두고 또 마쓰아사 때처럼 술잔을 주고받기 시작했습니다.

"자, 어떻습니까, 한잔."

"어우, 자꾸 그렇게 권하시면 빈속이라 취기가 빨리 도는데요."

"뭐 어떻습니까. 오늘 밤은 내 액막이이니까 축배를 들어 주세요. 나도 내일부터 술을 끊겠습니다. 그 대신 오늘 밤은 실컷 취하고 실컷 이야기합시다."

"아, 그런 겁니까? 그렇다면 당신의 건강을 기원하겠습니다."

하마다의 얼굴이 새빨갛게 달아올라서 온 얼굴에 난 여드름 꼭지가 마치 소고기가 끓을 때처럼 번쩍번쩍 빛나기 시작했을 때쯤에는 저도 상당히 취해서 슬픈 건지 기쁜 건지 도통 알 수 없었습니다.

"그런데 하마다 군, 묻고 싶은 게 있는데."

저는 때를 봐서 앞으로 몸을 내밀고 "그 왜 지독한 별명이 붙었다고 했잖아요? 도대체 어떤 별명인데요?"라 물었습니다.

"아, 그건 말씀 못 드려요. 너무 심한 별명이라서."

"심하면 어떻습니까. 이제 그 여자는 나하고는 완전히 남남인데. 주저할 것 없지 않습니까? 예? 무슨 별명인지 알려 주세요. 오히려 그걸 듣는 편이 마음이 홀가분해질 것 같은데."

"아이, 선생님은 그러실지 모르지만, 저는 도저히 입에 올릴 수가 없으니까 용서해 주세요. 어쨌든 지독한 별명이라고 생각하시면 됩니다. 허기야 그런 별명이 붙은 유래라면 말씀해 드릴 수 있지만요."

"그러면 그 유래라도 들려주세요."

"그렇지만 가와이 씨, 이야, 그것참 난처한데……"

그렇게 말하며 하마다는 머리를 긁적거리더니 "그것도 무척 심한 얘기예요. 들으시면 아무래도 기분이 많이 상하실 텐데."라고 답했습니다.

"아니 괜찮습니다, 괜찮아요. 상관없으니까 말씀해 주세요! 나는 이제는 순전히 호기심에서 그 여자의 비밀이 알고 싶은 겁니다."

"그럼 그 비밀을 조금 말씀드릴게요. 당신은 여름에 가마쿠라에 계셨을 때, 도대체 나오미한테 남자가 몇 명이나 있었다고 생각하십니까?"

"저, 내가 아는 한에는 댁하고 구마타니뿐이지만 그 외에도 있었다는 겁니까?"

"가와이 씨, 놀라시면 안 돼요. 세키도 나카무라도 그중 하나였어요."

저는 술이 취해 있었지만 찌릿하고 온 몸에 전기가 흐르는 것 같았습니다. 그리고 저도 모르게 눈앞에 있는 술을 꿀꺽꿀꺽 대여섯 잔 마시고 나서 비로소 입을 열었습니다.

"그러면 그때의 패거리는 한 명도 남김없이?"

"네, 그렇습니다. 그리고 가와이 씨, 어디에서 만났다고 생각하십니까?"

"그 오쿠보네 별장 아닌가요?"

"당신이 빌리신 정원사네 별채입니다."

"흠……." 이라고 한 채 숨이 막힌 듯 한없이 가라앉은 저는 "아, 그랬군요. 정말 이거야 놀랄 노 자네요."라고 신음하듯이 겨우 말했습니다.

"그러니까 그때, 제일 곤란했던 것은 아마도 정원사 안주인이었을 겁니다. 구마타니 댁에 의리가 있으니까 나가 달랄 수도 없고, 그렇다고 자기 집이 일종의 매음굴이 되어서 수많은 남자가 끊임없이 드나드니 동네에 체면이 안 서고, 게다가 만일 당신이 알면 큰일이니까 늘 조마조마해했던 것 같아요."

"아아, 과연, 그렇게 듣고 보니, 언젠가 제가 나오미 일을 묻자 안주인이 깜짝 놀라면서 쭈뼛쭈뼛했는데, 그런 이유였군요. 오모리의 집은 댁들의 밀회 장소가 되고, 정원사네 집 별채는 매음굴이 된 것도 모르고 있었다니, 어휴, 정말 호되게 당했네요."

"아, 가와이 씨, 오모리 이야기는 하지 않기! 그 말씀을 하시면 정말 뭐라고 드릴 말씀이 없습니다."

"아하하하, 뭐, 괜찮습니다. 이제 모든 것이 일체 과거지사가 됐는데 상관없지 않습니까. 그렇지만 그렇게까지 나오미한테 교묘하게 속았다고 생각하니, 속았어도 오히려 통쾌하네요. 너무 방법이 깔끔해서 그저 감탄스러울 뿐입니다."

"스모 기술같이 갑자기 엎어치기를 당한 셈이죠."

"맞습니다, 맞습니다. 정말 말씀대로입니다. 그래서 그 뭡니까, 그 녀석들은 모두 나오미한테 농락당했는데 서로 모르고 있었나요?"

"아니, 알고 있었죠. 어떤 때는 한꺼번에 두 사람이 어긋날 때도 있었다고 합니다."

"그런데 다투지도 않았다는 겁니까?"

"녀석들은 암암리에 동맹을 맺어서 나오미를 공유물로 삼았던 겁니다. 그러고 나서는 심한 별명이 생겼고, 뒤에서는 전부 별명으로만 부르고 있었어요. 당신은 그걸 모르셨으니 망정이지, 저는 정말 비참했습니다. 어떻게든 나오미를 구하려고 했지만, 타이르면 팩 하고 화를 내며 거꾸로 저를 무시하는 탓에 손쓸 수가 없었습니다."

하마다도 그 시절 일이 떠오르는지 감상적인 어조가 되어서 "저, 가와이 씨, 제가 언젠가 마쓰아사에서 뵈었을 때 이런 얘기는 말씀 안 드렸죠?"라고 했습니다.

"그때 댁 얘기로는 나오미를 마음대로 하는 건 구마타니라고……"

"네, 그랬습니다. 그때 그렇게 말씀드렸죠. 하긴 거짓말이 아닙니다. 나오미와 구마타니는 천박한 면이 통하는지 제일 사이가 좋았어요. 그러니까 누구보다도 구마타니가 우두머리다. 나쁜 짓은 전부 그 녀석이 가르쳤다고 판단했기에 그렇게 말씀드렸지만, 그 이상은 도저히 말씀드릴 수가 없었어요. 아직 그때는 당신이 나오미를 버리지 않고 선량한 방향으로 인도해 주시기를 기도드리고 있었거든요."

"인도하기는커녕 오히려 이쪽이 끌려가고 있었으니."

"나오미한테 걸리면 어떤 남자라도 그리될 겁니다."

"그 여자한테는 이상한 마력이 있는 것 같아요."

"맞습니다. 그건 마력입니다! 저도 느꼈기 때문에 더 이상 그 사람한테는 가까이 가지 않으려고 한 겁니다. 가까이 갔다가는 이쪽이 위험해진다는 걸 깨달았거든요."

나오미, 나오미…… 두 사람 사이에서 그 이름이 몇 번 되풀이되었는지 알 수 없습니다. 둘은 그 이름을 술안주 삼아 마셨습니다. 그 매끄러운 발음을 소고기보다 한층 맛있는 음식처럼 혀로 맛보고 침으로 핥고 빨고 입술에 올렸습니다.

"그렇지만 나쁘지 않아요. 한 번쯤 그런 여자한테 속아

보는 것도."

저는 감개무량해져서 말했습니다.

"그건 그렇습니다! 저는 어쨌든 그 사람 덕분에 첫사랑의 맛을 안걸요. 비록 짧은 동안이었지만 아름다운 꿈을 꾸었지요. 이를 생각하면 고마워해야겠지요."

"그렇지만 앞으로 어떻게 될까요? 그 여자의 장래는."

"글쎄요. 이제 계속 타락하는 게 아닐까요? 구마타니 얘기로는 매커넬 집에도 오래 있을 수는 없을 테니까 이삼 일지나면 또 다른 데로 갈 테고 자기 집에 집이 있으니까 올지도 모른다던데, 도대체 나오미한테는 자기 집이 없습니까?"

"집은 아사쿠사의 선술집입니다. 그 녀석이 불쌍해서지금까지 아무한테도 발설한 적이 없지만 말이죠."

"아아, 그렇군요. 역시 태생은 숨길 수가 없네요."

"나오미 말로는 원래는 하타모토[23]인 사무라이로, 자기가 태어났을 때는 시모니반초에 있는 훌륭한 저택에 살았대요. 나오미라는 이름은 할머니가 지어 줬는데, 그 할머니는 로쿠메이칸[24] 시절에 댄스를 하던 하이칼라였답니다. 그렇지만 어디까지가 진짜인지 알 수 없지요. 뭐니 뭐니 해도 가정이 나빴습니다. 저도 이제는 절감하고 있습니다."

"그렇게 들으니 더 무서워지네요. 나오미한테는 태어나면서부터 음탕한 피가 흐르고 있어서 저리될 운명이었던

---

23   도쿠카와 장군의 직속 가신.

24   메이지 중기 서구화를 서두르면서 1883년 건립한 로쿠메이칸에서 댄스파티가 자주 개최되었다.

거군요. 모처럼 가와이 선생님이 거두어 주셨는데······."

둘이 거기에서 세 시간 정도 이야기를 나누다 밖에 나온 것은 밤 7시 지나서였지만, 언제까지고 이야기가 끝나지 않았습니다.

"하마다 군은 쇼센으로 돌아갈 겁니까?"

가와사키초를 걸으면서 제가 물었습니다.

"자, 여기서부터 걷는 것은 힘드니까······."

"그건 그렇지만 나는 게이힌 전철[25]로 가겠습니다. 나오미가 요코하마에 있으면 쇼센이 위험할 것 같아서요."

"그러면 저도 게이힌으로 가죠. 그렇지만 나오미가 저렇게 사방팔방 돌아다니니까 언젠가 틀림없이 어딘가에서 맞닥뜨릴 겁니다."

"그렇다면 마음 놓고 외출도 못 하겠네요."

"댄스홀에 신나게 드나들 테니까 긴자 주변이 가장 위험 구역입니다."

"오모리도 위험 지역 아닌 것은 아니죠. 요코하마가 있죠, 가게쓰엔이 있죠, 예의 아케보노로가 있지, 어쩌면 저는 집을 정리해 버리고 하숙할지도 모릅니다. 당분간 이 사건의 열기가 사그라질 때까지는 그 녀석 얼굴을 보고 싶지 않으니까요."

저는 하마다와 같이 게이힌 전철을 타고 오모리에서 헤어졌습니다.

---

25   시나가와에서 가나가와까지 다니는 전철.

24

　제가 이렇게 고독과 실연에 괴로워할 때, 또 하나 슬픈 일이 일어났습니다. 다름 아니라 고향의 어머니가 뇌일혈로 갑자기 돌아가신 것입니다.

　위독하다는 전보가 온 것은 하마다를 만난 다다음 날 아침으로, 저는 그것을 회사에서 받자마자 바로 우에노 역으로 쫓아가 저녁나절에 시골집에 도착했지만, 그때 어머니는 이미 의식을 잃고, 저도 못 알아보시고, 두세 시간 뒤에 숨을 거두셨습니다.

　어렸을 때 아버지를 잃고 홀어머니 손에 자란 저는 '부모 잃는 슬픔'이라는 것을 처음 경험했습니다. 하물며 저와 어머니는 세상에서 말하는 보통의 모자지간 이상으로 돈독했습니다. 과거를 돌아봐도 제가 어머니한테 반항한 일이라든가, 어머니가 저를 야단친 일이라든가 하는 기억은 무엇 하나 없습니다. 제가 어머니를 존경했기 때문이기도 하지만, 그보다도 어머니가 무척 남을 배려하고 자애가 깊으

섰기 때문입니다. 세상에는 아들이 자라서 고향을 떠나 도회에 나가게 되면, 부모가 이것저것 걱정하기도 하고 아들의 소행을 의심하다가 멀어지기도 한다지만, 저희 어머니는 제가 도쿄에 간 뒤에도 저를 믿고, 제 심정을 이해하고, 저만을 생각해 주셨습니다. 제 밑으로는 여동생 둘이 있을 뿐, 장남을 떠나보내는 것은 어머니로서는 쓸쓸하고 허전하셨을 텐데 단 한 번도 불평 없이 늘 제 입신출세만을 기원하고 계셨습니다. 그렇기 때문에 저는 어머니하고 같이 살던 때보다도 멀리 떨어진 뒤에 한층 어머니의 자애로움을 절감했습니다. 특히 나오미와의 결혼 전후로 계속된 저의 제멋대로인 행동들을 어머니가 흔쾌히 들어주실 때마다 그 따뜻한 모정에 눈물지을 수밖에 없었습니다.

그런 어머니가 이렇게 갑자기 생각지도 못하게 돌아가시다니 저는 유해 옆에 앉아서 꿈을 꾸는 것 같았습니다. 바로 어제까지 나오미의 색향에 몸도 영혼도 미쳐 있던 나와 지금은 유해 앞에 무릎 꿇고 분향하는 나, 이 '나'의 두 세계에는 아무리 생각해도 연결점이 없는 것 같았습니다. 어제의 내가 진짜 나인지 오늘의 내가 진짜 나인지. 한탄하고 슬퍼하고 경악하여 울며 지새우면서 제 자신을 돌아보면 어딘가에서 이런 목소리가 들려옵니다. '네 어머니가 돌아가신 것은 우연이 아니야. 어머니는 너를 훈계하기 위해서, 교훈을 주시기 위해서 돌아가신 거야.' 한쪽에서 그런 속삭임도 들려옵니다. 그러면 저는 새삼스럽게 살아 계시던 날의 어머니가 그리워지고, 그간의 불효를 절감하게 되어 회한의 눈물이 끝없이 솟구치고, 울음이 나는 것이 창피해서 슬그머니 뒷산에 올라가 소년 시절의 추억에 찬 숲이랑 들길, 밭을 내려다보면서 하염없이 울었습니다.

　이 커다란 슬픔이 저를 맑고 투명하게 정화해 주고, 마음과 몸에 쌓인 불순물을 깨끗이 씻긴 것은 당연합니다. 이 슬픔이 없었더라면 저는 어쩌면 아직도 그 더러운 음탕한 여자를 잊지 못하고 실연의 고통으로 괴로워했을 것입니다. 그렇게 생각하면 어머니가 돌아가신 것은 역시 의미 없지 않습니다. 적어도 저는 그 죽음을 무의미하게 만들어서는 안 됩니다. 그래서 그때의 제 생각은 '나는 이제 도회의 공기가 싫어졌다. 입신출세라지만 도쿄에 나가서 그냥 쓸데없이 경박하고 들뜬 생활을 하는 것은 입신도 출세도 아니다. 나 같은 촌놈한테는 결국 시골이 맞아. 이대로 고향에 돌아가서 고향의 흙과 친해지자. 그리고 어머니 무덤을 지키면서 마을 사람들을 상대로 조상 대대로의 농사꾼이 되자.'라고까지 진전했지만, 숙부와 여동생, 친척들의 의견은 '그것은 너무 성급한 얘기다. 지금 너의 낙담도 무리는 아니지만, 그렇다고 대장부가 어머니의 죽음에 소중한 미래를 그리 쉽게 매장해서는 안 되지. 누구나 부모의 죽음을 맞이하면 한때는 낙심하지만 세월이 흐르면 그 슬픔도 엷어진다. 그러니까 자네도 결국 그렇게 하더라도 좀 더 천천히 생각하고 결정하는 게 어떻겠나. 그리고 무엇보다도 갑자기 그만두면 회사 쪽에도 미안하지 않는가.'였습니다. 저는 "사실은 그뿐이 아닙니다. 아직 여러분한테 말씀드리지 않았지만 마누라가 도망가 버려서요……"라는 말이 목구멍까지 나왔지만 많은 사람들 앞이라 부끄럽기도 하고, 어수선한 때여서 그 말까지는 하지 않았습니다.(나오미가 시골집에 얼굴을 안 보인 것은 병 때문이라고 적당히 둘러댔습니다.) 그리고 첫 이레[26] 제사가 끝나자 제 대리인으로 재산을 관리해 주던 숙부 부부에게 뒷일을 부탁하고, 일단 모두가 말하는 대로 우선 도쿄로 올라왔습니다.

그렇지만 회사에 가도 도통 재미가 없습니다. 게다가 회사에서의 평판도 전에 비해 좋지 않았습니다. 부지런하고 근무에 힘쓰고 품행이 방정해서 '군자'라는 별명을 듣던 저도 나오미 때문에 완전히 체면을 구겨서, 중역에게도 동료에게도 신용이 없고 심한 경우에는 이번 어머니의 사망조차 쉬기 위한 구실이려니 놀리는 자조차 있을 지경이었습니다. 그런저런 일로 점점 재미가 없어진 저는 두 이레에 일 박 예정으로 귀성했을 때 "얼마 지나 회사를 그만둘지도 모릅니다."라고 숙부한테 말씀드렸을 정도입니다. 그러나 숙부는 "그래, 그래." 하면서 심각하게 받아들이지 않아서 다시 그다음 날부터 마지못해 회사에 나갔습니다. 회사에 있는 동안은 그나마 시간을 때웠지만, 저녁부터 밤 시간은 도저히 어떻게 보내야 할지 막막하기만 했습니다. 왜냐하면 고향으로 돌아갈지, 그대로 도쿄에 머물지 결심이 서지 않았기 때문에 저는 여전히 하숙지도 못하고 휑뎅그렁한 오모리 집에서 혼자 지냈기 때문입니다.

회사가 파하면 저는 여전히 나오미와 부딪히는 걸 피해서 번화한 장소는 삼가고, 게이힌 전철로 곧장 오모리로 돌아옵니다. 그리고 근처에서 단품 요리나 메밀국수, 우동으

---

26   돌아가신 지 처음으로 7일째 되는 날.

로 명색뿐인 저녁 식사를 끝냅니다. 그러고 나면 그 뒤는 할일이 없습니다. 어쩔 수 없어서 침실에 올라가서 이불을 뒤집어쓰지만, 그대로 잠드는 일은 좀처럼 없어서 두 시간이건 세 시간이건 눈이 말똥말똥합니다. 침실이라는 것은 예의 다락방인데 거기에는 지금도 나오미의 짐이 남아 있고, 과거 오 년간의 무질서, 방종, 퇴폐의 냄새가 벽에도 기둥에도 뱄습니다. 그 냄새란 그녀의 살내음으로, 게으른 그녀는 빨래 같은 것도 빨지 않고 둘둘 말아서 쑤셔 박아 두기 때문에 그 악취가 이제는 통풍이 나쁜 방에 가득 차 버린 겁니다. 도저히 견딜 수가 없어서 나중에는 아틀리에의 소파에서 잤지만 거기에서도 쉽게 잠들지 못하기는 마찬가지였습니다.

어머니가 돌아가시고 나서 석 주쯤 지나, 그해 12월에 들어서고 저는 드디어 사직하기로 결심했습니다. 그리고 회사 사정상 올해 말까지 근무하고 나서 그만두기로 했습니다. 아무한테도 미리 의논하지 않고 혼자서 결정했기에 고향에서는 모르는 채지만, 막상 닥치고 보니 한 달만 참으면 된다는 생각에 마음이 다소 진정되었습니다. 마음에도 여유가 생겨서, 한가할 때는 독서나 산책을 했지만, 위험한 지역에는 절대로 가까이 가지 않았습니다. 어느 날 밤, 너무 지루해서 시나가와 방면까지 걸어갔는데, 시간을 때울 심산으로 마쓰노스케의 영화를 볼까 하고 극장에 들어가니 마침 해럴드 로이드의 코미디가 상영되고 있었습니다. 젊은 미국 여배우들이 등장하면 역시 이것저것 생각이 나서 도저히 안 되겠습니다. '다시는 서양 영화를 안 봐야겠다.'라고 그때 생각했습니다.

12월 중순의 어느 일요일 아침이었습니다. 2층에서 자고 있었는데(저는 그 당시 아틀리에가 추워서 다시 다락방으로 옮겨왔습니다.) 아래층에서 뭔가 사각사각하는 소리가 나고 인기척이 났습니다. '어, 이상하네. 바깥문은 확실히 잠겼을 텐데……' 그렇게 생각하는 동안에 이윽고 귀에 익은 발소리가 나더니 누군가 거칠게 계단을 올라와서 제가 가슴이 철렁할 새도 없이 "안녕하세요."라고 밝은 목소리로 인사하면서 갑자기 코앞의 문을 열고 제 눈앞에 섰는데, 나오미였습니다.

"안녕." 하고 그녀는 다시 한 번 인사하더니 똥그랗게 토끼눈을 하고 저를 봅니다.

"뭐 하러 왔어?"

'정말 뻔뻔스럽게 잘도 나타났군.'이라고 마음속으로 어이없어하면서 저는 이불에서 일어나려고도 않고, 조용하고 냉담하게 말했습니다.

"나? 짐 가지러 왔지."

"짐은 가지고 가도 좋지만, 어디로 들어왔는데?"

"바깥문으로…… 나한테 열쇠가 있잖아."

"그럼 그 열쇠 두고 가."

"응, 두고 갈게."

그러고 나서 저는 빙글 그녀한테 등을 돌리고 잠자코 있었습니다. 얼마 동안 그녀는 제 머리맡에서 부스럭거리면서 보따리를 쌌는데, 갑자기 찍 하고 허리띠 푸는 소리가 나서 쳐다보니 그녀가 방구석, 심지어 제 시선이 닿는 장소에서 뒤돌아서서 옷을 갈아입는 것이었습니다. 저는 아까 그녀가 방에 들어왔을 때, 재빨리 그녀 옷을 주의해서 봤는데, 전에 못 보던 싸구려 재질이었습니다. 게다가 매일 그것만

입었는지 칼라에는 때가 끼고, 무릎은 늘어져 튀어나와 추레해 보였습니다. 그녀는 허리띠를 풀고는 그 지저분한 옷을 벗고, 역시 꾀죄죄한 모슬린 속옷 한 벌 차림이 되었습니다. 그러고 나서 방금 꺼낸 금실로 무늬를 짠 속옷을 집어서 그것을 가볍게 어깨에 걸치더니 몸을 꿈틀거려서 입었던 속옷을 스르륵 껍데기를 벗듯이 방바닥에 떨어뜨렸습니다. 그리고 그 위에 좋아하던 옷이었던 거북이 등껍질 모양으로 육각 무늬를 짠 고급 비단옷을 입고, 분홍색과 하얀색을 바둑무늬로 배치한 속띠를 허리가 잘록해질 만큼 단단히 잡아맸습니다. 이제 겉띠를 매는가 했더니 제 쪽으로 돌아서 쭈그리고 앉아 버선을 바꿔 신었습니다.

저에게는 무엇보다도 그녀의 맨발이 제일 큰 유혹이었기에 가능한 한 그쪽을 보지 않으려고 했지만, 힐끔힐끔 눈길을 주지 않을 수 없었습니다. 그녀도 물론 의식하고 하는 짓이니까 일부러 발을 지느러미처럼 꼼지락거리면서 가끔 염탐하듯이 제 눈초리에 주의를 기울입니다. 그렇지만 다 갈아 신더니 벗어 둔 옷을 데걱 처리하고는 "안녕." 하면서 문 쪽으로 보따리를 끌고 갑니다.

"이봐, 열쇠 두고 가라니까."

저는 그때 처음으로 말을 걸었습니다.

"참, 그렇지."

그녀가 말하더니 핸드백에서 열쇠를 꺼내 "그럼 여기에 둘게. 그렇지만 나, 한 번으로는 짐을 다 못 갖고 가니까 또 올지도 몰라."

"안 와도 돼. 내가 아사쿠사 집으로 보내 줄 테니까."

"아사쿠사에 보내면 곤란해. 사정이 있어서……"

"그럼 어디로 보내면 되는데?"

"어디라고는 아직 정해져 있지 않아서……"

"이달 안에 가지러 오지 않으면 무조건 아사쿠사 쪽에 보낼 거야. 언제까지고 네 집을 놔둘 수는 없잖아."

"알았어. 바로 가지러 올게."

"그리고 단단히 말해 두지만, 한꺼번에 다 가져갈 수 있게 차로 심부름꾼을 보내. 직접 가지러 오지 말고."

"그래? 그럼 그렇게 할게."

그러고 그녀는 갔습니다.

이제 됐다고 안심하고 있자, 이삼 일 지난 밤 9시경, 제가 아틀리에에서 석간을 읽는데, 또 딸가닥하는 소리가 나면서 바깥문에 누군가 열쇠를 집어넣습니다.

25

"누구?"

"나야."

말소리와 동시에 문이 탕 하고 열리더니 까맣고 커다란 곰 같은 물체가 문밖의 어둠 속에서 방 안으로 침입했습니다. 바로 그 까만 옷을 벗어던지자 여우처럼 하얀 어깨며 팔이 드러나 있는 옅은 물색 프랑스 옷감의 드레스를 입은 낯선 젊은 서양 부인이 보였습니다. 살집 좋은 단단한 목에는 무지개처럼 번쩍이는 수정목걸이를 하고, 눈 위로 깊숙이 쓴 까만 벨벳 모자 아래에는 신비감이 들 만큼 처절하게 하얀 코끝과 턱 끝이 보이고, 빨간색을 칠한 입술이 두드러졌습니다.

"안녕하세요."

그런 소리가 나면서 그 서양 여자가 모자를 벗었을 때, 저는 비로소 '어, 이 여자는?' 하고 의아해하고 나서 한동안 얼굴을 물끄러미 보는 동안에야 겨우 그녀가 나오미임을 깨달았습니다. 이렇게 말씀드리면 이상하지만, 사실 그만큼 나오미의 모습이 다른 때와 달랐습니다. 아니 모습이라면 아무리 변해도 잘못 볼 리가 없지만, 무엇보다도 제 눈을 속인 것은 그 얼굴이었습니다. 어떤 마법을 부린 건지 얼굴이 완전히, 피부색부터 눈의 표정, 윤곽까지 다 바뀌었기 때문에, 목소리를 안 들었더라면 모자를 벗은 지금도 아직 그 여자가 낯선 서양인이라고 생각했을지도 모릅니다. 또 아까도 말씀 드렸듯이 그 피부가 섬뜩할 만큼 하얬습니다. 옷 밖으로 삐져나온 풍만한 육체의 모든 부분이 사과 알맹이처럼 새하얗습니다. 나오미도 일본 여자치고는 까만 편이 아니지만, 이토록 하얄 리는 없습니다. 실제로 거의 어깨까지 드러난 양팔을 보면 아무리 봐도 일본인의 팔이라고는 믿을 수가 없습니다. 언젠가 제국극장에서 모리스 밴드맨의 오페라를 공연했을 때, 저는 젊은 서양 여배우의 새하얀 팔을 넋을 잃고 쳐다본 일이 있습니다. 그런데 이 팔은 꼭 그 팔 같습니다, 아니 그 팔보다도 하얀 느낌이었습니다. 그러자 나오미가 그 물색의 부드러운 드레스와 목걸이를 흔들거리면서 굽이 높은, 인조 다이아몬드 장식의 에나멜 구두 끝으로 사뿐사뿐 걸으면서(아아, 이게 지난번에 하마다가 말했던 신데렐라의 구두구나라고 그때 생각했습니다.) 한쪽 손은 허리에 대고, 팔꿈치는 뻗고, 자못 의기양양하게 허리를 비틀어 기묘한 교태를 부리면서, 아연해하는 제 코앞으로 갑자기 다가왔습니다.

"조지 씨, 나, 짐 가지러 왔어."

"네가 가지러 안 와도 된다니까. 사람을 보내랬잖아."

"그렇지만 심부름 시킬 사람이 없는걸."

그렇게 말하는 동안에도 나오미는 시종 가만있지를 않

습니다. 얼굴은 까다롭고 진지한 척하면서, 다리를 꼭 붙이고 서 본다든가, 한쪽 다리를 한 발짝 앞으로 내딛어 본다든가, 뒤꿈치로 탁 하고 마룻바닥을 두드려 본다든가 할 때마다 손 위치를 바꾸고, 어깨를 으쓱거리거나, 온몸의 근육을 철사줄처럼 긴장시켜 모든 부위의 운동 신경을 움직입니다. 그러면 제 시각 신경도 그에 따라 긴장하기 시작하고, 그녀의 일거수일투족, 그 몸의 구석구석이 남김없이 보입니다. 그런데 자세히 그 얼굴을 보니까 다른 사람처럼 변한 것도 당연합니다. 그녀는 이마 부분의 머리카락을 한 두치 정도로 짧게 자르고, 머리카락 하나하나를 가지런히 하여, 중국 소녀처럼 커튼처럼 늘어뜨리고 있었습니다. 그리고 나머지 머리카락을 하나로 묶어서 둥글고 납작하게 두개골 중앙 부근의 튀어나온 부분에서 귀 위까지 덮었는데, 마치 다이코쿠님[27]의 모자처럼 보입니다. 그것은 그녀가 지금까지한 적이 없는 헤어스타일로, 얼굴 윤곽이 다른 사람처럼 보이는 것은 헤어스타일 때문임이 틀림없습니다. 그리고 좀더 자세히 보니까 눈썹도 다른 때와 다릅니다. 그녀의 눈썹은 원래 굵고 짙어서 선명한 편이었는데, 오늘 저녁은 희미하게 가늘고 긴 활을 그리고, 그 활 주위는 파랗게 면도되어 있었습니다. 그렇게 바뀐 것은 저도 금방 알아차렸지만, 무슨 마술을 썼는지 알 수 없는 것은 그 눈과 입술과 피부의 색이었습니다. 눈동자가 이렇게 서양 사람처럼 보이는 것은 눈썹 탓도 있겠지만, 그밖에도 뭔가 한 것 같다. 눈꺼풀과

27 칠복신 중 하나.

눈썹에 뭔가 비밀이 있다 싶었지만 어떤 화장법인지 알 수 없었습니다. 입술도 윗입술 중앙 부분이 벚꽃 꽃잎처럼 이상할 정도로 확연히 둘로 나뉜 데다가 그 붉은색엔 보통 립스틱과 달리 싱싱하고 자연스러운 윤기가 있었습니다. 하얀 피부는 아무리 살펴보아도 완전히 자기 것같이 분을 바른 흔적이 없습니다. 게다가 하얀 것은 얼굴뿐 아니라 어깨, 팔, 손가락 끝까지여서 만일 분을 발랐다면 온몸에 발라야 했을 겁니다. 그러니까 이 불가해하고 정체를 알 수 없는 요염한 소녀, 그녀는 나오미라기보다 나오미의 영혼이 무언가의 작용으로 이상적인 아름다움을 지닌 유령으로 탈바꿈한 게 아닐까 싶을 정도였습니다.

"괜찮죠? 2층에 짐을 가지러 가도?"

나오미의 유령이 말했습니다. 목소리를 들으니 역시 여느 때의 나오미이지 분명 유령은 아니었습니다.

"응, 그야 괜찮지. 괜찮지만⋯⋯."

저는 당황했기 때문에 조금 흥분한 목소리로 말했습니다.

"너, 어떻게 앞문을 열었어?"

"어떻게라니 열쇠로 열었지."

"열쇠는 지난번에 여기에 두고 갔잖아."

"열쇠 같은 거, 나, 몇 개나 있어. 하나뿐이 아니라고."

그때 비로소 그녀의 빨간 입술이 미소를 띠더니 교태 부리듯 소소하듯 하는 눈초리였습니다.

"나, 이제야 말하지만, 열쇠를 여러 개 만들어 두었지. 그러니까 한 개 정도 뺏겨도 아무렇지도 않아."

"그렇다면 내가 곤란하지. 이렇게 자꾸 와서는."

"괜찮아. 짐만 다 갖고 가면 오래도 안 올 테니까."

그렇게 말한 그녀는 발뒤꿈치로 몸을 빙글 돌리더니, 탕탕탕 계단을 올라가서 다락방으로 뛰어 늘어갔습니다.

그러고 도대체 몇 분 정도 지났을까요? 제가 아틀리에의 소파에 기대어 그녀가 2층에서 내려오는 것을 멍하니 기다리는 동안(오 분이 채 되지 않았는지 반시간 또는 한 시간이 되었는지?)의 '시간'이 아무래도 확실하지 않습니다. 제 가슴속에서는 다만 오늘 밤 나오미의 모습이 뭔가 아름다운 음악을 들은 뒤처럼 황홀한 쾌감이 되어 꼬리를 끌 뿐이었습니다. 그 음악은 대단히 높고 대단히 청순한, 이 세상 바깥의 성스러운 세계에서 울려오는 소프라노의 노래입니다. 이쯤 되면 욕정도 연애도 아닙니다. 제가 느낀 것은 그런 것들과 가장 멀고 가장 인연이 없는 은은한 도취였습니다. 몇 번이고 생각해 봤지만 오늘 밤의 나오미는 저 더러운 음탕한 여자인 나오미, 많은 남자들한테 끔찍한 별명으로 불리는 매춘부 나오미와 양립할 수 없고, 저 같은 남자는 그저 그 앞에 무릎 꿇고 숭배하는 것 말고는 할 게 없는 고귀한 동경의 대상이었습니다. 만일 그녀의 새하얀 손가락이 조금이라도 저를 건드린다면 저는 기쁨을 느끼기는커녕 오히려 전율을 느꼈을 겁니다. 이 심정을 뭐에 비교해야 독자 여러분이 이해해 주실까요. 말하자면 시골의 아버지가 도쿄에 나와서 어느 날 우연히 어렸을 때 가출한 딸과 길거리에서 맞닥뜨립니다. 그러나 딸은 훌륭한 도시의 숙녀가 되어 있어서 누추한 시골 농부를 봐도 자기 아버지인 줄 모르고, 아버지 쪽은 딸인 걸 알아챘어도 이제는 신분이 너무 달라져서 곁에

268

가까이 가지 못합니다. 이게 내 딸인가 놀랍고 어안이 벙벙
해서 부끄러운 나머지 슬금슬금 도망쳐 버립니다. 그때 그
아버지의 쓸쓸하고도 고마운 마음. 아니면 약혼녀한테 버림
받은 남자가 오 년, 십 년 지나고 나서 어느 날 요코하마 부
두에 서 있자, 상선 한 척이 도착해서 서양에서 돌아오는 사
람들이 내립니다. 그리고 우연치 않게 그 무리 가운데서 그
녀를 발견합니다. 그녀는 외국에 가 있던 거로구나 싶어도
남자에게는 이제 그녀에게 다가갈 용기가 없습니다. 자기는
예전과 똑같은 일개 가난한 서생인 데 반해 여자에겐 촌스
러웠던 처녀 시절의 모습이 온데간데없고, 파리 생활, 뉴욕
의 사치에 익숙한 세련된 귀부인이 다 되었으므로 두 사람
사이에는 이미 천 리의 거리가 생겼습니다. 그때 서생이 버
려진 자기를 스스로 경멸하고 생각도 못 했던 그녀의 출세
를 그나마 자기 기쁨으로 느끼는 심정.

　　……이렇게 말해도 역시 충분한 설명이 될 수는 없지
만, 구태여 비유하자면 그럴는지요. 어쨌든 지금까지의 나
오미한테는 아무리 닦아도 닦이지 않는 과거의 때 같은 오
점이 그 몸에 배 있었습니다. 그런데 오늘 밤의 나오미를 보
니, 그 오점은 천사같이 새하얀 살갗에 지워지고, 생각만 해
도 꺼림칙했던 것이 이제는 반대로 그 손끝에 닿기만 해도
황송할 것 같습니다. 이것이 도대체 꿈인가요, 생시인가요?
그렇지 않으면 나오미가 어떻게 어디에서 그런 마법을 하사
받고, 요술을 배운 걸까요? 이삼 일 전에는 추레한 싸구려
옷을 입었던 그녀가, 통탕 통탕 통탕 다시 기세 좋게 계단을
내려오는 발소리가 나더니, 인조 다이아몬드 구두코가 제

눈앞에서 멈췄습니다.

"조지 씨, 이삼 일 안에 또 올게."

그녀가 말했습니다. 눈앞에 서 있지만 얼굴과 얼굴은 1미터 간격을 두고, 바람처럼 가벼운 옷자락도 결코 저한테 닿지 않게 하면서 "오늘은 책을 두서너 권 가지러 왔을 뿐이야. 내가 커다란 짐을 한꺼번에 짊어지고 갈 수는 없잖아. 게다가 이런 옷차림으로."

제 코는 그때 어디에선가 맡은 적이 있는 희미한 향내를 느꼈습니다. '아아, 이 냄새, 바다 저쪽 먼 나라들과 참으로 신묘한 이국의 꽃밭을 떠올리게 하는 향내, 이것은 언젠가 댄스 교사인 슐램스카야 백작 부인의 살갗에서 풍기던 냄새다. 나오미가 같은 향수를 쓰는 것이다.'

저는 나오미가 뭐라든 그저 "응, 응." 하고 고개를 끄덕일 뿐이었습니다. 그녀의 모습이 다시 밤의 어둠 속으로 사라져 버린 뒤에도 아직 방 안에 떠돌다 차차 흐려져 가는 향내를 환상을 좇듯이 날카로운 후각으로 따라가면서……

26

독자 여러분, 여러분은 이미 지금까지의 경위를 보고 저와 나오미가 얼마 있으면 관계를 회복하리라는 것을, 그리고 전혀 이상하지 않은 당연한 수순이라고 예상하셨을 것입니다. 결과는 여러분의 예상대로 되었습니다. 그렇지만 그리될 때까지 뜻밖에도 많은 절차가 필요해서 저는 이것저것 우스운 꼴을 당하기도 하고, 쓸데없는 헛수고를 겪기도 했습니다.

나오미와 저는 그 뒤 얼마 안 있어 허물없이 말을 나누게 되었습니다. 왜냐하면 그다음 날 밤도, 또 그다음 날 밤도, 나오미는 그때부터 계속 매일 밤 뭔가 짐을 가지러 왔기 때문입니다. 오면 꼭 2층에 올라가서 뭔가 싸서 내려오지만, 그것은 작은 보자기에 들어가는 정도로 명색뿐인 자잘한 것으로 "오늘 밤은 뭘 가지러 왔어?"라고 물어봐도 "이거? 아무것도 아니야. 그저 그런 것."이라고 애매하게 대답하고, "나, 목이 마른데 차 한잔 안 줄래?"라는 둥 제 옆에 앉아서 이삼십 분 떠들다 갑니다.

"너 어디 이 근처에 있는 거야?"

제가 어느 날 밤, 그녀와 탁자에 마주 앉아서 홍차를 마시면서 물은 적이 있습니다.

"왜 그런 걸 묻는 거지?"

"물어보면 어때."

"그렇지만 왜? 물어서 어쩔 생각인데."

"어쩔 생각은 없지. 그냥 호기심에서 물어봤을 뿐이야. 응? 어디에 있어? 나한테는 말해도 되잖아."

"아니 말하지 않을 거야."

"왜 말 안 해?"

"내가 조지 씨 호기심을 만족시켜 줄 의무가 어디 있어? 그렇게 알고 싶으면 뒤를 밟으면 되잖아. 비밀 탐정은 조지 씨 특기잖아."

"아무리 그래도 그렇게까지 하고 싶지는 않거든. 다만 네가 있는 곳은 여기 근처가 틀림없으리라고 생각해."

"흐응, 왜?"

"매일 밤 와서 짐을 갖고 가잖아."

"매일 밤 온다고 근처에 산다고 단정할 수는 없지. 전철도 있고 자동차도 있는데."

"그럼 멀리서 일부러 온다는 거야?"

"자, 어떨까요."

그렇게 말하고 그녀는 얼버무리더니 "매일 밤 오면 안 된다는 거야?"라고 교묘하게 화제를 바꿨습니다.

"안 된다는 건 아니지만…… 오지 말래도 막무가내로 밀어닥칠 텐데 새삼스럽게 뭘 어쩔 수는 없으니……"

"그건 그래. 나는 심술쟁이니까 오지 말라면 더 올 거야. 아니면 오는 게 무서워?"

"응, 그건…… 전혀 무섭지 않다고는 못 하지……."

그러자 그녀는 고개를 젖혀 하얀 턱을 보이면서 빨간 입술을 크게 벌리더니 갑자기 까르륵 웃었습니다.

"걱정 마. 그렇게 나쁜 짓은 안 할 테니. 그것보다도 나, 옛일은 다 잊고 앞으로도 그냥 친구로서 조지 씨하고 사귀고 싶어. 그건 괜찮지? 그러면 전혀 지장이 없잖아?"

"그것도 이상하지."

"뭐가 이상해? 예전에 부부였던 사람들이 친구가 되는 게 우스워? 그야말로 시대에 뒤떨어진 구식 사고 아니야? 정말이지 나, 예전 일 따위 조금도 신경 쓰지 않아. 그야 지금이라도 조지 씨를 유혹할 생각이 있으면 여기에서 바로 그래 버리는 건 문제 없지만, 맹세코 그런 일은 절대 안 해. 모처럼 조지 씨가 결심했는데, 그것을 흔들면 불쌍하잖아."

"그러면 불쌍히 여겨서 동정해 줄 테니까 친구가 되자는 거야?"

"뭐 그런 뜻은 아니야. 조지 씨도 동정받지 않게 단단히 정신을 차리면 되잖아."

"그런데 영 미심쩍거든. 지금은 마음을 단단히 먹고 있다고 생각하지만, 너를 만나다가는 흔들릴지도 몰라."

"바보네, 조지 씨는. 그러면 친구가 되는 게 싫어?"

"응, 글쎄, 싫은데."

"싫다면 내가 유혹한다. 조지 씨 결심을 짓밟아서 엉망진창으로 만들 거야."

나오미는 그렇게 말하더니, 농담이라고 할 수도 없고, 진정이라고도 할 수 없는 이상한 눈초리로 히쭉히쭉 웃습니다.

　　"친구로서 깨끗하게 교제하는 것과 유혹당해서 또 혼쭐나는 것, 어느 쪽이 좋아? 나 오늘 밤 조지 씨를 협박하고 있는 거야."

　　도대체 이 여자는 무슨 생각으로 나와 친구가 되겠다는 걸까 싶었습니다. 그녀가 매일 밤 찾아오는 것은 단순히 저를 놀리기 위한 게 아니라, 다른 목적이 있는 게 틀림없습니다. 먼저 친구가 되고 나서 차차 구워삶아서 자기가 항복하지 않는 형식으로 다시 부부가 되려는 것인가? 그녀의 진의가 그렇다면 그렇게 귀찮은 책략을 부리지 않아도 저는 쉽게 동의했을 겁니다. 왜냐면 제 가슴에는 그녀와 부부로 돌아갈 수 있다면 절대로 싫다고 못 할 마음이 벌써부터 불끈불끈 솟구쳤으니까요.

　　"이봐, 나오미, 그냥 친구가 되어 봤자 의미가 없잖아. 그럴 바엔 숫제 예전대로 부부가 되는 게 어때?"

　　때와 경우에 따라서는 제가 그렇게 말을 꺼내도 괜찮았습니다. 그렇지만 오늘 밤의 나오미 모습으로 봐서는 제가 진지하게 마음을 털어놓고 부탁해 봤자 쉽게 "응."이라고 할 것 같지 않습니다.

　　"그런 건 절대 싫어. 그냥 친구 아니면 싫어."라고 이쪽 마음을 간파하면 점점 더 우쭐해져서 놀릴지도 모릅니다. 모처럼의 제 진심이 그렇게 다루어져서는 재미가 없고, 첫째로는 나오미의 진의가 부부가 되려는 게 아니라 자기는 어디까지나 자유로운 입장에서 여러 남자를 데리고 놀자,

그리고 저를 그중 하나로 삼자는 속셈이라면 더군다나 섣부른 소리를 꺼낼 수 없습니다.

실제로 그녀는 자기가 있는 주소조차도 확실히 말하지 않을 정도이니까, 지금도 남자가 있다고 생각지 않을 수 없고, 그런 상태로 유야무야 아내로 삼았다가는 저는 다시 한 번 쓰라린 꼴을 당할 겁니다.

그래서 저는 순간적으로 생각을 돌려서 "그럼 친구가 돼도 좋아. 협박당해서야 어디 무서워서 살겠나." 하고 이쪽도 히쭉거리면서 말했습니다. 친구로 지내다 보면 차츰 그녀의 진의를 알겠지. 그리고 그녀한테 아직 조금이라도 진지한 구석이 남아 있다면 그때 비로소 내 마음을 털어놓고 부부가 되자고 설득할 기회도 있을 테고, 지금보다 유리한 조건으로 아내로 삼을 수도 있으리라고 저는 저대로 계산했습니다.

"그러면 승낙하는 거지?"

나오미는 그렇게 말하더니 낯간지럽다는 듯이 제 얼굴을 들여다보고 "그렇지만 조지 씨, 진짜 그냥 친구야."라고 말합니다.

"아아, 물론이지."

"엉큼한 것은 서로 생각하지 않기."

"알고 있어. 그러지 않으면 나도 곤란해."

"흥."

나오미는 전처럼 코끝으로 웃었습니다.

그런 일이 있고 나서 그녀는 점점 자주 드나들기 시작했습니다. 저녁에 회사에서 돌아오면 "조지 씨." 라고 부르며 갑자기 그녀가 제비처럼 날아 들어와서 "오늘 저녁 한턱

내. 친구라면 그 정도는 할 수 있잖아." 하고 서양 요리를 한
턱 내게 해서 실컷 먹고 가는가 하면 비가 오는 날 밤에 늦게
와서 침실 문을 똑똑 두드리고 "안녕, 벌써 자는 거야? 삼들
었으면 안 일어나도 돼. 나, 오늘 밤에는 여기에서 잘 생각으
로 왔어." 하고 멋대로 옆방에 들어가서 이불을 깔고 자 버리
고, 어떤 때는 아침에 일어나 보면 그녀가 모르는 사이에 와
서 쿨쿨 자는 일도 있었습니다. 그리고 그녀는 말을 꺼냈다
하면 꼭 "친구니까 별수 없어."라고 하는 것이었습니다.

  저는 그 당시 그녀가 정말 타고난 음부(淫婦)라고 느꼈
습니다. 왜냐하면 그녀는 원래 정이 많은 여자라 많은 남자
한테 살갗을 보이는 것을 아무렇지도 않게 생각하면서, 평상
시에는 그 살갗을 감춰야 한다는 사실을 잘 알아서 아무리 사
소한 부분이라도 절대로 의미 없이는 남자 눈에 띄지 않게 하
기 때문입니다. 누구한테나 허락하는 몸이면서 평상시에는
그저 숨깁니다. ……제 견해로는 그것이야말로 음탕한 여자
가 본능적으로 자기를 보호하려는 심리입니다. 왜냐하면 음
탕한 여자의 살갗은 그녀한테 무엇보다도 소중한 '매물'이고
'상품'이니까 경우에 따라서는 정숙한 여자가 몸을 지키는
것보다도 엄격하게 지켜야만 합니다. 그러지 않으면 '상품'
가치가 점점 떨어집니다. 나오미는 실로 요즈음의 기미를 잘
꿰뚫고 있어서 전에 그녀의 남편이었던 제 앞에서는 한층 그
살갗을 감싸듯이 숨겼습니다. 그러나 진짜로 조심하느냐 하
면 그것도 아니고 제가 있으면 일부러 옷을 갈아입거나 그러
는 중에 스르르 속옷을 미끄러져 떨어뜨리고는 "어머." 하면
서 양손으로 드러난 어깨를 감싸고 옆방으로 도망치고, 목욕

탕에서 돌아와서는 경대 앞에서 웃옷을 벗고 화장하려다가 처음 알아차린 것처럼 "어머, 조지 씨, 그런데 서 있으면 안 되지. 저쪽에 가 있어요."하고 저를 내쫓았습니다.

그런 식으로 보인다고 할 것도 없이 가끔 힐끗 보이는 나오미 살갗의 소소한 부분은, 예컨대 목둘레라든가 팔꿈치, 정강이, 발꿈치 등 아주 사소한 편린이었지만, 그녀의 몸이 전보다 반들반들 윤기가 흐르고, 얄미울 정도로 아름다워진 사실을 제 눈은 절대로 놓치지 않았습니다. 저는 가끔 상상의 세계에서 그녀 몸에서 옷을 몽땅 벗기고, 그 곡선을 마음껏 보았습니다.

"조지 씨, 뭘 그렇게 봐?"

그녀가 어느 날 밤, 저한테 등을 돌리고 옷을 갈아입으면서 물었습니다.

"네 몸을 보고 있었지. 뭐라고 할까, 예전보다 물오른 것 같아."

"어머, 징그러. 레이디의 몸을 보면 안 돼요."

"보지는 않지만 옷 위로 봐도 대강은 알 수 있거든. 원래도 오리 엉덩이였지만 요즘 더 커졌네."

"응, 커졌어. 점점 엉덩이가 커지네. 그렇지만 다리는 쭉 빠져서 무다리 같지 않거든."

"응, 다리는 어릴 때부터 곧았지. 일어서면 딱 붙었는데 지금도 그런가?"

"응, 꼭 붙어."

그렇게 말하고 그녀는 기모노로 몸을 감싸면서 똑바로 서 보이고는 "봐, 두 다리가 딱 붙잖아?"라고 묻습니다.

그때 제 머리에 어떤 사진에서 봤던 로댕의 조각이 떠올랐습니다.

"조지 씨, 당신 내 몸이 보고 싶어?"

"보고 싶다고 하면 보여 줄 거야?"

"그럴 수는 없지. 당신하고 나는 친구잖아? 자, 옷 다 갈아입을 때까지 잠깐 저쪽에 가 있어요."

그러고 그녀는 제 등을 때리듯이 탁 하고 문을 닫아 버립니다.

그런 식으로 나오미는 늘 제 욕정이 점점 더 불타오르게 만듭니다. 그리고 아슬아슬한 지점까지 끌어당겨 놓고는 엄중한 관문을 만들어 한 발짝도 더 들어오지 못하게 합니다. 저하고 나오미 사이에는 유리벽이 있어서 아무리 가까워 보여도 사실은 도저히 넘을 수 없는 간극이 있는 셈입니다. 자칫 손을 내밀었다가는 바로 그 벽에 부딪혀서 아무리 애간장이 타도 그녀 살갗에 닿을 수가 없습니다. 어쩌다 나오미가 훌쩍 그 벽을 치울 것 같이 굴어서 '어? 괜찮은가?' 싶어, 다가가면 역시 원래대로 닫혀 있습니다.

"조지 씨는 착한 아이니까 키스해 줄게."

그녀는 농담 반으로 그런 소리를 잘합니다. 놀리는 줄 알면서도 그녀가 입술을 내밀면 저는 그것을 빨려고 합니다. 그러면 닿으려는 순간 그 입술은 도망쳐 버리고, 훅 하고 50~60센티미터 떨어진 곳에서 제 입에 숨을 불고는 "이게 친구 사이의 키스야."라고 말하면서 씩 웃습니다.

이 "친구 사이의 키스"라는 묘한 인사(여자의 입술 대신에 숨을 빠는 것만으로 만족해야 하는 이상한 키스)는 나중에 습

관이 되어 버려서 헤어질 때마다 "그럼, 안녕, 또 올게."라고
그녀가 입술을 내밀면 저는 그 앞에 얼굴을 내밀고 마치 흡
입기 앞에 선 것처럼 입을 떡 벌립니다. 그 입안으로 그녀가
훅 하고 숨을 불어넣습니다. 저는 그것을 눈을 감고 맛있다
는 듯이 가슴 깊숙이 삼킵니다. 그녀의 숨결은 축축하면서
따뜻하고, 인간의 폐에서 나왔다고 생각되지 않는 달콤한 꽃
같은 향내가 납니다. ……그녀는 저를 홀리기 위해서 몰래
입술에 향수를 바르고 있었다고 합니다. 그러나 그런 교묘
한 짓을 한 줄을 저는 그 당시 물론 몰랐습니다. 저는 뭐라고
할까요, '그녀 정도의 요부가 되면 내장까지도 보통 여자하
고 다른가 보다, 그러니까 그녀의 몸 안을 통해서 그 입안에
품은 공기에서는 이렇게 요염한 냄새가 나는지도 모른다.'
라고 생각하곤 했습니다. 제 머리는 이런 식으로 점차 혼란
해지고, 그녀 마음대로 쥐어뜯겼습니다. 저는 이제는 정식
결혼이 아니면 싫다느니, 농락당하기만 하는 건 곤란하다느
니, 그런 얘기를 하고 있을 여유가 없어졌습니다. 아니 솔직
히 말씀드리면, 이렇게 될 것을 처음부터 알았을 테니까, 정
말로 그녀의 유혹이 두려웠다면 만나지 않으면 되었습니다.
그녀의 진의를 알아내기 위해서라느니, 유리한 기회를 엿보
기 위해서라느니 했던 것은 제가 자기 자신을 속이기 위한
구실에 지나지 않습니다. 저는 유혹이 무섭다, 무섭다 하면
서, 실토하자면 그 유혹을 목이 빠지게 기다렸던 것입니다.
그런데 그녀는 언제까지나 그 시시한 친구 놀이를 되풀이할
뿐, 절대로 그 이상은 유혹하지 않습니다. 이것은 나를 더욱
욱 애타게 만들려는 계략일 것이다. 애태우고 태우다가 '때

가 됐다.'라고 생각한 순간, 갑자기 '친구'라는 가면을 벗어 던지고 가장 자신 있는 마수를 뻗을 것이다. 이제 곧 그녀는 손을 뻗을 거다, 뻗지 않고 배길 여자가 아니다. 이쪽은 그서 그녀의 계략에 속아 주고 "뒷다리 들어."라고 하면 뒷다리 들고, "먹이를 얻어먹으려면 착하게 기다려."라고 하면 얌전하게 기다리는 강아지가 되어, 뭐든지 그녀가 시키는 대로 재주를 부리면 결국 먹이를 얻어먹을 수 있으리라고, 매일매일 코를 벌렁거리지만, 제 예상은 쉽게 실현될 것 같지 않고, 오늘은 가면을 벗을까, 내일은 마수를 뻗을까 생각해도 그날이 되면 일촉즉발인 미꾸라지처럼 도망쳐 버리고 말았습니다.

이렇게 되자 저는 정말로 애가 타기 시작했습니다. '나는 이렇게 학수고대하고 있어. 유혹하려면 빨리 해 줘.' 하듯이 틈을 보이기도 하고, 약점을 드러내기도 하고, 마지막에는 이쪽에서 거꾸로 유혹합니다. 그러나 그녀는 도통 상대하지 않고 "뭐야, 조지 씨! 약속하고 다르잖아."라고 어린아이를 타이르는 듯한 눈초리로 야단치는 것이었습니다.

"약속 따위 아무렴 어때. 나는 이제……"

"안 돼, 안 돼! 우리는 친구라고!"

"이봐, 나오미, 그렇게 말하지 말고…….부탁이니까……?"

"아우, 시끄러! 안 된다니까! 자, 대신 키스해 줄게."

그러고 그녀는 예의 훅 하는 숨을 끼얹고는 "자, 됐지? 이걸로 참아야 돼. 이것도 친구 이상일지도 모르지만, 조지 씨니까 특별히 해 주는 거야." 하고 말합니다.

그렇지만 이 '특별'한 애무는 오히려 제 신경을 이상하게 자극하기만 했지 절대로 진정해 주지는 않았습니다.

    '빌어먹을! 오늘도 틀렸다.'

    저는 점점 초조해지기 시작했습니다. 그녀가 휭하니 바람처럼 사라져 버리면 한동안은 아무것도 손에 안 잡히고 저 자신한테 화가 납니다. 우리에 갇힌 맹수처럼 온 방 안을 우왕좌왕하면서 분풀이로 주위 물건들을 내던지거나 찢기도 합니다.

    저는 이 미치광이 같은 남자의 히스테리라고나 할 발작에 시달렸습니다. 그녀가 매일 오기 때문에 발작도 꼭 하루에 한 번은 일어납니다. 게다가 제 히스테리는 보통 히스테리하고는 성격이 달라서 발작이 그친 다음에도 기분이 가벼워지지 않습니다. 오히려 마음이 진정되어 전보다 명료하고 집요하게 나오미 몸의 세세한 부분을 지그시 떠올립니다. 옷을 갈아입을 때 잠깐 옷자락에서 나왔던 발이라든가, 숨을 불어 줄 때 바로 30~40센티미터 앞까지 다가왔던 입술이라든가 하는 것들이 실제로 봤을 때보다 오히려 선명하게 눈앞에 떠오릅니다. 그 입술과 발의 곡선을 쫓아 점점 공상을 확대해 나가면 이상하게도 실제로는 보지 못했던 부분까지도 마치 사진의 원판을 현상하듯이 차차 보이기 시작하고 마지막에는 통신대 대리석 비너스 비슷한 조각상이 마음의 어두운 밑바닥에 홀연히 모습을 드러냅니다. 제 머리는 우단 장막에 둘러싸인 무대이고, 거기에 '나오미'라는 한 여배우가 등장합니다. 사방에서 쏟아지는 조명은 암흑 속에서 흔들리는 그녀의 하얀 몸만을 선명하게 강렬한 원광으로 감쌉니다. 제가 열심히 응시하고 있자면 그녀의 살갗에서 불타는 광선이 점점 강해져서 때로는 제 눈썹을 태울 듯 다가 옵니다. 영화의 '클로즈업'처럼 부분부분이 무척 선명하게 확대됩니다. 그 환영이 실감나게 제 관능을 자극하는 강도는 실물과 전혀 다르지 않습니다. 성이 안 차는 것은 손으로 만질 수 없다는 것 하나뿐으로, 그 밖에는 진짜 나오미 이상으로 생생합니다. 너무 그것을 응시하고 있으면 나중에는 흔들흔들 현기증이 나는 것 같아 온몸의 피가 한꺼번에 확 얼굴로 올라와서 저절로 심장 박동이 빨라집니다. 그러면 다시 히스테리 발작이 일어나서 의자를 걷어차거나 커튼을 찢거나 화병을 부수게 되기도 합니다.

제 망상은 나날이 광폭해져 눈을 감기만 하면 언제나 어두운 눈꺼풀 안에 나오미가 있습니다. 저는 자주 그녀의 향기로운 숨 냄새를 떠올리면서 허공을 향해 입을 열고 쭉 하고 그 부근의 공기를 빱니다. 거리를 걸을 때도, 방에 칩거할 때도 그녀의 입술이 그리워지면 저는 갑자기 하늘로 얼굴을 쳐들고 핫핫 하고 빱니다. 제 눈에는 온갖 곳에 나오미의 빨간 입술이 보이고, 사방에 있는 공기란 공기는 전부 나오미의 숨결처럼 느껴집니다. 즉 나오미는 천지간에 충만해 있어서 저를 둘러싸고, 저를 괴롭히고, 제 신음을 들으면서, 이러한 광경을 웃으며 보고 있는 악령 같은 존재였습니다.

"조지 씨, 요새 좀 이상해. 어떻게 된 거 아니야?"

나오미가 어느 날 밤 오더니 물었습니다.

"그야 이상하겠지. 이렇게 네가 나를 애타게 하니……."

"흥."

"뭐가 흥이야?"

"나, 약속은 엄격하게 지킬 생각이거든."

"언제까지 지킬 생각인데?"

"영원히."

"말도 안 돼. 이렇게 있다가는 나는 진짜 미쳐 버린다고."

"그럼 좋은 걸 알려 줄게. 수돗물을 머리부터 쫙 끼얹어 봐."

"이봐, 정말이지 너……."

"또 시작했다! 조지 씨가 그런 눈초리를 하니까 더 놀려 주고 싶어지잖아. 그렇게 가까이 오지 말고, 좀 더 떨어져 있어. 손가락 하나 닿지 않게 해 줘."

"그럼 어쩔 수 없지. 친구 키스라도 해 줘."

"얌전하게 있으면 해 줄게. 그렇지만 나중에 미치는 건 아니지?"

"미쳐도 상관없어. 이젠 그런 걸 따질 여유가 없다고."

27

그날 밤 나오미는 "손가락 하나 닿지 않게" 저를 탁자 건너편에 앉히고, 안절부절못하는 제 얼굴을 재미있다는 듯이 보면서 밤늦게까지 쓸데없는 소리를 하다가 12시가 울리자 "조지 씨, 오늘 밤은 여기서 잘게."라고 또 사람을 놀리는 어조로 말했습니다.

"응, 자. 내일은 일요일이라 나도 하루 종일 집에 있을 테니까."

"그렇지만 그 뭐야, 잔다고 해서 조지 씨 뜻대로는 안 될 테니 그런 줄 알아."

"아, 걱정할 것 없어. 뜻대로 될 여자도 아니잖아."

"되면 좋겠다고 생각하는 거 아니야?"

그렇게 말하고 그녀는 쿡쿡 코웃음을 치더니 "자, 조지 씨 먼저 자. 잠꼬대하지 말고." 하고 저를 2층으로 내쫓고 옆방으로 들어가더니 찰칵하고 열쇠를 잠갔습니다.

저는 물론 옆방에 신경이 쓰여서 좀처럼 잠들지 못했습

니다. '전에 부부로 지낼 때는 이런 우스꽝스러운 일은 없었어. 내가 지금처럼 자고 있으면 곁에 그녀가 있었는데.' 그렇게 생각하니 저는 정말이지 분해서 죽을 것 같았습니다. 벽하나를 사이에 둔 저쪽에서는 나오미가 자꾸(혹은 일부러 그러는 건지) 쿵쾅쿵쾅 마루를 울리면서 이불을 깔고, 베개를 꺼내면서 잘 준비를 합니다. '아, 지금 머리를 빗는구나. 옷을 벗고 잠옷으로 갈아입는구나.' 손에 잡히듯이 그 모습을 알 수 있습니다. 그러고 나서 홱 하고 이불을 젖힌 기척이 나고 쿵 하고 그녀의 몸이 이불 위에 쓰러지는 소리가 들립니다.

"소리 한번 요란스럽네."

저는 반은 혼잣말처럼 반은 그녀에게 들리게 말했습니다.

"아직 안 자고 있었어? 잠이 안 와?"

벽 너머에서 바로 나오미가 응합니다.

"응, 좀처럼 잠이 안 오네. 이것저것 생각하고 있거든."

"후후, 조지 씨 생각이라면 안 들어도 대강 알 수 있지."

"그렇지만 참 이상하지? 지금 네가 이 벽 저쪽에서 자고 있는데 어떻게도 할 수 없다니."

"하나도 이상하지 않아. 전에는 맨날 그랬잖아. 내가 처음 조지 씨네 왔을 때. 그 시절에는 오늘처럼 잤잖아."

나오미가 그렇게 말하자 '아아, 그랬구나. 그런 시절도 있었지. 그때는 둘 다 참 순진했어.' 하고 눈물이 날 것 같았지만서도 지금의 욕정이 가라앉지는 않았습니다. 오히려 저는 둘이 얼마나 깊은 인연으로 맺어졌었는가 생각하고 도저히 그녀하고 헤어질 수 없다는 점을 통렬히 느낄 뿐이었습니다.

"그때 넌 참 천진난만했지."

"지금도 나는 지극히 천진난만해. 엉큼한 건 조지 씨지."

"마음대로 떠들어. 나는 너를 끝까지 쫓아다닐 거니까."

"우후후후."

"이봐!"

저는 그렇게 말하고 벽을 쾅 쳤습니다.

"어머, 무슨 짓을 하는 거야. 여기는 들판 한가운데 단독주택이 아니라고요. 제발 좀 조용히 해 주세요."

"이 벽이 방해야. 이 벽을 부숴 버릴 테야."

"어우, 시끄러워. 오늘 밤은 쥐가 난리네."

"그야 난리지. 이 쥐에게는 히스테리가 있거든."

"나는 그런 할아버지 쥐는 싫어."

"웃기는 소리 하지 마. 나는 할아버지가 아니야. 이제 겨우 서른둘이라고."

"나는 열아홉인걸. 열아홉이 보면 서른둘은 할아버지지. 생각해서 하는 소리니 내 말 듣고 부인을 얻어. 그러면 히스테리가 나을지도 모르지."

나중에는 제가 무슨 소리를 해도 나오미는 후후후 웃을 뿐입니다. 그러고 얼마 안 있다가 "이제 잘래." 하고 쿨쿨 가짜로 코를 골기 시작합니다. 그러더니 진짜로 잠이 든 것 같았습니다.

다음 날 아침, 잠이 깨고 보니까 나오미가 흐트러진 잠옷 차림으로 제 머리맡에 앉아 있었습니다.

"어때? 조지 씨, 어젯밤은 난리였잖아?"

"응, 요새 내가 가끔 그런 식으로 히스테리가 일어나. 무서웠어?"

"재밌었어. 또 그렇게 만들어 보고 싶어."

"이제 괜찮아. 오늘 아침엔 다 나았어. 아아, 오늘은 날씨가 좋네."

"날씨도 좋은데 슬슬 일어나는 게 어때? 벌써 10시가 지났어. 난 한 시간 전에 일어나서 목욕하고 왔는데."

그 말을 듣고 누운 채 갓 목욕한 그녀의 모습을 올려다보았습니다. 도대체가 갓 '목욕을 마친 여자의 모습', 그 진짜 아름다움은 목욕하고 막 나왔을 때보다도 십오 분이나 이십 분 다소 시간이 지나고 나서 드러납니다. 목욕물에 담그면 아무리 피부가 아름다운 여자라도 일시적으로 살이 너무 익어서 손끝이 빨갛게 붙지만, 조금 지나서 몸이 적당하게 식으면 비로소 촛농이 굳은 것처럼 투명해지기 시작합니다. 나오미는 지금 목욕하고 돌아오는 길에 바깥바람을 쐬고 왔기 때문에 목욕 뒤의 가장 아름다운 순간에 있었습니다. 그 연약하고 얇은 피부는 아직 물기를 머금은 채 새하얗게 맑았고, 옷깃에 가려진 가슴께에는 수채 물감 같은 보라색 그림자가 드리워져 있었습니다. 얼굴은 반들반들 젤라틴을 바른 것처럼 광택이 나고, 눈썹만이 촉촉하게 젖고, 그 위를 활짝 갠 겨울 하늘이 유리창 너머로 아스라이 파랗게 비춥니다.

"어쩐 일이야. 아침 일찍부터 목욕탕에 다녀오고?"

"남이야 무얼 하든 무슨 상관. 아아, 개운해."

그녀는 코 양쪽을 손바닥으로 가볍게 두드리고 나서, 얼굴을 쓰윽 제 눈앞에 내밀었습니다.

"봐! 좀 봐. 수염 났지?"

"응, 났어."

"오는 길에 이발소 들러서 얼굴을 밀어 달랄 걸."

"그렇지만 너는 면도를 싫어했잖아. 서양 여자는 절대로 얼굴을 밀지 않는다고……"

"그래도 요즘 미국에서는 얼굴을 미는 것이 유행이래. 자, 내 눈썹 좀 봐. 미국 여자는 전부 이런 식으로 눈썹을 민다니까."

"아아, 그렇구나. 지난번부터 네 얼굴이 달라지고 눈썹 모양까지 바뀐 게 그런 식으로 면도했기 때문이구나."

"응, 그래. 이제야 알아차리다니, 시대에 한참 뒤떨어지네."

그렇게 대답한 나오미는 뭔가 다른 일을 생각하고 있는 것 같았지만 "조지 씨, 정말 히스테리가 나았어?" 하고 불현듯 물었습니다.

"응, 괜찮아. 왜?"

"나았으면 조지 씨한테 부탁이 있는데. 이발소로 가는 건 귀찮으니까 이제부터 내 얼굴 좀 밀어 줄래?"

"그런 소리를 해서 또 히스테리를 일으키려는 거 아냐?"

"어머, 그런 거 아니야. 진짜 진지하게 부탁하는 거라니까. 그 정도 친절은 베풀 수도 있잖아? 하긴 히스테리를 일으켜서 상처라도 내면 큰일이지만."

"면도날을 빌려줄 테니까 본인이 밀면 되잖아."

"그게 그렇게 안 되거든. 얼굴만이라면 괜찮지만 목 주변부터 어깨 뒤쪽까지 밀어야 하니까."

"흐응, 왜 그런 곳까지 밀어?"

"그렇잖아? 드레스를 입으면 어깨가 전부 나오잖아."

그리고 일부러 어깨를 조금 드러내 보이고는 "봐, 여기까지 밀어야 하거든. 그러니까 나 혼자는 못 하지."라고 말하더니 얼른 다시 어깨를 옷으로 덮습니다. 매번 당하는데도 저에게는 도저히 저항할 수 없는 유혹이었습니다. '나오미 녀석, 얼굴이 밀고 싶은 게 아니야. 나를 농락하려고 일부러 목욕까지 하고 온 거야.' 그렇게 알고는 있지만 어쨌든 면도는 지금까지 못 해 본 새로운 도전이었습니다. '오늘이야말로 바짝 가까이에서 저 살갗을 마음껏 볼 수 있다. 물론 만져도 된다.' 그 생각만으로 저는 도저히 그녀의 요구를 거절할 용기가 안 났습니다.

　　나오미는 제가 그녀를 위해서 가스풍로로 데운 물을 대야에 옮기고, 질레트 면도날을 바꿔 끼우는 등 이런저런 준비를 하는 동안에 창가에 책상을 갖다 놓고, 그 위에 작은 거울을 세우고 철퍼덕 앉아서 커다란 하얀 수건을 목에 둘렀습니다. 그러나 제가 그녀 뒤로 돌아가서 콜게이트 비누를 물에 적시고 막상 면도하려고 하자 "조지 씨, 밀어 주는 건 좋지만 조건이 하나 있어."라고 말을 꺼냈습니다.

　　"조건?"

　　"응, 그래. 뭐 그렇게 어려운 건 아니야."

　　"뭔데?"

　　"민답시고 슬쩍 손으로 여기저기 집으면 안 돼. 전혀 피부에 닿지 않게 밀어야 해."

　　"그렇지만……."

　　"뭐가 '그렇지만'이야. 손 안 대도 밀 수 있잖아. 비누는 브러시로 바르면 되고, 면도날은 질레트를 쓰고, 이발소에 가도 잘하는 이발사는 안 닿게 해."

"이발사같이 취급하면 내가 뭐가 돼."

"건방진 소리 하네. 실은 밀고 싶은 주제에! 싫으면 억지로 할 건 없어."

"싫은 건 아니야. 자, 그러지 말고 밀게 해 줘. 이렇게 준비를 다 했는데."

저는 나오미가 옷을 밀어 내려서 내민 긴 목을 보자 이렇게밖에는 말이 안 나왔습니다.

"그럼 조건대로 할 거지?"

"응, 할게."

"절대 만지면 안 돼."

"응, 안 만져."

"만일 조금이라도 만지면 바로 그만둘 거야. 그 왼손은 얌전하게 무릎 위에 올려 둬."

저는 시키는 대로 했습니다. 그리고 오른손만을 써서 그녀의 입 주위부터 밀어 나갔습니다.

그녀는 황홀한 얼굴로 면도날이 쓰다듬는 쾌감을 음미하듯이 눈동자를 거울에 고정하고 얌전하게 제가 밀도록 맡겼습니다. 제 귀에는 쌕쌕 졸린 듯한 숨소리가 들리고, 제 눈에는 그 턱 밑에서 팔딱팔딱 뛰는 경동맥이 보였습니다. 저는 바야흐로 속눈썹 끝으로 찔릴 만큼 그녀 얼굴에 가까이 접근했습니다. 창밖에는 건조한 공기 가운데 아침햇살이 쾌청하게 비추어 땀구멍 하나하나를 셀 수 있을 만큼 밝습니다. 저는 이렇게 밝은 곳에서 언제까지나 그리고 이렇게 자세히 제가 사랑하는 여자의 눈과 코를 응시한 적이 없습

니다. 이렇게 보니 그 아름다움은 거인 같은 위대함과 부피
로 다가옵니다.

'겁이 날 정도로 길게 째진 눈, 뛰어난 건축물처럼 오뚝
한 코, 코에서 입으로 연결된 도드라진 두 선, 그 선 아래 푹
깊숙이 새겨진 빨간 입술. 아아, 이것이 '나오미의 얼굴'이
라는 하나의 영묘한 물질인가. 이 물질이 내 번뇌의 씨앗이
로구나.' 그렇게 생각하니 정말 이상한 기분이 듭니다. 저는
저도 모르게 브러시를 잡고, 그 물질 표면에 마구 비누거품
을 칠했습니다. 그러나 아무리 브러시로 휘저어 봐도 조용
하고 저항 없이 그저 부드러운 탄력으로 움직일 뿐입니다.

……제 손에 있는 면도칼은 은색 벌레가 기어가듯이 완
만한 피부를 기어 내려가 목에서 어깨 쪽으로 옮겨집니다.
볼륨이 있는 그녀의 등이 새하얀 우유처럼 넓고 수북하게 제
눈에 들어옵니다. '그녀는 자기 얼굴은 보겠지만, 자기 등이
이렇게 아름답다는 걸 알까? 자신은 아마도 모를 것이다. 그
것을 제일 잘 아는 이는 나다. 나는 예전에 이 등을 매일 목
욕시키고 씻겼지. 그때도 지금처럼 비누거품을 휘저으면서.
……이것은 내 사랑의 기념비야. 내 손이, 내 손가락이 이 요
염한 흰눈 위에서 희희낙락 노닐고, 마음껏 즐겁게 밟고는
했었지. 지금도 어딘가에 그 흔적이 남아 있을지도 모른다.'

"조지 씨, 손이 떨리잖아. 좀 더 제대로 해야지."

갑자기 나오미 목소리가 들렸습니다. 저는 머리는 욱
신욱신 울리고, 입안은 바싹 마르고 이상하게 몸이 떨리는
것을 스스로도 알 수 있었습니다. 아차 하고 '미쳤구나.' 생
각했습니다. 그것을 필사적으로 참자 갑자기 얼굴이 뜨거워

졌다 차가워졌다 합니다.

그렇지만 나오미의 장난은 아직 멈추지 않습니다. 어깨를 전부 밀고 나자 소매를 걷고 팔꿈치를 높이 들더니 "자, 이번에는 겨드랑이."라고 하는 것입니다.

"뭐? 겨드랑이?"

"응, 그래. 드레스를 입을 때는 겨드랑이 털을 깎아야 해. 여기가 보이면 결례잖아."

"심술쟁이!"

"뭐가 심술쟁이야. 이상한 사람이네. 나, 몸이 식어서 추우니까 빨리 해 줘."

그 순간 저는 갑자기 면도칼을 버리고 그녀 팔꿈치에 덤벼들었습니다. 덤벼들었다기보다 물었습니다. 그러자 나오미는 예상했다는 듯 바로 팔꿈치로 저를 탕 튕겨 냈지만, 제 손가락은 어딘가 닿았는지 비누거품 때문에 미끌 하고 미끄러졌습니다. 그녀는 다시 한 번 힘껏 저를 벽 쪽으로 밀치더니 "뭐 하는 거야!" 하고 날카롭게 소리 지르고 일어섰습니다. 보니까 그 얼굴은(제 얼굴이 창백했기 때문이었겠지만 그녀의 얼굴도) 거짓말이 아니라 정말로 창백했습니다.

"나오미! 나오미! 이제 나를 놀리는 건 그만둬! 응? 뭐든지 네 말대로 할게!"

무슨 소리를 뱉는지 모를 정도로 완전히 제정신이 아니었습니다. 그저 성급한 말투로 열에 들뜬 사람처럼 떠들어 댔습니다. 나오미는 잠자코 막대기처럼 우뚝 선 채 어이가 없다는 듯이 물끄러미 노려볼 뿐이었습니다.

저는 그녀의 발밑에 몸을 내던지고 무릎을 꿇고 말했

습니다.

"응? 왜 가만있는 거야! 말 좀 해! 싫으면 날 죽여!"

"미친놈!"

"미친놈이면 안 돼?"

"이런 미친놈을 누가 상대해."

"그럼 나를 말로 삼아. 언젠가처럼 내 등에 타 줘. 아무래도 싫으면 그것만이라도 해 줘!"

저는 그렇게 말하고 거기에 네발로 넙죽 엎드렸습니다.

순간적으로 나오미는 제가 진짜 발광했다고 생각한 것 같습니다. 그녀의 얼굴은 그때 한층 푸르딩딩하다 못해 시퍼레졌습니다. 꼼짝 않고 저를 보는 눈에는 거의 공포 가까운 것이 보였습니다. 그러나 금방 그녀는 사납고 뻔뻔스럽고 대담한 표정이 되더니, 쿵 하고 제 등에 올라타면서 "자, 이러면 되겠나?"라고 남자처럼 물었습니다.

"응, 됐어!"

"앞으론 뭐든 내 말 들을 거지?"

"응, 들어."

"내가 필요하다는 돈은 얼마든지 줄 거지?"

"줄게."

"내가 하고 싶은 대로 놔둘 거지? 일일이 간섭 같은 거 안 할 거지?"

"안 해."

"나를 다시는 '나오미'라고 부르지 말고 '나오미 씨'라고 불러."

"그렇게 부를게."

"틀림없지?"

"틀림없어."

"그래? 그림 밑이 아니라 사람으로 다뤄 줄게. 불쌍하니까."

그리고 저하고 나오미는 비누거품투성이가 되었습니다.

"이제 겨우 부부가 되었네. 앞으로는 절대로 안 놓칠 거야."

제가 말했습니다.

"내가 도망쳐서 그렇게 힘들었어?"

"응, 힘들었어. 한때는 도저히 돌아와 주지 않을 거라고 생각했지."

"어때? 내가 무서운 줄 알았지?"

"알았어. 지나칠 만큼 알았어."

"그럼 아까 한 말 잊지 마. 뭐든지 내 마음대로 하게 할 거지? ……부부라고 해도 딱딱한 부부는 싫어. 아니면 나 또 도망갈 거야."

"이제 다시 나오미 씨와 조지 씨로 부르는 거지?"

"가끔 춤추러 가게 해 줄래?"

"응."

"이런저런 친구랑 사귀어도 되지? 예전처럼 잔소리 안 할 거지?"

"응."

"하긴 나, 마 씨하고 절교했어."

"헤, 구마타니하고?"

"응, 절교했어. 그렇게 기분 나쁜 녀석은 없다니까. 이제부터는 가능하면 서양 사람하고 사귈 거야. 일본인보다 훨씬 재밌어."

"그 요코하마의 매커넬이라는 남자 말이야?"

"서양 친구라면 얼마든지 있어. 매커넬도 이상한 사람은 아니야."

"흥, 어떤 자일지는."

"거봐, 그렇게 사람을 의심하니까 안 된다고. 말하면 그냥 그 말을 믿어. 알았지? 자! 믿을 거야, 안 믿을 거야?"

"믿어!"

"또 그 밖에도 주문이 있어. 조지 씨는 회사 그만두고 어떻게 할 생각인데?"

"네가 나를 버려서 시골로 돌아갈까 생각했지만, 이제 이렇게 되었으니 안 갈 거야. 시골 재산을 정리해서 현금화해서 가지고 오려고."

"현금으로 바꾸면 얼마 정도 되는데?"

"글쎄, 이쪽에 가지고 올 수 있는 것은 20~30만 엔[28]은 되겠지."

"그것밖에 안 돼?"

"그 정도면 나하고 너하고 둘이 충분하지 않아?"

"사치하면서 놀고먹을 수 있어?"

"그야 놀면은 안 되지. 너는 놀아도 되지만 나는 사무실이라도 열어서 독립해서 일할 생각이야."

---

28 요즘 돈으로 4~6억 원 정도.

"사무실 쪽에 돈을 전부 쏟아부으면 안 돼. 내가 사치할 돈은 따로 해 두지 않으면. 알았어?"

"응, 알있이."

"그럼 반은 따로 해 둘래? 20만 엔이면 10만 엔, 30만 엔이면 15만 엔?"

"어이구, 세세하게도 계산하네."

"그야 당연하지. 처음에 조건을 확실하게 해 둬야지. 어때? 알았어? 그렇게까지 하면서 나를 아내 삼기는 싫어?"

"싫지 않다니까."

"싫으면 싫다고 해. 아직은 바꿀 수 있으니까."

"괜찮다니깐. 알았다니까."

"아직 또 있어. 이렇게 된 이상 이런 집에는 더 살기 싫으니까 좀 더 근사하고 하이칼라다운 집으로 이사해 줘."

"물론 그렇게 해야지."

"나, 서양 사람이 사는 동네에서 양옥에 살고 싶어. 예쁜 침실이랑 식당이 있는 집에서 쿡이랑 보이를 고용하고……."

"그런 집이 도쿄에 있을까?"

"도쿄에는 없지만 요코하마에는 있어. 요코하마의 야마테에 그런 셋집이 마침 하나 있더라고. 지난번에 보고 왔거든."

저는 처음으로 그녀가 깊은 계략을 세워 뒀음을 깨달았습니다. 나오미는 처음부터 그럴 생각으로 계획을 세우고 저를 낚은 겁니다.

28

자, 이야기는 그때부터 삼사 년 뒤가 됩니다.

저희는 그 뒤에 요코하마로 이사 가서 나오미가 미리 찾아 둔 야마테의 양옥을 빌렸습니다. 그러나 점점 사치가 몸에 배면서 그 집도 좁다고 얼마 안 있다가 혼모쿠에 있는, 전에 스위스인 가족이 살던 집을 가구째 사서 이사했습니다. 관동대지진으로 야마테 쪽은 다 타 버렸지만 혼모쿠는 무사했던 곳이 많아, 저희 집도 벽에 균열이 간 정도로 끝났으니, 정말이지 무엇이 행불행을 가르는지 알 수 없었습니다. 그래서 저희는 지금까지 쭉 이 집에 살고 있습니다.

저는 그 뒤, 계획대로 오이마치의 회사를 사직하고, 시골 재산을 정리해서, 학교 시절의 동창 두서너 명과 전기 기계를 제작·판매하는 합자 회사를 시작했습니다. 그 회사는 제가 출자를 가장 많이 한 대신 실무는 친구들이 맡았기 때문에 매일 사무실에 나갈 필요가 없었지만, 왜인지 제가 종일 집에 있는 걸 나오미가 싫어하기 때문에 마지못해 하루에 한 번은 나갑니다. 저는 아침 11시경에 요코하마에서 도쿄로 가서 교바시에 있는 사무실에 한두 시간 정도 얼굴을 내밀고, 대게 지녁 4시경에는 돌이옵니다. 전에는 대단히 부지런해서 아침에도 일찍 일어나는 편이었지만, 요즘은 9시 반이나 10시는 되어야 일어납니다. 일어나면 바로 잠옷을 입은 채 살그머니 발소리를 죽이고 나오미 침실 앞에 가서 조용하게 문을 노크합니다. 그렇지만 나오미는 저보다 잠꾸러기라서 아직 꿈나라입니다.

"흥." 하고 희미하게 대답할 때도 있고, 세상모르고 잘 때도 있습니다. 대답이 있으면 방에 들어가서 아침 인사를 하고, 대답이 없으면 문 앞에서 되돌아와 그대로 사무실에 출근합니다. 이런 식으로 우리 부부는 어느 틈엔지 따로따로 자게 되었습니다. 원래 이것은 나오미의 아이디어였습니다. 그녀는 여자의 침실은 신성하니까 남편이라도 함부로 범해서는 안 된다고 말하고 넓은 쪽 방을 자기가 차지하고, 그 옆에 있는 좁은 쪽을 제 방으로 삼았습니다. 옆방이라고는 해도 두 방이 직접 연결되어 있지는 않습니다. 두 방 사이에 부부 전용 욕실과 화장실이 껴 있습니다. 즉 그만큼 떨어져 있어서 한쪽 방에서 다른 방으로 가려면 거기를 거쳐 가야 합니다.

나오미는 매일 아침 11시 지날 때까지 일어나는 것도 아니고, 자는 것도 아니고, 침대 속에서 비몽사몽 지내면서 담배를 피우기도 하고 신문을 읽기도 합니다. 담배는 디미트리노의 시가, 신문은 《미야코》, 그리고 《클래식》이나 《보그》 같은 잡지를 읽습니다. 아니 읽는 게 아니라 거기 게재된 사진들(주로 옷 디자인이나 유행)을 하나하나 꼼꼼하게 봅니다. 그 방은 동쪽과 남쪽이 트여 있어서 베란다 아래 바로 혼모쿠 바다가 보이고, 아침은 일찍 밝습니다. 나오미 침대는 일본 방이라면 다다미 스무 장은 깔 만큼 넓은 방 한가운데 놓여 있는데 보통의 흔한 싼 침대가 아닙니다. 도쿄의 어떤 대사관에서 매물로 나온, 천개[29]가 있고 하얀 레이스 같은 커튼이 늘어져 있는 침대로, 그것을 산 뒤 나오미는 잠자리가 한결 편한지 전보다 늦게 일어납니다.

그녀는 세수하기 전에 침대에서 홍차와 우유를 마십니다. 그동안 일하는 아이는 목욕 준비를 합니다. 나오미는 일어나면 우선 목욕을 하고, 따뜻해진 몸으로 다시 한참 누워서 마사지를 받습니다. 그러고 나서 머리를 빗고, 손톱을 갈고, 일곱 가지 화장 도구라고들 하지만, 일곱 개 정도가 아니라 수십 종류의 약이랑 기구로 온 얼굴을 주물럭거리고, 옷을 입는 데도 이걸 입을까 저걸 입을까 망설이다가 대개 1시 반 정도가 되어야 식탁 앞으로 나옵니다.

점심을 먹고 나면 대개 저녁까지 할 일이 없습니다. 밤에는 초대를 받든지 초대를 하든지, 아니면 호텔에 춤추러 가든지 하는 스케줄이 없는 날이 없으니까 그때쯤 되면 그녀는 다시 한 번 화장을 고치고 옷을 갈아입습니다. 파티가 있는 날은 특히 요란스러워서 목욕탕에서 일하는 아이를 시켜 온 몸에 분을 바릅니다.

나오미의 친구는 자주 바뀌었습니다. 하마다나 구마타니는 그 뒤로 딱 발걸음을 끊고, 한때는 예의 매커넬이 마음

29　天蓋. 침대 지붕.

에 있나 싶더니, 얼마 안 되어 그를 대신한 자는 듀건이라는 남자였습니다. 듀건 다음에는 유스타스라는 친구가 생겼습니다. 이 유스타스라는 남자는 메기네보다 볼꾀힌 녀석으로, 나오미 비위를 맞추는 데에는 정말 능숙했습니다. 한번은 제가 화가 난 나머지 무도회에서 그 녀석을 때려 준 적이 있습니다. 그러자 엄청난 소동이 벌어져서 나오미는 유스타스 편을 들고 "미친놈!"이라고 저를 욕했지요. 저는 점점 더 화가 나서 유스타스를 쫓아갑니다. 모두가 나를 끌어안고 "졸지! 졸지!" 하고 큰 소리로 부릅니다. 제 이름은 조지입니다만 서양 사람은 George(조지)랑 같다고 생각했는지 "졸지! 졸지!"라고 부릅니다. 그런저런 일 때문에 유스타스는 결국 저희 집에 오지 않게 되었지만, 그와 동시에 나오미가 꺼낸 새로운 조건을 저는 복종할 수밖에 없어졌습니다.

유스타스 뒤에도 제2, 제3의 유스타스가 생긴 것은 물론이지만, 이제는 저는 제가 생각해도 이상할 정도로 얌전합니다. 인간이란 한번 끔찍한 꼴을 겪고 나면 그것이 강박관념으로 언제까지고 머리에 남는지, 여전히 나오미가 도망쳤던 시절의 그 끔찍했던 경험을 잊지 못합니다. "내가 무서운 줄 알았어?"라고 물었던 그녀의 말이 지금도 귀에 달라붙어 있습니다. 그녀의 바람기와 제멋대로인 성질은 예전부터 알았던 일이고, 그 결점이 없어지면 그녀의 값어치도 없어집니다. '바람둥이지. 제멋대로인 녀석이지.'라고 생각하면 생각할수록 점점 더 사랑스러이 느껴지고 그녀의 올가미에 걸려듭니다. 그러니까 저는 화를 내면 제 패배가 더 짙어질 것을 깨닫습니다.

자신이 없어지면 어쩔 수가 없는지 지금 저는 영어도 그녀한테 미치지 못합니다. 실제로 사귀는 동안에 자연히 숙달된 것이겠지만, 파티 때 신사 숙녀한테 애교를 뿌리면서 그녀가 술술 떠드는 것을 듣고 있으면 발음은 예전부터 좋았으니 묘하게 서양 사람 같아서 저는 못 알아들을 때가 많습니다. 그리고 그녀는 가끔 저를 서양식으로 '죨지'라고 부릅니다.

　이걸로 우리 부부의 기록은 끝입니다. 읽고 나서 별 미친놈이라고 생각되는 분은 웃어 주세요. 교훈이 된다고 생각되는 분은 타산지석으로 삼아 주세요. 저는 나오미한테 빠져 있으니까 어떻게 생각하시든 어쩔 수가 없습니다.

　나오미는 올해 23세이고 저는 36세가 됩니다.

1 들어가며

1886년 7월 24일, 다니자키는 도쿄 니혼바시 가키가라초 4번지에서 삼 남 삼 녀 중 장남으로 태어났다. 그가 도쿄에서도 에도의 서민 정취가 짙게 남아 있는 시타마치[31]의 상인 계급 출신이라는 사실은 그의 문학을 형성하는 데 중요한 요소가 된다.

다니자키는 데뷔작 「문신」(1910)부터 75세에 발표한 『미친 노인의 일기』(1961)까지 장장 오십오 년 동안 오로지 여자의 흰 살갗과 발이 가져다주는 희열만을 그린 작가다. 사상이 없는 무사상의 작가라고 폄하되기도 한 다니자키는

---

30 이 글은 건국대학교 출판부 『문학의 이해와 감상』 시리즈 중 졸저 『다니자키 준이치로: 영원한 여체에의 동경, 예술과 섹스』(1996)에서 발췌, 요약했다.

31 下町. 무사 등이 사는 높은 지대인 야마테와 대비되는 상인들이 모여 사는 낮은 지대.

일본인에게 국민 작가로 사랑받으며, 일본예술원 회원, 미국예술원 회원으로 지내고, 일본 최고의 문화 훈장인 일본 문화훈장을 수상했다.

『치인의 사랑』은 1924년 3월 20일부터 6월 14일에 걸쳐 《오사카 아사히 신문》에 연재되었다. 이 작품은 1921년의 관동 대지진 이후에 등장한 소위 모던 걸/아프레 걸을 여주인공 '나오미'의 이름을 딴 '나오미즘'으로 일컫게 할 정도의 화제작으로 세간의 관심을 집중시켰다.

다니자키 준이치로, 일본 문학계의 원로. 도쿄 미곡상의 아들로 태어나 79세에 심장 마비로 사망. 그는 여성에게 예속 당하는 성도착적인 남성을 주인공으로 즐겨 등장시켰으며, 성과 결혼 문제를 다룬 소설을 118편이나 발표하여 동양의 로런스(D.H. Lawrence)라 불린다.

1965년 8월 6일자 《타임》이 보도한 다니자키 준이치로의 사망 기사가 말해 주듯 그는 현대 일본 문학사상 '대다니자키'로 불리는 거장이다. 일본뿐 아니라 범세계적으로 널리 알려져 유력한 노벨 문학상 후보가 되기도 하였다. 가와바타 야스나리[32]보다 먼저 후보에 올랐지만 사망하였기 때문에, 생존 작가에게 수상한다는 원칙에 따라 노벨 문학상이 가와바타한테 돌아갔다고 알려져 있다.

다니자키 문학은 일본 근대 문학사에서 고립된 문학

---

32 川端康成(1899~1972). 『설국(雪國)』이 대표작. 노벨 문학상을 수상한 소설가.

으로 평해진다. 꾸밈과 장식이 과다한 벼락부자 취미의 문학이라 혹평을 받기도 한다. 다니자키 문학에는 본질적으로 투쟁이 없다. 사회와 철저하게 유리된 개인적인 공간 안에서 현실을 향유하는 인물이 그려져 있을 뿐이다. 그들은 자신의 육체적·관능적 환락만을 추구한다. 투쟁의 대상이 될 수 있는 유일한 존재인 아름다운 여체 앞에서 다니자키는 무조건 항복을 서약한다. "온실 속 인공 천국에서 이루어지는 변태적 에로티시즘에의 탐닉만을 그리는 천박하고 단순한 개성이 근대 문학사에서 어떻게 존재 이유를 얻겠는가?"[33]라는 문제가 대두되는 것도 당연하다.

그러나 저명한 비평가이자 작가인 이토 세이[伊藤整]는 무사상의 작가로 평해지는 다니자키 옹호론을 펼친다. "일본 근대 문학은 '어떻게 살 것인가?'라는 명제를 전제로 육성되고 평가되어 왔다. 그러나 개인적인 에고이즘, 욕정, 이성 숭배에 무너지는 윤리와 질서가 야기하는 공포를 그리고, 인간 실존을 파악하는 문학적 계보도 필요한 것이다." 그는 "남자가 여자를 숭배하는 것도 사상이다."라고 단언한다.

그러나 일본인이 다니자키를 사랑하는 것은 사상 때문은 아니다. 다니자키는 나이와 관계없이 문단 등단 이후 오십오 년이라는 긴 세월 동안 시대상을 반영한 문제작을 끊임없이 발표하며 늘 1선에서 활약한 작가다. 무엇이, 왜, 그를 대다니자키로, 국민 작가로 만들었는지 알아보자.

33 데라다 도오루의 『세설 序』(1970)에서 인용했다.

나니사키는 메이시 19년(1886)에 태어났다. 메이지 유신(1868)으로 근대 국가의 막이 열린 지 약 이십 년이 지난 시점이다. 서구 강대국과 같은 문명개화된 근대 국가를 건설하려는 국가 정책은 표면적으로는 국민 생활을 변화시켰다. 상투머리가 서양식 헤어스타일로, 고관대작들의 옷은 일본 전통옷(화복)에서 프록코트로 바뀌었다.

무사 계급이 없어지고 무사의 영혼으로 신성시하던 칼 패용은 무례를 범한 서민을 임의로 처형할 수 있었던 특권과 함께 사라졌다. 개량 일본 옷에 양산, 커다란 리본으로 묶은 포니테일에 영어책을 든 여학생들이 거리를 활보하고, 학생복에 게타를 신은 남학생들이 영어를 뒤섞어 대화를 나누고, 터부시되어 입에 대지도 않던 쇠고기 전골집이 번창하고, 시골 산간의 점원까지 찬송가 한 구절쯤은 흥얼거리는 서양 일변도의 시대가 되었다. 그러나 국민 의식의 내면까지 완전히 바뀐 것은 아니었다.

에도의 정취가 짙은 시타마치에서 자란 다니자키는 하이칼라라는 말로 대변되는 서구의 새로운 풍습과 도쿠가와 막부 말기의 난숙한 에도 문화가 교차하는 지점에서 에도 말기의 통속 소설과 구비 문학이 지니는 잔인하고 요상한 세계에 자신의 에로틱하고 피학적이며 가학적인 취향을 접목하여 근대 문학이라는 껍질로 감싸서 근대 탐미주의 문학으로 승화했다.

일본인 미의식의 저변에는 호색과 에로티시즘의 전통

이 맥맥이 흐른다. 노구치 다케히코는 말한다.

　일본 고전 문학이 전적으로 에로티시즘 문학이라는 것은 아니다. 그러나 에로티시즘이 배제된 일본 문학은 생각할 수조차 없다. 헤이안 문학(平安, 9~12세기), 에도 문학(江戶, 17세기 ~1868)에 보이는 호색의 전통…… 이는 우리 일본인의 미의식이라고 할 수 있는 심미적 감각/감정생활을 풍부한 수량으로 관개하는 수원지인 셈이다."

『작가와 그 세계』(아사히신문사, 1975)

　다니자키 문학은 "누구나 가슴속에 품고 있지만…… 아직 아무도 양육의 손길을 대지 못했던 싹을 자유로운 공기와 분방한 광선 아래 화려하게 꽃피운" 산물이다.(고미야 도요타카) 다니자키는 일본인 미의식의 저변에 잠재하는 호색과 에로티시즘의 전통에 서양 문예를 융화하여 순수 문학으로 격상시킨 천재 작가다.

3 다니자키 문학의 근간

　다니자키의 외조부 다니자키 규에몬은 시대를 남보다 앞서 포착한 진취적인 상인으로, 당대에 상당한 재산을 일군 입지전적인 사람이다. 여관업, 쌀 시세를 인쇄해서 가판하는 인쇄업, 사람을 고용해서 가로등(석유램프)을 점화하고 끄는 점등사, 양조장 등을 경영하던 외조부는 친아들은 양자로 남의 집에 보내고, 미인으로 소문난 딸들에게 데릴사위를 드려서 같이 살았는데, 말년에는 니콜라이교에 귀의하여 마리아 상을 집안에 갖다놓고 예배를 드렸다고 한다. 아들보나 딸을 위하던 외할아버지가 안락하고 사치스러운 삶과 서양에 대한 동경을 다니자키에게 물려준 것으로 생각된다.

다니자키 문학의 근간을 이루는 또 다른 요소는 미인으로 소문난 어머니에 대한 사모의 정이다. 미인 대회에서 1등으로 뽑힌 부유한 상갓집 상속녀인 어머니는 외조부 사망 후, 하는 일마다 실패해서 집안을 몰락시킨 무능한 아버지와 대비되어 영원히 아름답고 숭고한 여인으로 다니자키에게 각인되어 있다. 어린 다니자키는 그녀와 목욕하면서 살결이 너무 희어서 깜짝 놀라 자기도 모르게 다시 보곤 하였다고 술회했다. 다니자키가 희구하던 것이 사치스러운 옷, 맛있는 음식 등 물질적 충족이었음을 생각할 때, 어머니는 단순히 아름다운 여인일 뿐 아니라 안락하고 사치한 생활이 꿈이 아니었음을 증명하는 존재이기도 했던 셈이다.

1901년 초등학교를 졸업한 다니자키는 궁핍한 가정 사정으로 중학교 진학을 포기할 수밖에 없었지만 그의 재능을 아낀 초등학교 담임 이나바가 힘써 주어서 도쿄 1중학교에 진학하게 된다. 천하의 수재가 모인 그 학교에서 다니자키는 "나는 초등학교부터 대학을 마칠 때까지 수재를 여럿 보아 왔지만 중학교 시절의 다니자키만큼 놀라운 수재는 본 적이 없다."라는 동급생의 감탄을 자아낼 만큼 조숙한 천재성을 발휘하여 수석을 놓치지 않았다. 그러나 2학년 1학기가 되자 학업을 더 이상 계속할 수 없을 만큼 집안은 기운

다. 폐결핵에 걸린 여동생에게 약값 댈 여유가 없어 안타까운 죽음을 막지 못한 것도 이 시기다.

그의 재능을 아깝게 여긴 교사의 주선으로 동창생 집에 가정 교사로 입주한 다니자키는 교문을 들어서면 천하의 천재로 대접받지만 주인집에서는 일개 현관지기로 서생 노릇을 하며 지낸다. 1고등학교 영법학과를 거쳐 1908년 도쿄 제국대학교 문과대학 국문과에 입학한 다니자키는 작가가 되려는 비장한 각오를 한다. 그의 집안 사정을 생각하면 몇 안 되는 희귀한 도쿄 제국대학교 출신 학사라면 확실한 수입이 보장되는 안정된 직업을 얼마든지 취사선택할 수 있는데, 앞날이 불투명한 작가가 되겠다는 결심은 극히 이기적인 결정이라 하지 않을 수 없다. 천재란 자기 자질을 확실히 파악하고 자기 갈 길만 매진한 사람을 일컫는다는 명제를 상기하게 된다. 미시마 유키오는 말한다. "예술적 완성만을 기준 삼아 자기 자질을 오판하지 않고 계속 믿는 사람을 천재라고 정의한다면, 팔십 평생 자기 자질을 거의 오판하지 않았던 다니자키야말로 천재라고 해야 할 것이다."

다니자키의 선택이 옳았음이 증명되는 데에는 오랜 시간이 안 걸렸다. 1910년 3학년 때 에도 말기 서민 문화가 난숙의 극에 달했던 시대를 배경으로 문신사 세이키치가 꿈에 그리던 용모의 소녀를 만나 자신의 혼 그 자체인 문신을 소녀의 등에 새겨 악마적 요녀로 변신시킨다는 줄거리의 단편 「문신」을 발표한 다니자키는 "바이런에 비유하기는 뭣하지만 나는 가장 화려하게 문단에 등단한 작가 한 사람이었다."라고 회상했다. 일약 스타 작가가 된 것이다.

자타가 인정하는 신진작가로 자리를 굳힌 다니자키는 30세 때 열 살 연하인 이시가와 지요와 결혼한다. 그가 결혼하고 싶어 하던 기생 오하쓰의 여동생이고 기생 경력이 있다는 이야기를 듣고 쉽게 결혼을 결정한 다니자키는 결혼 후 지요가 순종적인 현모양처형 여성임을 깨닫고 그녀에게서 관심을 잃는다. 지요가 임신하자 자기 예술(문학)에 방해가 될까 봐 달가워하지 않던 다니자키는 딸이 태어나자 "다행히 아이가 하나도 예쁘지 않았다."라고 토로한다. 게다가 이때 아직 14세밖에 안 되었지만 이미 남자를 남자로도 여기지 않는 요부 기질을 천성적으로 타고난 지요의 여동생 세이코가 등장한다. 그녀를 데려다가 자기의 악마주의적 예술관에 부합하는 여성으로 키우려고 한 다니자키는 세이코에게 빠져 부부 사이는 걷잡을 수 없이 악화된다. 세이코와의 관계는 『치인의 사랑』의 소재가 되었다. 그러나 영화에 관심이 많던 다니자키가 자기 작품을 각색한 영화에 세이코를 여주인공으로 출연시키자 세이코는 이 배우 저 배우와 놀아나며 다니자키를 배반한다. 결국 다니자키는 지요와 이혼하는데, 그때 신문에 지요를 사토 하루오에게 양도한다는 기사를 게재하여 선풍을 일으킨다. 유명 작가이자 시인인 사토 하루오는 다니자키에게 정숙하다는 이유로 구박받는 지요를 동정하다가 사랑하게 되었던 것이다. 그 후 다니자키는 스무 살 연하인 문예춘추사 여기자인 후루가와 도미코와 결혼했다가 삼 년이 못 가 이혼하는데 그 배후에는 후기 다니자키 문학에 결정적인 영향을 끼친 네즈 마쓰코 부인이 있다. 오사카에서도 유수한 부상의 네 자매 중 둘째로 태어난 마쓰코는 역시 200년 이상 부를 누리던 거상 네즈 가문의 장남 세이타로와 결혼하여 그 미모에 걸맞은 사치를 누리고 있었다. 아쿠타가와 류노스케와 오사카에 놀러간 다니자키는 마쓰코 부인을 소개받고 숙명적인 사랑을 느낀다. 다니자키 41세, 마쓰코 부인 25세 때 일이다.

그러나 어엿한 대상인의 부인인 마쓰코는 가까이 할 수 없는 존재였다. 1923년 9월 1일에 일어난 관동 대지진을 계기로 관서 지방으로 이주한 다니자키는 남편의 난봉으로 부부사이가 냉랭해진 마쓰코 부인에게 정신적 지주가 되어 주며 가까워진다. 서양 숭배에서 벗어나 동양 고전의 세계로 회귀하여 쓴 걸작들, 「장님 이야기」(1931), 『갈대 베기』(1932), 『순킨 이야기』(1933) 등은 네즈 마쓰코 부인을 그리며 쓴 작품이라고 다니자키는 고백한다. 1935년 마쓰코 부인과 정식으로 결혼한 후에도 다니자키는 『순킨 이야기』의 남자 주인공 사스케의 행동거지를 그대로 실생활에서 실천한다. 다니자키가 마쓰코 부인에게 보낸 편지에는 다음과 같은 구절이 있다.

법률상으로는 부부라 해도 실질적으로는 주종 관계를 맺었다고 생각합니다. 저는 옛날부터 부인을 사모해 왔습니다만, 단 한 번도 제가 동등하다고 생각한 적이 없습니다. ……부인께 부탁이 있습니다, 오늘부터 저를 부인의 하인으로 삼아 주십시오. 준이치라는 이름은 하인답지 않으니 준키치[順吉]나

준이치[順市]가 어떨까요? 고분고분 시중을 든다는 뜻에서 준[順]자를 붙이시면 어떨까 합니다. 준[潤]자는 소설가로 알려져 있어서 세상에 대한 체면도 있고 하니 봐주시기 바랍니다.

다니자키는 식사도 마쓰코 부인과 한 식탁에서 하지 않고 시중을 든 후에 먹곤 했다. 그가 원하던 '여자'를 역할할 수 있는 마쓰코를 얻은 것은 다니자키의 행운이었다. 마쓰코가 부유한 상가의 딸이라는 점, 소문난 미인이라는 점, 사치를 천성적으로 누리는 환경에 있었다는 점 등은 다니자키 문학의 영원한 주제인 어머니 세키와 겹치는 부분이다.

50세에 이르러 다니자키는 꿈에 그리던 이상의 여인을 아내로 맞이하였다. 정신적으로나 물질적으로나 대작가로서의 안정기를 맞이한 다니자키는 『겐지 이야기』 현대역(전 이십육 권), 『시게모토 소장의 어머니』, 『세설』 등 역작을 잇달아 발표한다. 1965년 7월 30일 오전 7시 35분, 79세로 사망하기까지 단 한 번도 예술과 문학에 대한 극기적인 자세를 흐트러뜨리지 않았던 다니자키는 정진과 각고의 생애를 마감한다.

5 다니자키의 문학 세계

다니자키가 추구하는 미는 철저하게 현세적이며 즉물적이다. 거기에 사상과 같은 정신적인 세계는 게재되지 않는다. 여자의 '등'과 '발'로 수렴되는 서물(庶物) 숭배 사상은 작가 자신이 특이한 성벽으로 인정하는 특성이다. 「문신」에서 "남자들의 피로 살찌고, 그 시체를 짓밟을" "육(肉)의 보옥" 같은 발은 「소년」(1911)에서 미쓰코의 발을 빨면서 "여인의 발에서는 짭짤하고 시큼한 맛이 난다. 예쁜 사람은 발톱까지 예쁘구나."라고 느끼는 '나'로 나타난다. 「후미코의 발」(1919)에서 다니자키는 "보석 같은" 후미코의 발을 장장 여섯 쪽에 걸쳐서 자세하게 묘사한다. 『치인의 사랑』의 가와이 조지는 나오미의 하얗고 예쁜 발을 매일 씻기며 입을 맞춘다. 『미친 노인의 일기』의 노인은 며느리 사쓰코의 발을 빠느라고 네 발로 긴다. 이 불량 노인은 사쓰코의 발을 탁본으로 떠서 자기 묘비에 새겨 불족석(佛足石)을 만들려고 한다. 노인은 사쓰코의 발에 짓밟히면서 누운 자기 모습을 이리저리 상상한다.

어차피 나는 하나님도 부처님도 안 믿는다. 종교 따위 아무래도 상관없다. 나의 신불은 사쓰코다. 내 소원은 사쓰코의 동상 밑에 누워서 영면하는 것이다. ……사쓰코의 몸무게를 느끼고, 발바닥의 매끈매끈한 감촉을 맛보고, 짓밟히는 고통에 못 이겨 울면서 아야, 아야 하고 소리 지른다. 아프기는 하지만 행복하다. 살아 있을 때보다 행복하다. "더 짓밟아 줘, 더 짓밟아 줘." 하고 소리 지른다.

노인은 사쓰코의 발을 흰 종이 위에 주홍색 물감을 사용해서 탁본으로 뜬다. 『미친 노인의 일기』가 발표된 것은 1961년이다. 1910년 「문신」에서 소녀의 하얀 등에 새겨진 주홍색 문신(朱刺)이 이 시점에서 흰 종이 위에 뜬 주홍색 탁본으로 수렴되는 셈이다. 다니자키 자신이 회고하듯 다니자키의 작가 일생은 길고도 먼 도정이었다.

여기 책장에 다니자키 준이치로 전집 서른 권이 늘어서 있다. 희곡 「탄생」, 소설 「문신」에서 시작하여 최근의 단편 「경우이중(京羽二重)」에 이르기까지 소품까지 세면 창작, 수필류가 300편이 넘는다. 그간 오십구 년이라는 세월이 흘렀다. 나는 가끔 내가 걸어온 길을 되돌아보고, 산꼭대기에 서서 아득한 기슭을 내려다보는 듯한 현기증을 느낀다. 어찌어찌하다 보니 여기까지 왔구나 하고 눈앞이 어지러워지는 일이 있다.

그 멀고 긴 도정에서 다니자키는 오로지 여자의 발과 그 발이 가져다주는 희열만을 그려 냈다. "내 삶의 보람은 예술을 열애하는 것이다. 예술을 위해서라면 모든 노력을 아끼지 않겠다. ……나는 어디까지나 나를, 나만을 소중히 여기는 에고이스트다." 다니자키의 좋은 이해자이자 본인도 탐미주의 작가인 미시마 유키오는 말한다.

빛나는 여자의 등이 있다, 꽃잎 같은 여자의 발뒤꿈치가 있다. ……문학사상 여자의 등이나 발이 이렇게 중대한 문제가 된 일은 없었다. 사람들을 우왕좌왕하게 만드는 시대적 변화와 한 여인의 발, 그 둘 중 어느 쪽이 인간에게 본질적으로 중요한지를 다니자키 문학은 반세기에 걸쳐 묻는다. 이 부조리한 물음의 중압을 느낄 때, 우리는 '예술'이라는 답을 떠올리지 않을 수 없다.

6 치인의 사랑

『치인의 사랑』은 1924년 3월 20일부터 6월 14일에 걸쳐 오사카《아사히》에 연재하다가 반향이 너무 크자, 당국의 간섭으로 중단되었다가 잡지《여성》에서 11월부터 1925년 7월까지 다시금 연재된 작품이다. 이 작품은 여주인공의 이름을 딴 '나오미즘'이라는 신조어를 유행시킨 화제작이다.

1차 세계 대전 이후 서구 문화가 물밀듯이 유입되기 시작한 이 시기, 재즈, 댄스, 활동사진 등 새로운 문화와 세태가 일본을 휩쓸었다. 거기에다 관동 대지진 이후의 재건 붐을 타고 들어온 아메리카니즘은 생활양식의 서구화를 촉진하여 서구 문화의 대중화가 이루어진다. 유행의 첨단을 걷는 젊은이들은 소위 모던 걸(모가), 모던 보이(모보)로 불렸다. 붉은 슬레이트 지붕의 싸구려 문화 주택이 여기저기에 건축되기 시작하였고 이 작품의 주인공들이 사는 집도 그중 하나다. 이 작품에 등장하는 사회상은 그러므로 작품 발표 당시의 현실을 배경으로 한다. 탁월한 풍속 소설 『세설』의 작가인 다니자키는 여기에서 다시 한 번 시대를 앞서 가는 모더니스트로서 진면목을 보여 준다. 주인공들의 모던한 생활양식과 나오미의 자유분방한 남자관계는 당시 최첨단을 걷는 젊은이들에게 그들이 추구하던 자유로운 라이프스타일의 롤모델로 받아들여졌다. 다시 말해 『치인의 사랑』은 문학적으로보다 먼저 사회적인 관심을 집중시켰다고 할 수 있다. 또한 『치인의 사랑』은 다니자키가 서양 문화에서 입은 영향의 총결산이라고 평해진다. 교만하고 잔인한 미녀에게 학대받고 싶어 하고 학대의 강도가 강하면 강할수록 희열의 강도가 높아지는 매저키스트의 꿈을 달성한 이 작품에 대해 오쿠노 다케오는 말한다. "『치인의 사랑』 덕분에 일본 문학은 나오미적 여성과 그녀의 부정을 기뻐하는 남자를 문학적 실존으로 지니게 되었다. 이는 극히 현대적인 남자, 아니 인간이라고 할 수 있을 것이다."

이 작품을 쓰면서 다니자키는 자기가 희구하는 서양이 가져다주는 희열을 입수하기 위해서 치러야 할 대가가 너무 크다는 사실과 위험성을 인식한 것으로 보인다. 이 작품 이후 극단적인 서양에 대한 몰입은 자취를 감춘다. 이후 다니자키 문학은 소재, 문체, 표현법 등 모든 면에서 일변한다.

등단 초의 「문신」부터 말년의 『미친 노인의 일기』까지 예술에 대한 고갈되지 않은 정열과 집념을 유지하며 팔이 부자유스러워지자 구술로 작품을 계속 발표한 노력가, 다니자키는 작품상으로나 현실에서나 그가 바라던 모든 것을 이룬 드물게 행복했던 작가다.

2018년 7월
김춘미

1886년(1세)   도쿄 시에서 아버지 구라고로(倉吾郎), 어머니 세키
　　　　　　 (関)의 차남으로 출생한다.

1892년(7세)   사카모토 소학교(阪本小學校)에 입학하지만 학교
　　　　　　 에 가기를 싫어해서 2학기에 변칙 입학한다.

1897년(12세) 2월 사카모토 심상 고등소학교 심상과(尋常科) 4학년
　　　　　　 을 졸업하고, 4월 사카모토 소학교 고등과로 진급한다.

1901년(16세) 3월 사카모토 소학교를 졸업하고, 4월 부립 제일
　　　　　　 중학교(府立第一中學校)에 입학(현재는 히비야 고
　　　　　　 등학교)한다.

1905년(20세) 3월 부립 제일 중학교를 졸업하고, 9월 제일 고등
　　　　　　 학교 영법과 문과(英法科文科)에 입학한다.

1908년(23세) 7월 제일 고등학교 졸업하고, 9월 도쿄 제국 대학
　　　　　　 국문학과에 입학한다.

1910년(25세) 4월 《미타 문학(三田文学)》을 창간하고, 반자연주의
　　　　　　 문학의 기운이 고조되는 가운데 오사나이 가오루

(小山内薫) 등과 2차《신사조(新思潮)》를 창간한다. 대표작「문신(刺青)」,「기린(麒麟)」을 발표한다.

1911년(26세)   『소년(少年)』,「호칸(幇間)」을 발표하지만《신사조》는 폐간되고 수업료 체납으로 퇴학당한다. 작품이 나가이 가후(永井荷風)에게 격찬받으며 문단에서 지위를 확립한다.

1915년(30세)   5월 이시카와 지요(石川千代)와 결혼하고,「오쓰야 살해(お艶殺し)」, 희곡「호조지 이야기(法成寺物語)」,「오사이와 미노스케(お才と巳之介)」 등을 발표한다.

1916년(31세)   3월 장녀 아유코(鮎子) 출생,「신동(神童)」을 발표한다.

1917년(32세)   5월 어머니가 병사하고, 아내와 딸을 본가에 맡긴다.「인어의 탄식(人魚の嘆き)」,「마술사(魔術師)」,「기혼자와 이혼자(既婚者と離婚者)」,「시인의 이별(詩人のわかれ)」,「이단자의 슬픔(異端者の悲しみ)」 등을 발표한다.

1918년(33세)   조선, 만주, 중국을 여행하고「작은 왕국(小さな王国)」을 발표한다.

1919년(34세)   2월 아버지 병사하고 오다와라(小田原)로 이사하여「어머니를 그리는 글(母を戀ふる記)」,「소주 기행(蘇州紀行)」,「친화이의 밤(秦淮の夜)」을 발표한다.

1920년(35세)   다이쇼가쓰에이(大正活映) 주식회사 각본 고문부에 취임하여,「길 위에서(途上)」를《개조(改造)》에 발표하고,「교인(鮫人)」을《중앙공론(中央公論)》에

격월로 연재하기 시작했다. 대화체 소설 「검열관
(檢閱官)」을 《다이쇼 일일 신문(大正日日新聞)》에
연재하였다.

1921년(36세) 3월 오다와라 사건(아내 지요를 사토 하루오에게
양보하겠다는 말을 바꾸어 사토와 절교한 사건)을
일으킨다. 「십오야 이야기(十五夜物語)」를 제국 극
장, 유라쿠자(有楽座)에서 상연한다. 「불행한 어머
니의 이야기(不幸な母の話)」, 「나(私)」, 「A와 B의
이야기(AとBの話)」, 「노산 일기(盧山日記)」, 「태어
난 집(生れた家)」, 「어떤 조서의 일절(或る調書の一
節)」 등을 발표한다.

1922년(37세) 희곡 「오쿠니와 고헤이(お國と五平)」를 《신소설
(新小説)》에 발표, 다음 달 제국 극장에서 연출한다.

1923년(38세) 9월 간토 대지진(關東大震災)이 발발하여, 10월 가
족 모두 교토로 이사하고, 12월 효고 현으로 이사한
다. 희곡 「사랑 없는 사람들(愛なき人々)」을 《개조》
에 발표한다. 「아베 마리아(アヹ・マリア)」, 「고깃
덩어리(肉塊)」, 「항구의 사람들(港の人々)」을 발표
한다.

1924년(39세) 카페 종업원 나오미를 자신의 아내로 삼고자 집착
하다가 차츰 파멸해 가는 인물의 이야기를 그린 탐
미주의의 대표작 『치인의 사랑(癡人の愛)』을 《오사
카 아사히 신문(大阪朝日新聞)》, 《여성(女性)》에 발
표한다.

1926년(41세) 1~2월 상하이를 여행하고, 「상하이 견문록(上海見

聞錄)」,「상하이 교유기(上海交游記)」를 발표한다.

1927년(42세)　금융 공황. 수필「요설록(饒舌錄)」을 연재하여, 아
　　　　　　　　구타가와 류노스케(芥川龍之介)와 '소설의 술거리
　　　　　　　　(小說の筋)' 논쟁을 일으킨 직후, 아쿠타가와 류노
　　　　　　　　스케가 자살한다.「일본의 클리픈 사건(日本にお
　　　　　　　　けるクリツプン事件)」을 발표한다.

1928년(43세)　소노코에 의한 성명 미상 '선생'에 대한 고백록 형
　　　　　　　　식의『만(卍)』을 발표한다.

1929년(44세)　세계 대공황. 아내 지요를 작가 와다 로쿠로에게 양
　　　　　　　　보한다는 이야기가 나돌고, 그 사건을 바탕으로 애
　　　　　　　　정 식은 부부의 이야기를 다룬『여뀌 먹는 벌레(蓼
　　　　　　　　食ふ蟲)』를 연재하지만, 사토 하루오의 반대로 중
　　　　　　　　단된다.

1930년(45세)　지요 부인과 이혼하고,「난국 이야기(亂菊物語)」를
　　　　　　　　발표한다.

1931년(46세)　1월 요시가와 도미코(吉川丁末子)와 약혼하고, 3월
　　　　　　　　지요의 호적을 정리한다. 4월 도미코와 결혼하고
　　　　　　　　고야산에 들어가「요시노 구즈(吉野葛)」,「장님 이
　　　　　　　　야기(盲目物語)」,『무주공 비화(武州公秘話)』를 발
　　　　　　　　표한다.

1932년(47세)　12월 도미코 부인과 별거하며,「청춘 이야기(靑春
　　　　　　　　物語)」,「갈대 베기(蘆刈)」를 발표한다.

1933년(48세)　장님 샤미센 연주자 슌킨을 하인 사스케가 헌신적
　　　　　　　　으로 섬기는 이야기 속에 마조히즘을 초월한 본질
　　　　　　　　적 탐미주의를 그린『슌킨 이야기(春琴抄)』를 발표

한다.

1934년(49세) 3월 네즈 마쓰코(根津松子)와 동거를 시작하고, 10월 도미코 부인과 정식으로 이혼한다.「여름 국화(夏菊)」를 연재하지만, 모델이 된 네즈 가의 항의로 중단된다. 평론『문장 독본(文章読本)』을 발표하여 베스트셀러가 된다.

1935년(50세) 1월 마쓰코 부인과 결혼하고,『겐지 이야기(源氏物語)』현대어 번역 작업에 착수한다.

1938년(53세) 한신 대수해(阪神大水害)가 발생한다. 이때의 모습이 훗날『세설(細雪)』에 반영된다.『겐지 이야기』를 탈고한다.

1939년(54세) 『준이치로가 옮긴 겐지 이야기』가 간행되지만, 황실 관련 부분은 삭제된다.

1941년(56세) 태평양 전쟁 발발.

1943년(58세) 부인 마쓰코와 그 네 자매의 생활을 그린 대작『세설』을《중앙공론》에 연재하기 시작하지만, 군부에 의해 연재 중지된다. 이후 숨어서 계속 집필한다.

1944년(59세) 『세설』상권을 사가판(私家版)으로 발행하고, 가족 모두 아타미 별장으로 피란한다.

1945년(60세) 오카야마 현으로 피란.

1947년(62세) 『세설』상권과 중권을 발표, 마이니치 출판 문화상(毎日出版文化賞)을 수상한다.

1948년(63세) 『세설』하권 완성.

1949년(64세) 고령의 다이나곤(大納言) 후지와라노 구니쓰네가 아름다운 아내를 젊은 사다이진(左大臣) 후지와라

노 도키히라에게 빼앗기는 역사적 사실을 제재로 한 『시게모토 소장의 어머니(少將滋幹の母)』를 발표한다.

1955년(70세) 『유년 시절(幼少時代)』을 발표한다.

1956년(71세) 초로의 부부가 자신들의 성생활을 일기에 기록하며 심리전을 펼치는 『열쇠(鍵)』를 발표한다.

1959년(74세) 주인공 다다스가 어머니에 대한 근친상간적 소망을 다룬 『꿈의 부교(夢の浮橋)』를 발표한다.

1961년(76세) 77세의 노인이 며느리를 탐닉하는 이야기를 다룬 『미친 노인의 일기(瘋癲老人日記)』를 발표한다.

1962년(77세) 『부엌 태평기(台所太平記)』 발표.

1963년(78세) 「세쓰고안 야화(雪後庵夜話)」 발표.

1964년(79세) 「속 세쓰고안 야화」 발표.

1965년(80세) 교토에서 각종 수필을 발표. 7월 30일 신부전과 심부전이 동시에 발병하여 사망한다.

옮긴이
김춘미

이화여자대학교 영문학과를 졸업하고 한국외국어대학교
일본어과에서 석사 학위를, 고려대학교 국어국문학과에서
박사 학위를 받았다. 고려대학교 일어일문학과 교수 및
일본학연구센터장, 한국일본학회장을 역임하고 현재는
일본번역원장을 맡고 있다. 다자이 오사무의 『인간 실격』,
무라카미 하루키의 『해변의 카프카』를 비롯해 마루야마 겐지의
『물의 가족』, 가와카미 미에코의 『헤븐』, 미즈무라 마나에의
『본격 소설』, 요시다 슈이치의 『열대어』 등을 우리말로 옮겼다.
그 밖에도 일본어 교재 및 일본 문학 연구서에 이르기까지
다양한 집필 활동을 활발히 펼치고 있다.

치인의 사랑

1판 1쇄 펴냄 2018년 8월 3일
1판 5쇄 펴냄 2024년 1월 16일

지은이 다니자키 준이치로
옮긴이 김춘미
발행인 박근섭, 박상준
펴낸곳 (주)민음사

출판등록 1966. 5. 19. 제16-490호
서울시 강남구 도산대로 1길 62(신사동)
강남출판문화센터 5층 06027
대표전화 02-515-2000 팩시밀리 02-515-2007
www.minumsa.com

ISBN 978 89 374 2937 8 04800
ISBN 978 89 374 2900 2 (세트)

* 잘못 만들어진 책은 구입처에서 교환해 드립니다.